Tristan Garcia
Das Siebte

Tristan Garcia
Das Siebte
Roman

Aus dem Französischen von Birgit Leib

Verlag Klaus Wagenbach   Berlin

»Das letzte tötet«

Ich blute nicht aus der Nase.

Obwohl ich gerade sieben geworden bin. »Was soll der Scheiß, brumme ich, das ist nicht normal.« Auf dem Bett aus hellem Holz in meinem Kinderzimmer ausgestreckt, warte ich nun schon seit zwei Tagen auf das Ereignis, das sich nicht einstellen will. Immer mit der Ruhe, sage ich mir und stecke Daumen und Zeigefinger in ein Nasenloch, um mir ein paar Haare an der Wurzel auszureißen. In meinem Alter habe ich noch gar keine. Niesen muss ich trotzdem. Hoffnungsvoll begutachte ich den purpurroten Schimmer des Nasenschleims auf der Bettdecke und versuche, Blut darin zu finden; aber ich blute kaum, es hat schon aufgehört, und ich sitze auf dem Trockenen. Bald wird es Abend werden hinter dem runden Dachfenster, durch das die Landschaft, halb golden, halb leer, wie das Auge eines Uhus erscheint. In ein paar Minuten wird meine Mutter rufen, damit ich zum Abendessen runterkomme.

Verdrossen und genervt schnaubend mache ich mich daran, das Allernötigste in diesen blöden Lederschulranzen zu stopfen. Dann öffne ich die Dachluke, lausche dem Trällern der Amsel, das schon die Dämmerung über den Hecken und Wäldchen ankündigt, klettere über die Einfassung, rutsche über die Ziegel des Giebeldachs und lande schließlich zu Füßen des knorrigen Baumes im Garten. Es ist Frühling, mild, und zum Abend hin leicht kühl. Der schwarze Hund, der immergleiche Mischling, kläfft mich an; einen Finger an den Lippen, streichle ich ihm mit der anderen Hand über die Schnauze und befehle ihm, still zu sein, um die Eltern nicht aufzuschrecken. Die verschwimmende blaue Linie am Horizont zeichnet die Bergkämme wie Zacken einer Säge nach. Mich überläuft ein Schauer.

Ich bin sieben Jahre alt, trotzdem muss ich einen Weg finden, um nach Paris zu gelangen.

Nach der Brücke schlage ich den Weg ein, der ins Dorf führt. Wenn ich schon ein Auto klauen muss, dann schnappe ich mir lieber gleich den Dodge des Doktors. Meine Reflexe aus langjähriger Fahrpraxis kommen zurück, ich setze mich ganz vorn auf den Sitz und binde mir zwei Schuhkartons unter die Sohlen, um die Pedale zu erreichen. Auf dem Beifahrersitz ein Päckchen amerikanische Zigaretten: Ich zünde mir eine Kippe an. Wie gut das tut, bei offenem Fenster, die Haare im Wind! Ich fahre schnell. Ich kann gerade so übers Lenkrad gucken, aber ich kenne die Strecke. Über Frankreichs Osten ist es Nacht geworden. Ich habe Durst, ich habe Hunger. In einer Lkw-Raststätte in Lothringen setze ich mein Unschuldslächeln auf und bestelle Pommes, Bier und Kaffee »für meinen Vater«.

»Kinder werden hier nicht bedient. Wir wollen keinen Ärger.

– Arschlöcher«, zische ich zwischen zusammengebissenen Zähnen.

Draußen spucke ich in den Rinnstein, immer noch kein Blut, und als ich aufblicke, spüre ich die Augen der Frauen auf mir, Kunstleder-Minirock mit Leopardenmuster und falscher Pelz, ich habe große Lust, nach dem Preis zu fragen, aber das wäre zu unvorsichtig. Im Vorbeigehen pfeife ich und zwinkere ihnen zu: In der Dunkelheit machen sie dem Zwerg Platz, der es auf seinen zu kurzen Hinkebeinen eilig hat. (Wenn die wüssten, grolle ich.)

»Wie alt bist du, Kleiner?«

Den Frauen ist mulmig zumute: Im Schein der Straßenlaternen leuchten meine blonden Haare auf, und mit meinem Kleine-Jungen-Engelsgesicht müsste ich längst im Bett sein. Ich fahre weiter. Gegen Morgen stehe ich mir in einem übergroßen Anorak vor dem rückenwirbelförmigen Gebäude des Val-de-Grâce-Krankenhauses fast eine Stunde lang die Beine in den Bauch und hoffe, nicht aufzufallen. Ich will nicht schon wieder für ein Entführungsopfer gehalten werden. Als die Gruppe der Assistenzärzte in weißen Kitteln sich während einer Pause in der Eingangshalle aufhält, finde ich ihn wieder, ganz der Alte: Etwas abseits und in Gedanken schaut der ewig hochgewachsene blasse Mann mit den feinen Haaren auf sein Mobiltelefon.

»Tag, alter Junge.
– Wie bitte?«

Er ist überrascht. Natürlich erkennt er mich nicht wieder: Er kennt mich ja nicht.

Ich versuche, überzeugend zu wirken: »Ich bin der, der blutet.
– Wo sind deine Eltern? (Er sieht sich um.)
– Du wartest seit Jahren auf mich. Hier bin ich.« Ich verrate ihm ein paar der üblichen Hinweise: die erste Frau, die er geliebt hat (diese ältere Dame aus bürgerlichen Verhältnissen mit dem überheblichen Tonfall), den Namen der Stelle unterhalb

der Mundwinkel, an der Männer manchmal keinen Bartwuchs haben, die Inhaltsangabe des Buches, das Sie gerade anfangen zu lesen, und dann frage ich ihn, warum er mich getötet hat.

»Was?«

Und plötzlich merke ich, dass meine Geschichte absurd ist und er mir nie glauben wird. Mein Freund ist guten Willens. Seine Tätowierungen? Mir fällt auf, dass seine Gesichtshaut hellrot-rosa ist, die Haut an seinen Armen ebenfalls. Ich werde verrückt. Dieses Mal klingt alles falsch. Also umfasse ich meinen Kopf mit beiden Händen. »Bitte, ich muss dringend untersucht werden. Ich weiß nicht, warum ich kein Blut mehr verliere. Und du? Sieh dich an! Du bist nicht derselbe.«

Er zögert, aber ich flehe ihn an:

»Kumpel, du wirst mich doch nicht hängen lassen ...

– Bin gleich wieder da«, antwortet er. (Er brauchte eine Spritze, eine Nadel, ein Röhrchen, Kompressen, einen Stauschlauch und Handschuhe, die sich im Obergeschoss befanden.) »Du rührst dich nicht vom Fleck, verstanden!

– Keine Gefahr. Bring mir Kippen und Kohle, ich bin total abgebrannt.«

Ich ließ mich auf einen der für die kleinen Patienten gedachten Sitze im Wartezimmer fallen und schloss die Augen. Ich weiß, was ich durch ihn geworden bin: eine Art gleichermaßen unreifes und abgelaufenes Monster, das keiner versteht. Als ich mich wieder aufrichtete, sah ich durch die Glastür seine langgestreckte Silhouette und die Schatten zweier Wachmänner. Dieser Idiot hatte die Security verständigt. Ich wollte weglaufen, aber zu spät: Ich war knapp 1,27 Meter groß, also hatten mich die Security-Typen eingeholt, noch bevor ich die Kreuzung des Boulevard de Port-Royal und der Rue Saint-Jacques erreichen konnte.

Ziemlich jämmerlich verbrachte ich den restlichen Tag im Kommissariat des V. Arrondissements und wartete, bis die Bullen mich wieder meinen Eltern übergaben. Maman hat geweint, meinem Vater war es peinlich. Nach unserer Rückkehr setzte sich unser Landarzt am Tag nach meinem Versuch, von zu Hause wegzulaufen, noch spät abends an mein Bett. »Was fehlt dir denn, mein Kleiner?

– Ich blute nicht, flüsterte ich.

– Was?

– Nichts. Sie können das nicht verstehen.«

Ich saß in der Falle. Ich bekam Hausarrest, man ließ mich nicht aus den Augen und brummte mir einen Schulpsychologen auf, der wollte, dass ich zeichne, dass ich rede, dass ich *mich ausdrücke*. Nach dem Essen wurden Tür und Fenster des Dachzimmers, wo ich schlief, sicherheitshalber abgeschlossen. Zu Füßen des knorrigen Baums gab es keine Spur eines verletzten Vogels mit silbrigem Gefieder. Die Hände im Nacken verschränkt, lag ich auf meinem Bett, sah in die schwarze Nacht, die über die eben noch farbigen Berge dieses verlassenen Nests kroch, und versuchte, mich zu beruhigen: vielleicht nur eine kleine Verzögerung … Aber vor allen Dingen dachte ich an sie: Wann und wie würde ich sie nun wiedersehen? Doch die Tage vergingen, Monate, schließlich Jahre. In der Schule war ich sehr schlecht. Ich wartete auf das Blut, aber das Blut kam nicht.

Im Alter von zehn Jahren habe ich begonnen, die hohe Wahrscheinlichkeit, sterblich geworden zu sein, ernsthaft in Betracht zu ziehen.

Das Erste

Über meine Geburt könnten eigentlich nur die vor mir Geborenen etwas erzählen. Während meiner ersten Kindheit erinnerte ich mich an nichts und musste alles erst lernen. Mein Vater, meine Mutter und ich wohnten am Rande verwilderter Wälder im Osten des Landes, nur ein paar Kilometer von der Grenze zum Orient entfernt. Wir hatten kalte Winter und warme Sommer. Ich war ein Blondschopf, lebhaft, unbekümmert und fröhlich, der die meiste Zeit im Freien verbrachte. Mir scheint, ich hatte kein Innenleben. Laut meiner Mutter, einer langsamen, schönen und gottesfürchtigen Frau, soll ich, kaum dass ich laufen gelernt hatte, von zu Hause ausgebüxt sein, um über die kurvenreichen Wege zu hüpfen, mit den Händen im Schlamm zu wühlen, den bitteren Humus zu probieren, faserige Ruten vom grünen Holz abzubrechen und gerillte Raupen zu piesacken, bis schließlich die Nachtfalter aktiv wurden. Abends soll ich dann vor lauter Erschöpfung wie ein Stein ins Bett gefallen und unter der Daunendecke sofort eingeschlafen sein.

Bei mir hatte ich immer einen schwarzen Mischlingshund, der in der Gegend umherstreunte. Sobald ich meine Hand herunterbaumeln ließ, reckte er den Hals, um gestreichelt zu werden. Ich fand ihn lustig.

Abgesehen von diesem Gefährten war ich allein. Mein Vater arbeitete als Zollbeamter an der Grenze, hinter der sich die Flüchtlingscamps befanden (er sprach nie darüber); kurz vor Feierabend wartete ich aufgekratzt hinter der Rauchglastür in der Küche auf ihn, während meine Mutter das Abendessen vorbereitete, und war jedes Mal erstaunt, ihn nicht zu überraschen: Ich hatte nicht begriffen, dass er durch das dicke trübe Glas hindurch meinen Schatten längst erspäht hatte. Er spielte mit.

Ich war naiv und unschuldig.

Sobald ich in die Schule kam, die auf der anderen Seite des Flusses hinter der römischen Brücke gebaut worden war, veränderte ich mich allmählich. Vielleicht fühlte ich es schon kommen. Zwar blieb ich ein kleiner blonder Junge, der viel lachte, einen gesunden Appetit besaß, in Begleitung des schwarzen Hundes auf steilen Pfaden herumkraxelte, im Frühling reißende Gebirgsbäche durch behelfsmäßige Dämme aufstaute, Steine in den See warf und aus voller Kehle gegen Felswände anschrie, um es mit dem Echo aufzunehmen. Aber im Umgang mit den anderen Kindern meines Alters wurde ich immer schüchterner. Wenn ich nachmittags aus der Schule kam, streckte ich mich auf meinem Bett aus und sah durch die Dachluke in die Äste des Baumes, die sich wie Finger himmelwärts reckten.

Ich erinnere mich daran, am Fuße dieses Baumes einen winzigen Vogel mit silbrigem Gefieder aufgelesen zu haben, der ein verletztes Bein hatte; ich pflegte ihn, fütterte ihn und richtete ihm in einer Streichholzschachtel ein kleines, mit Watte weich gepolstertes Nest her. Ich rettete ihn. Leider fand der schwarze Hund die Schachtel und tötete den Vogel. Darüber war ich sehr traurig, ich glaube sogar, dass ich Angst bekam.

Vielleicht lag es an diesem Aufruhr der Gefühle, dass wenige Stunden später das Nasenbluten einsetzte. Es war mein siebter Geburtstag.

Angeblich soll ich zu oft mit zwei Fingern in der Nase gebohrt haben. Mein Vater machte sich darüber lustig. »Junge, irgendwann wirst du noch im Gehirn rauskommen ...«

An jenem Abend blutete ich also, und die Blutung hörte nicht auf. Ich rief: »Maman!« Meine Mutter, kreidebleich, musste mich stützen, während mein Vater auf dem Parkett kniend mein Blut aufwischte, den Lappen über einem schweren Tonkrug auswrang, der schon bald randvoll war, sodass er den Inhalt in eine große Zinkwanne leerte. (Selbstverständlich erinnere ich mich an jedes Detail.)

Sie riefen unseren Landarzt herbei, Doktor Origène, der mit meinem Vater befreundet war. Ich hatte schon beinahe zwei Liter verloren. Man hätte meinen können, ich verblute, und fürchtete nicht nur um mein Leben, sondern auch um die Gesetze der Natur: Maman war sehr gläubig, und in meiner Hämorrhagie lag etwas, das dem gesunden Menschenverstand widersprach. Doch bevor Doktor Origène mich auf den Rücksitz seines Sportwagens der Marke Dodge verfrachten konnte (er war ein Fan von Eddie Mitchell, Rock und Amerika), hatte sich der Blutfluss beruhigt. Trotzdem hatte ich ungefähr ein Sechstel meines Körpergewichts an Blut verloren (damals war ich schmal und leicht). Blutleer und mit baumelnden Füßen betrachtete ich von der Höhe eines Korbstuhls aus das Ergebnis meines Aderlasses in dem alten Wäschezuber; glücklich schlief ich ein.

Eine Woche später verlor ich erneut fast drei Liter Blut. Maman weinte. Am ersten Ferientag an Allerheiligen beschlossen Doktor Origène und mein Vater, mich in die Hauptstadt zu bringen und vom größten Pariser Hämatologie-Spezialisten untersuchen zu lassen. Ich fuhr zum ersten Mal Zug; die Banlieue-Hochhäuser hinter dem Abteilfenster, riesige Klötze aus Glas und Beton, die fächerartigen, von Graffiti bedeckten Schallschutzmauern, die auf den Balkonen hoch oben flatternde Wäsche, das bizarre Straßengewirr, dazu die Flugzeuge von Orly und Roissy am Himmel, das Grau und die Moderne beeindruckten mich schwer. Ich war ein Kind aus einfachen Verhältnissen, lebte auf dem Land, hatte keine Ahnung von der Großstadt.

Ein einflussreicher Freund meines Vaters hatte den Termin im Val-de-Grâce-Krankenhaus ermöglicht. Der Spezialist hielt meiner Mutter galant die Tür zur Praxis auf und ließ sie eintreten, während ich einem Assistenzarzt für die »Routine-Untersuchungen« überlassen wurde. Allein in einem weiß gekachelten Raum, in dem nur das Tropfen eines Wasserhahns zu hören war, zog ich mich aus, schlüpfte in den für mich bereitgelegten Kittel und wartete. Ich nahm jede noch so kleine Einzelheit wahr und kann mich noch heute daran erinnern.

Auf dem Krankenhausbett sitzend, betrachtete ich den auf metallenen Regalen aufgereihten Vorrat an Medikamenten neben dem Waschbecken, und die Tristesse der menschlichen Medizin sprang mir an die Gurgel wie ein Hund. Was für ein Aufwand, diesen von Anfang an verurteilten Körper instand zu halten und zu reparieren! Während dieser unendlichen Minuten bekam ich große Angst, ein *krankes Kind* zu werden; ich fürchtete, dass das von nun an mein Schicksal sein sollte. Ich würde zu jenem bedauernswerten Jungen werden, an den man gelegentlich ein paar Gedanken verschwendet. Ich stellte mir vor, mit kahl rasiertem Schädel mein ganzes Leben damit zu verbringen, vergebens zu kämpfen, zwischen Operationstisch und Intensivstation. Als ich dann seine Gestalt verschwommen und verzerrt durch das gläserne Rechteck der Feuerschutztür des Labors kommen sah, mochte ich ihn sofort. Er war nachlässig gekleidet, hochgewachsen, hatte feine blonde Haare, die zur Annahme verleiten konnten, er sei Skandinavier. Seine Haut war blass, aber er hatte ein offenes Lächeln, das mir den Eindruck vermittelte, dass er mich nicht für einen beklagenswerten Fall hielt. Ich fasste wieder Mut.

»Hallo, alter Junge«, sagte er und streckte mir die Hand hin. Er zitterte: Dieses sympathische Zittern hat er in entscheidenden Momenten immer gehabt. »Ich heiße François, aber alle nennen mich Fran.

– Guten Tag, Monsieur Fran.«

Fran zündete sich eine Zigarette an. »Das stört dich doch nicht, oder? Sonst musst du es mir sagen.

– Ist das nicht verboten?, murmelte ich.

– Hey, willst du mich verpfeifen?« Und er setzte sich auf einen Hocker mit Rollen, seine langen Spinnenbeine hämmerten in mitreißendem Takt auf dem Schachbrettmuster der schwarz-weißen Fliesen, als wäre er Schlagzeuger.

»Willst du mal probieren?

– Was? Rauchen?«

Beim ersten Zug habe ich mich verschluckt: Ich war sieben. Er hat mir auf den Rücken geklopft.

»Du bist der, der blutet?

– Ja.

– Schön, schön.« Fran kratzte sich am Kopf und fuhr sich mit der Hand durch die Haare, die seinen Fingern sofort wieder entglitten; er war blass, unruhig, aber forsch.

»Junge, dich suche ich schon seit Jahren.« Ich war verblüfft. Vielleicht hatte er ja regelmäßig solche Wahnanfälle;

diese Frage stelle ich mir noch heute. »Weißt du, was wir beide jetzt machen? Ein paar kleine Untersuchungen ganz unter uns. Ich behalte die Ergebnisse deiner Blutabnahme für mich und gebe dem Chef irgendwelche Resultate. Er wird zufrieden sein, deine Eltern erleichtert. Was meinst du?

– Ich weiß nicht ... Was habe ich denn? Ist es schlimm?

– Du musst mir vertrauen.«

Ich wollte ihm gerne glauben. Das Nasenbluten setzte ein.

»Nimm das.«

Fran gab mir eine winzige Phiole, von der das Etikett nicht vollständig abgelöst worden war, sodass die Fingerspitzen daran kleben blieben. Die klare, stinkende Flüssigkeit roch nach Ammoniak.

»Atme es tief ein.«

Durch die Droge schienen die geplatzten Äderchen auf der Stelle zu kauterisieren, was mir imponierte.

»Was ist mit meinem Blut?

– Wahrscheinlich eine genetische Anomalie ... « Er suchte nach Worten. »Was weißt du vom Leben?

– Keine Ahnung.«

Der Mann holte sich eine der von den Assistenzärzten hinter dem Kühlschrank versteckten Bierdosen, um sich zu entspannen. Ich glaube, dass ich ihn beeindruckte.

»Vom Tod?

– Na ja ... Alle Menschen sterben.

– Wie soll ich es dir erklären ... « Er nahm einen großen Schluck. »Glaubst du an einen Gott? Oder etwas Derartiges?

– Ich weiß nicht. Kommt darauf an.« Noch nie war ich zu solchen Dingen nach meiner Meinung gefragt worden, und er sprach mit mir wie mit einem Erwachsenen.

Fran war sehr schön, sein Gesicht spiegelte Begeisterung,

Zärtlichkeit und Hilfsbereitschaft. Er glich einer zum Gedenken an einen noch unbekannten Menschen im Voraus errichteten Statue; er besaß die Aura einer Persönlichkeit, die inmitten der anderen Wesen aus Fleisch und Blut vor Worten und Ideen strahlte. Aber sein Blick galt nicht mehr ihm selbst, er sah sich nicht einmal. Er war einzig mir zugewandt. Sofort fühlte ich mich wichtig, zum ersten Mal in meinem Leben.

»Warum erzählen Sie mir das alles?

– Du bist etwas Besonderes.« Er wartete ein paar Sekunden. »Ich weiß nicht, wie ich es dir sagen soll, aber siehst du ...«

Er sprach nicht weiter und holte sich noch ein Bier.

»Du wirst nicht sterben.

– Sie meinen, dass ich nicht *jetzt* sterben werde?

– Nein, ich versuche, dir zu erklären, dass du nicht dieses Mal stirbst, genauso wenig wie das nächste Mal ...

– Verstehe ich nicht.

– Du bist unsterblich.

– So was gibt's doch gar nicht.

– Du bist anders. Die Blutung ist das Zeichen.

– Sie wollen mich wohl auf den Arm nehmen?«, murmelte ich, um ihn nicht zu verstimmen, denn unsere Unterhaltung wurde mir immer unheimlicher. »Sind Sie wirklich Arzt?« Ich sah mich um.

»Nach und nach wirst du begreifen, was ich sage.

– Wenn ich nicht sterbe, was wird dann aus mir?

– Christus ist auferstanden, aber mehr auch nicht: Er ist nur ein Mal ins Leben zurückgekehrt, danach ist er für immer in den Himmel entschwunden. Du jedoch wirst lange leben, ans Ende gelangen und wiederkommen, einmal, zweimal, dann noch einmal und immer wieder.

– Woher wollen Sie das wissen?
– Ich habe es in einem Buch gelesen, und ich weiß es. Überleg mal, ob du tief in dir drinnen etwas Besonderes spürst.«
Ich dachte nach.
»Ich weiß nicht.
– Es ist ganz einfach, Kumpel: Du musst daran glauben. Wenn du an dem, was ich sage, zweifelst, kann ich dir nichts garantieren. Sonst verspreche ich dir das ewige Leben. Deal?
– Ok.«
Ich war nur ein kleiner Junge, zuckte mit den Schultern und schlug ein, um ihm eine Freude zu machen. Er lachte erleichtert, nahm mich in den Arm wie ein alter Freund.

Ich wusste nicht so recht, was ich von dieser Unterhaltung denken sollte (vielleicht hatte der Mann zu viel getrunken), aber ich war geheilt. Natürlich habe ich meinen Eltern kein Sterbenswörtchen von dem erzählt, was sich im Krankenhaus wirklich abgespielt hatte. Wieder zu Hause, feierten Origène und meine Eltern die gute Nachricht. Zum Dank ließ man dem größten französischen Hämatologie-Spezialisten (der nichts getan hatte) die wertvollste Flasche Champagner eines seltenen Jahrgangs aus dem Keller meines Vaters schicken. Von Zeit zu Zeit sah Origène nach mir. »Wie geht's, Sohnemann?« Ausgezeichnet, danke. Unter meinem Bett hatte ich die kleine Glasphiole, die Fran mir anvertraut hatte, in Watte gewickelt unter einer Latte des Parkettbodens verborgen. Sobald das Blut anfing zu fließen, holte ich die kostbare Mixtur aus ihrem Versteck und inhalierte die gleichermaßen berauschende und ekelhafte Flüssigkeit, die unter flüchtigen Ammoniakschwaden nach einem stinkenden Gemisch aus Terpentin und verblühten Veilchen roch; doch sie stillte die Blutung sofort. Es funktionierte wunderbar.

Außerdem hatte ich einen Freund gewonnen: drei- bis viermal pro Monat wartete Fran nach Schulschluss bei der römischen Brücke auf mich. Vermutlich erzählte er mir jedes Mal irgendeinen Unsinn, aber ich wollte alles gern glauben, und mit ihm war mir nie langweilig.

Seine Karre roch nach Hund und kaltem Tabak. Wie aus einem geöffneten Maul quollen Wanderkarten, Musikkassetten, vergilbte Bücher mit Eselsohren und beschädigtem Einband aus dem Handschuhfach. Wir fuhren bis zum Flussufer, wo wir uns niederließen, um über »das Leben, den Tod und das Ganze« zu quatschen. Er war ein seltsamer Mensch, offen, ehrlich, alert, ein Phantast, der ausschließlich für mich lebte. Er war einfach, aber nicht einfältig. Ich glaube, dass er neben die Spur geraten war und seitdem keine normalen Beziehungen mehr unterhalten konnte, außer mit einem Jungen meines Schlags.

Er hätte einen ausgezeichneten Arzt abgegeben, aber seine Kenntnisse in der Genomforschung waren nicht ausreichend, und trotz aller Blutabnahmen, in die ich über die Jahre eingewilligt hatte, ist es ihm nie gelungen, mir meine Unsterblichkeit schlüssig zu beweisen. »Es ist keine exakte Wissenschaft«, hielt er mir entgegen. »Meine Aufgabe ist es, dich dazu zu bringen, dass du daran glaubst und dir nicht den Kopf zerbrichst.«

Ehrlich gesagt brachte er mir in den zehn Jahren vor allem das Rauchen und Trinken bei. Außerdem gab er mir Selbstvertrauen. Ich zweifelte immer weniger an meiner Ewigkeit, zumal ich durch ihn eine Menge ganz unterschiedlicher Dinge lernte: wie man das Bein eines verletzt am Wegesrand gefundenen kleinen Tieres heilt; wer die Halunken, die Feinde und Freunde im Leben sind; warum man nicht lügen soll, aber wie man es dennoch tut; wie die Namen aller Knochen und Muskeln des menschlichen Körpers und die Teile des Organismus heißen, die in unserer Sprache keine offizielle Bezeichnung haben, zum Beispiel diese beiden kleinen Hautdreiecke unterhalb der Mundwinkel, wo Männer oft keinen Bartwuchs haben (lange Zeit wollte mir kein Bart wachsen, aber er beruhigte mich, das würde schon noch kommen). Im Autoradio hörte er experimentelle Musik, die sich für mich anfangs nur nach Krach anhörte, an die ich mich aber schließlich gewöhnte. In solchen Dingen wurde er mir zu einem fabelhaften älteren Bruder. Er hat mich initiiert. Er erzählte mir auch aus seinem Leben. Ständig wiederholte er, dass er lange auf mich gewartet habe, sehr lange, und dass alles nun einen Sinn ergäbe: Er habe nun verstanden, dass nicht er die Hauptperson in seinem Leben sei, sondern ich. Ich strengte mich gehörig an, das Vertrauen dieses erstaunlichen Mannes nicht zu enttäuschen. Er war häufig verliebt, und die Frauen zogen vorbei. Es hatte eine gegeben, eine Schriftstellerin, in die er sich als Jugendlicher verknallt hatte, von ihr sprach er häufig: Sie hatten sich getrennt, wiedergefunden, erneut getrennt ... Was war aus ihr geworden? Das war nicht ganz klar. Jedenfalls wohnte sie nicht mehr mit ihm zusammen. Seitdem hatten mehrere junge Frauen diesen ruhigen und sanften Mann liebgewonnen, ihm dann jedoch vorgeworfen, treu, anständig und gut zu sein – aber Himmel noch mal, wie ein Hund! Komplett unerfahren auf dem Gebiet, erteilte ich ihm ernst gemeinte naive Ratschläge in der Liebe wie ein kleiner Bruder. Sobald er ein Glas zu viel getrunken hatte, sagte Fran, dass er schon immer davon geträumt habe, der Leutnant (der Hund) einer wichtigen Persönlichkeit der Weltgeschichte zu werden: »Du wirst es sein, mein Kleiner.« Und er wuschelte mir über den Kopf.

»Unsterblich, Kumpel, wenn du wüsstest ... «, wiederholte er beschwipst, während er mich voller Bewunderung betrachtete. »Wenn du wüsstest.« Dann erzählte er mir von der Welt jenseits der Berge: »Hier lebst du in einem abgeschiedenen Winkel, aber bei Jesus und Buddha war es genauso, bevor sie das Leben entdeckt haben.«

Er erklärte mir, dass Europa ins Wanken geraten sei, die Globalisierung den ganzen Planeten in einem einzigen Strudel mitreiße und dass die auf der Erde zusammengepferchten hungernden Massen durch die Finanzströme einen immer geringeren Anteil an den Reichtümern hätten, die sich in Händen einer kleinen Minderheit befänden; dass Revolten, Bauernaufstände, Freiheitskämpfe und Kriege hier und da wie Luftblasen in kochendem Wasser aufstiegen. »Es sind unruhige Zeiten, Kumpel, du bist nicht umsonst aufgetaucht.« Ich solle mich auf die Errettung des gesamten Universums vorbereiten.

»Was wird geschehen, wenn ich sterbe?

– Unmöglich vorherzusagen vor dem ersten Mal.«

Also versuchte ich, mir vorzustellen, wie es weitergehen würde, wenn ich erst einmal auf meinem Sterbebett läge, meinen letzten Atemzug getan hätte, das Pochen meines Herzens wie der letzte Glockenschlag einer Turmuhr verhallt wäre, sobald die Durchblutung des Großhirns aufgehört hätte und die Nacht in den Schädel hereinbräche, daraufhin bei meiner Beerdigung das Hinabgelassen-Werden in die Gruft, und schließlich unter der Erde liegend, allein, weise, nicht vorhanden. Wenn ich daran dachte, wollte sich kein Bild einstellen: alles schwarz ohne Licht.

Im Sommer erzählte ich meinen Eltern, ich würde mit Freunden zelten gehen, aber in Wirklichkeit verbrachte ich meine ganze Zeit mit Fran; er fuhr mich mit dem Auto durch die krisengeschüttelte, verlassene Gegend, wir bauten unser Zelt auf und lebten von dem, was wir auf Feldern auflasen oder aus dem Fluss angelten. Als er sich das erste Mal fast nackt vor mir auszog, bemerkte ich schwarze Tinte an seinen Beinen, die von den Leisten bis zu den Knien verlief: Es waren Tätowierungen aus seiner Jugendzeit, die er nun lieber verbergen wollte, wie ein Gemälde, das ein Künstler nach einem Gesinnungswandel mit vollständig deckendem dunklem Lack übermalt hätte. Möglicherweise bildeten die Tätowierungen den Namen und das Porträt der Frau ab, die er so geliebt hatte. Fran schien viel gelebt, aber fast alles vergessen zu haben. Ich war sehr jung und vertraute ihm. Natürlich zog ich von Zeit zu Zeit die Möglichkeit in Betracht, dass ich eines Tages sterben würde und dass dieser Mann log oder alles nur erfand: Vorerst aber folgte ich ihm wie ein Kind, das an die Zahnfee glaubt, die den Milchzahn unter dem Kopfkissen über Nacht in eine Münze verwandelt, dann wie ein Schüler, der gewisse Naturgesetze anerkennt, zum Beispiel die Tatsache, dass sich die Erde um die Sonne dreht oder dass Atomkerne Elementarteilchen enthalten, auch wenn man es nicht selbst herleiten und beweisen kann. Man vertraut den Wissenden.

Sicher ist jedenfalls, dass er mir eine Hilfe war: Ich hatte sehr gute Noten in den Naturwissenschaften, und es wurde Zeit. Er wollte eine Bruchbude im Zentrum Frankreichs mieten und dort für mich ein richtiges »kleines Heer« von Anhängern aufbauen, in der konfusen Absicht, die Verhältnisse zu verändern. Er phantasierte.

Fran war sehr nett, aber bei seinem Vorhaben hatte ich Bedenken und wollte mich lieber um meine Zukunft kümmern. Ich bat ihn, noch ein wenig zu warten, bevor ich mich in den

Messias (oder etwas Derartiges) verwandle. Seit ich in die Pubertät gekommen war, glaubte ich nicht mehr ganz so fest an alles, was er mir versprach: Ich hatte schon bemerkt, dass ihm Irrtümer unterliefen, dass er Gedächtnislücken hatte oder unbesonnen redete.

Mit siebzehn Jahren zog ich nach Paris. Plötzlich verhielt Fran sich zurückhaltender, und nichts von dem, was er mir vorgegaukelt hatte, bewahrheitete sich: Ein- oder zweimal pro Trimester zitierte er mich heimlich in eine heruntergekommene Brasserie am Pariser Stadtrand und sprach nur noch in Andeutungen; ich bekam das Heer der erwarteten Anhänger nicht zu sehen. Ich glaube, ich habe ihn enttäuscht, weil ich mich nicht mehr genug für unsere gemeinsame Idee einsetzte. Trotzdem blieb ich ein guter Schüler und bekam fürs letzte Schuljahr im Lycée einen Platz im renommierten Internat Louis-le-Grand und hoffte, anschließend zu den selektiven Vorbereitungsklassen zugelassen zu werden. Während meiner ganzen Jugend hatte ich neben diesem komischen Vogel keinen anderen Freund gehabt, was mir nicht gutgetan hatte. Rückblickend hielt ich mich selbst für merkwürdig und asozial. Ich kannte niemanden und teilte mir das Zimmer mit einem borniertem Mathefreak, der gern feiern ging. Unter seinen Freunden waren ein paar Schlägertypen, in deren Gesellschaft ich mich unwohl fühlte. Er lud mich mehrmals zu einer gemeinsamen Sauftour am Samstagabend ein. Erst als ich es im Frühling vor Einsamkeit und Langeweile nicht mehr aushielt, nahm ich an. Es war schon dunkel, und mein Zimmergenosse traf eine Gruppe von Studienanfängern, die auf den Grünflächen im Parc de la Villette am Ufer des Canal de l'Ourcq picknickten. Die kühle Luft war erfüllt von Flaschenklirren und Stimmengewirr, vom Geruch nach feuchtem Gras, vom

Funkeln heller Augen, glitzernder Armreifen und metallischer Schnallen an den Schuhen der Jugendlichen, die auf ihre Ellenbogen gestützt auf dem Boden lagen und diskutierten; ich zündete mir eine Zigarette an.

Langsam sog ich den Rauch ein und genoss es, da zu sein.

Etwas abseits, nahe am Wasser, sang eine schlanke junge Frau mit langem blondem Haar und begleitete sich dazu auf der Gitarre. Sie setzte dreimal an, um ihr Stück zu spielen, brach lachend ab und entschuldigte sich; dann stimmte sie einen Hit aus den Achtzigern an, der noch immer im Radio lief und den ich gut kannte.

Sie hielt inne und sah mich an.

»Bist du durchsichtig oder was?

– Wie bitte?«

Sie hob die Schultern und wies hinter mich. »Weil du zufällig genau vor meinem Publikum sitzt.« Ich drehte mich um und entdeckte ungefähr dreißig Personen, die es sich in der Dunkelheit bequem gemacht hatten und sich über meine Überraschung und Verlegenheit lustig machten. Die Jugendlichen hatten auf dem Gras einen Halbkreis um die Sängerin gebildet; und ich hatte mich im Glauben, nicht aufzufallen, genau davor niedergelassen.

Ich entschuldigte mich und setzte mich zu ihnen. Sie stellte sich vor: Sie hieß Hardy. Seltsamer Vorname für ein Mädchen, aber er passte gut zu ihr.

Nach ihrem letzten Lied bot sie mir eine Zigarette an. »Aber ich warne dich, das ist die letzte, ich mache nie Jungs an.

– Ah.«

Ich war eher langsam und nicht schlagfertig: Während ich noch nach einer originellen Formulierung suchte, war ich schon von Pfeilen durchbohrt. Ich setzte den Bogen ab und lächelte sie einfach an, ohne die geringste Hoffnung, ihr zu gefallen. Seit ich allein war und Fran nicht mehr an meiner Seite hatte, um mir einzuflüstern, ich sei unsterblich und daher allem überlegen, war mein Selbstbild zu dem einer hoffnungslos gewöhnlichen Person geschrumpft.

Hardy, die in weiten bequemen Hosen im Schneidersitz neben mir saß, war eine begnadete Quasselstrippe: Sie berauschte sich an ihren eigenen Sätzen; kaum ausgesprochen, begannen sie von Neuem und entrollten sich kreiselnd wie endlose bunte Bänder voller Wörter und Ideen in einem durchsichtigen Brunnen. Sobald ich meinen Blick auf ihren Mund oder ihre Augen richtete, wurde mir beinahe schwindlig. Außerdem hatte sie getrunken. Sie ließ das Bier direkt aus der Flasche in ihren feinen rosa Mund rinnen. Die Zarte mit den feinen Zügen einer florentinischen Statue kam aus der Banlieue Nord, aus dem Milieu der kleinen weißen Leute, die ihr zufolge völlig uninteressant waren. Um Mitternacht wusste ich schon fast alles über Hardy und verkannte ebenso viel. Der Vater hatte die Familie verlassen, und sie war von ihrer Mutter und einer Tante, die sie nicht mochte, in einem Wohnblock in Aubervilliers aufgezogen worden. In der Schule hatte sie gute Noten geschrieben und gehofft, sich dadurch aus der Patsche ziehen zu können. Sie wusste nicht, wie die Bäume hießen, fürchtete sich vor Tieren, ekelte sich vor allem Glibberigen, auch vor Spinnen, das ganz nebenbei gesagt, denn ich kam ja vom Land (von wo noch mal?), zog sie mich auf. Sie wollte Ärztin oder Sängerin werden. Das war noch nicht entschieden. Ihr war klar, dass sie ziemlich hübsch aussah, aber Männer interessierten sie nicht: Die wussten, was sie wollten, sie auch, und es war nicht dasselbe. Sie redete sowieso zu viel. Dazu kam in ihren Augen etwas wirklich Indiskutables: Typen, die mit Fettflecken auf dem Hemd rumliefen, die sich vernachlässigten, im Ernst, wer wollte so einen zum Ehemann? Sie hatte nicht die Absicht, ihr Leben damit zu verbringen, Monsieur die Wäsche zu machen, zu bügeln und seine Erziehung zu vervollständigen, weil seine Mutter es versäumt hatte. Sie wollte zwei Kinder: Eines war nicht genug, drei schon wieder zu viel. Der Kinderwunsch wurde den Frauen aber immer noch eingebläut, und danach waren sie es, die sich um den Nachwuchs kümmerten, nein danke. Sie war sehr ungeschickt, zerbrach Geschirr und stieß sich an Tischecken. Ihre Lieblingsgruppe waren die Breeders. Ob ich die kenne? In der Dunkelheit warf ich einen verstohlenen Blick auf mein Hemd, um zu sehen, ob es Flecken und Falten hatte. Leider gab es welche. Meine Studentenbude war nicht mit Bügelbrett und Bügeleisen ausgestattet (und diese Woche hatte ich vergessen zu waschen).

Endlich machte sie eine Atempause, und ich konnte eine Frage anbringen.

»Warum heißt du Hardy?

– Na, weil ich mutig bin. Und du?

– Ich weiß nicht. Mein Name hat keine besondere Bedeutung.

– Du begleitest mich jetzt nach Hause, aber versuch nicht, mich zu küssen. Das hasse ich nämlich. Okay?«

Sie verabschiedete sich von allen ihren Freunden, es waren viele, und ich ging mit ihr zur nächsten Métro-Station. Wir lachten über einen Besoffenen, der versuchte, sie auf dem Bahnsteig mit einem »Sie sind reizend, Mademoiselle« zu ködern, sie wies ihn sehr humorvoll ab, dann drückte ich ihr verlegen die Hand zum Abschied, und sie bat mich, meinen Namen, Adresse und Telefonnummer auf eine Zigarettenschachtel zu schreiben. Zum ersten Mal seit meinem siebten Lebensjahr schlief ich nicht mit dem Gedanken an mich selbst ein. Ich hinterließ Fran eine Nachricht, um am nächsten Tag mit ihm etwas trinken zu gehen; und während seines üblichen Monologs über das unendliche Leben, das mich von allen anderen Menschen unterscheide, in der Bar neben dem Krankenhaus Val-de-Grâce, in Paris und anderswo, fielen mir geistreiche und originelle Kommentare zu Hardys Sätzen ein, die sich immer wieder in meinem Kopf drehten wie Holzpferdchen eines Karussells nach dem Ende der Kirmes.

In der darauffolgenden Woche rief Hardy mich an, wir verabredeten uns im Kino, und von da an pilgerten wir gewöhnlich jeden Sonntag ins Multiplex an der Place d'Italie.

»Was für ein Mist, seufzte sie eines Abends. Nach einem schlechten Film fühle ich mich dreckig. Es ist wirklich verplemperte Zeit. Manchmal – geht es dir nicht auch so? – habe ich den Eindruck, am Rand meines Blickfelds den Countdown der vergehenden Minuten, Stunden und Tage zu sehen, und sage mir: Dir bleibt exakt so viel Zeit vor deinem Tod, warum verschwendest du also eineinhalb Stunden deines Lebens für nichts und wieder nichts?

– Nein, gab ich zu, an so was denke ich nie.

– Da hast du aber Glück. Na gut, scherzte sie, jetzt kennen wir uns schon drei Monate, und du hast mich immer noch nicht geküsst, worauf wartest du eigentlich? Dass ich dir die Erlaubnis gebe? Darauf kannst du lange warten.«

Ich wusste nicht, was ich antworten sollte.

»Hast du keine Lust?«

Ich gab ihr zu verstehen, dass ich sehr große Lust hatte.

Ich habe nie begriffen, was sie an mir fand, aber sie hatte mich auserwählt; und Hardy änderte ihre Meinung nicht. Sie studierte sehr fleißig, geradezu aufopferungsvoll: Wenn ich in der Bibliothek hinter ihr saß, schweifte ich oft ab und konnte mich nicht mehr konzentrieren, während ich stundenlang ihren weißen Arm und die tausend kleinen Bewegungen und leichten Zuckungen ihrer Schulter und ihres Ellenbogens betrachtete, die wie Zeichen einer Geheimsprache oder eines hypnotischen Morsealphabets waren, das ich nicht zu entziffern vermochte. Sie las und lernte unaufhörlich, getrieben von einem großen Wissensdurst, den man daran erkennen konnte, wie sie ihre Bücher hielt, öffnete und wieder schloss. Ihre Hände begehrte ich am meisten, weil sie eine Art Eigenleben zu haben schienen, das sich aus ihrem Bauch, ihrem Brustkorb und ihren Brüsten speiste, während die Seele ihres Geschlechts, ihrer Schenkel und Waden eher bis in die Füße ausstrahlte, die unter dem Tisch einen ständigen Tanz vollführten. Und plötzlich stieg alles Energische und Junge an ihr in einer nervösen Gegenbewegung hoch, um erneut in den Fingerspitzen zu pulsieren, mit denen sie während der Vorbereitung der Prüfungsthemen ungeduldig ihren Haarknoten neu zurechtzurrte. Eine andere Geste, die sie oft wiederholte und die an eine Tänzerin beim Aufwärmen erinnerte, bestand darin, alle Fingerglieder einzeln zum Knacksen zu bringen und anschließend ihr Handgelenk wie einen Kreisel um die eigene Achse kreisen zu lassen. Sie trug keinen Armreif, aber die Bewegung legte es nahe. Sie zog sich nie so hübsch an, wie sie es hätte tun können, bemühte sich nicht, ihre Schönheit zur Geltung zu bringen, dabei wusste sie wohl, wie man Jungs verführte, aber wahrscheinlich fand sie das Ganze langweilig. Manchmal weinte sie plötzlich, es brach wie ein gewaltiger Strom aus ihr heraus, und sie presste die Vorderarme so fest vor die Augen, dass meine Kräfte nicht ausreichten, ihr Gesicht wieder zum Vorschein kommen zu lassen. Es war, als wolle sie sich vor den Felsbrocken eines einstürzenden Himmels schützen; dann verging es wieder, lachend zitierte sie: *Life is unfair, kill yourself or get over it.* Es stammte aus einem Song. Sie war von einem abgründigen Hass gegen Intriganten, Karrieristen, Erben und Profiteure getrieben, die nach Erfolg streben, weil sie die Mittel dazu haben, weil ihnen die Arbeit dafür vorgekaut wurde, weil es ihnen leicht gemacht wird – vom Hass derer, die wissen: Für uns wird es nicht so laufen. Wir haben keinen Stammbaum im Rücken. Manchmal sah ich sogar, wie sie gut situierte Männer anlockte, in der Hoffnung, ihnen schaden oder sie demütigen zu können. Aber das dauerte nie lange: Hardy wusste, dass Groll nichts als Zeitverschwendung und Verachtung nur Energieverlust ist.

Später lernte ich ihre Mutter kennen, eine sanfte Frau, die in allem gleich das Schlimmste sah, und ihre Tante, die sich nicht unnötig mit Fragen aufhielt, aber einen schlechten Charakter hatte. So aufzuwachsen war kein Spaß. Hardy hatte sich selbst geschaffen, ohne jegliche Hilfe von außen; deshalb waren Teile von ihr solide, stabil, fast zu sehr, und andere erwiesen sich bei der Berührung einer beliebigen Stelle ihres Körpers oder ihres Geistes als instabil und brüchig wie schlecht gebrannter Ton, der schon beim Anfassen in sich zusammenfällt: Ihre Seele glich einer sehr schönen Statue aus Sand und Marmor, deren extreme Härte und Zerbrechlichkeit sich behutsam tastenden Fingern nach und nach offenbarte. Manchmal rührte ich an einen Punkt, der mir unverfänglich schien, und alles stürzte ein, sie geriet in Panik; ein andermal kam sie mir ganz im Gegenteil unerschütterlich und geradezu auf einen Sockel der Vernunft geschraubt vor. Je besser ich sie kannte, desto mehr schämte ich mich dafür, mir dummes Zeug über Leben und Tod erzählt und zusammen mit Fran nutzlose Schimären erfunden zu haben.

Sie versuchte nur, sich würdevoll aus der Affäre zu ziehen; alles andere war purer Luxus.

Ich stellte Hardy meinen Eltern vor, die sie gleich mochten, aber Fran erzählte ich bis zum Winteraufstand nicht von ihr. Ich war so sehr mit meiner leidenschaftlichen, überwältigenden Liebe beschäftigt, dass ich fast nicht mehr an das Blut und die Versprechungen meines Freundes dachte; wenn es mir gelegentlich nach einem Abend mit Hardy beim Einschlafen einfiel, fühlte ich mich nicht wie jemand, der an Gott geglaubt hatte und davon abgekommen war, sondern eher wie einer, der vom Traum eines anderen hört und nicht versteht, wie der andere sich blindlings in einer kindlichen, geradezu beneidenswerten Vertrauensseligkeit derartigen Märchen hingeben kann. Im Moment waren meine Blutungen nichts anderes als eine schöne Fabel für die Zeit der Unschuld. Sobald ich versuchte, mich ernsthaft auf diese Idee zu konzentrieren, schweifte mein Geist immer mehr ab, die konkrete Zukunft kam mir in den Sinn, ich hatte vor, zu Semesterbeginn für Hardy und mich ein kleines Apartment in der Gegend von Le Plessis zu mieten. Doch es war nicht sicher, ob ich Wohngeld für Studenten bekommen würde, und ich überlegte, einen kleinen Job anzunehmen, vielleicht als Kellner in einem Bistro. Die reale Arbeitswelt war mir vollkommen fremd, deswegen entwickelte ich eine Art Minderwertigkeitskomplex gegenüber Hardy, die ihre Bücher fürs Studium und ihr Essen in der Kantine durch einen Wochenendjob als Empfangsdame finanzierte. Die Zustände empörten sie.

Hardy glaubte an die *Veränderung*, sie führte mich an soziale Fragen heran, und ich folgte ihr. Zu jener Zeit entstand als Folge der langen Wirtschaftskrise, die die Stimmung im Land erhitzt hatte, eine neue Bewegung. Wir waren halb Zuschauer, halb Akteure des Aufstands, weil wir keiner Organisation angehörten und die Politik mit dem gesunden Menschenverstand der Naiven reflektierten. Andere unter Hardys Freunden hatten sich seit Langem radikalisiert und prophezeiten einen Bürgerkrieg: Nichts hielt mehr zusammen. In Paris kam es bei den großen Winterstreiks zum Zusammenstoß mit den Ordnungskräften; wir demonstrierten gemeinsam mit unseren Kommilitonen im Schneetreiben. Wenige Meter vor unserer Riege gab es drei Tote: Ich bekam Angst und wollte Hardy in Sicherheit bringen.

Vielleicht lag es daran, dass ich sie zum ersten Mal in meine Arme genommen hatte, dass mein Blut anfing zu fließen.

»Was hast du?« Hardy dachte wahrscheinlich, ich sei getroffen worden.

Ich suchte in der Innentasche meiner Lederjacke nach Frans Droge, die ich immer noch bei mir trug. Hardy wollte mir helfen und riss mir fieberhaft und ungeschickt die Phiole aus der Hand: Sie fiel zu Boden und zerbrach auf dem vereisten Trottoir.

Im Hauseingang, in den wir uns vor der allgemeinen Aufregung geflüchtet hatten, überfiel mich eine zusätzliche Panik, deren Grund ich Hardy nicht nennen konnte. Ich wusste nicht, was ich tun sollte. Schon bald war ich buchstäblich blutüberströmt, und soviel ich auch mit meinem dicken Karohemd über Wangen, Hals und Schultern wischte, verlor ich doch immer mehr Blut. Auf den verschneiten Boulevards, die von der Place de la République ausgingen, wurde ich in dem ganzen qualmenden Durcheinander sogar für einen Verletzten gehalten. Ein Foto, das die Presseagentur von den Ereignissen gemacht hat, zeigt mich jedenfalls als Opfer polizeilicher Gewalt.

Fran musste so schnell wie möglich geholt werden, um mir das Gegengift zu bringen. Widerwillig gab ich Hardy seine Handynummer, ohne ihr richtig zu erklären, wer er war.

Und so lernte sie ihn kennen.

Ehrlich gesagt hatte ich dadurch, dass ich sie miteinander bekannt machte, das schamlose und unangenehme Gefühl, zum ersten Mal zwei entgegengesetzte Seiten meiner selbst zusammenzubringen.

Wir aßen zu dritt in einem China-Restaurant, ohne viel zu reden.

Wie nicht anders zu erwarten, mochte sie ihn überhaupt nicht, was auf Gegenseitigkeit beruhte. Als Hardy nach dem Essen zur Toilette ging, brachte Fran sein Tablett zur Theke und murmelte: »Sie wird dir nie glauben.« Durch Hardys Augen sah ich in ihm zum ersten Mal das, was er wohl war: ein langer Schlaks mit irrem Blick in einem dreckigen Hemd.

»Was ist denn das für ein Typ?«, fragte sie mich auf dem Heimweg.

Zuerst sagte ich ihr nicht die ganze Wahrheit: Ich lavierte herum. Im Frühling erzählte ich schließlich, so als müsse ich ihr etwas gestehen, dass ich von klein auf überzeugt gewesen sei, nicht sterben zu müssen, und dass Fran mir beigebracht habe, felsenfest daran zu glauben. Er halte mich für einen Auserwählten oder etwas in der Art. Ich selbst wisse nicht, was davon zu halten sei, obwohl ich ihn gernhabe.

Ich sehe die Szene vor mir: Hardy und ich lagen in der Gegend, aus der ich stamme, auf einem bewaldeten Hügel zwischen Ahorn und Espen ausgestreckt, unsere Räder neben uns auf dem Boden. Es war fast Mitternacht, und wir betrachteten die Sterne über den vereinzelt stehenden renovierten Höfen, deren Lichter in der Dunkelheit schon eines nach dem anderen erloschen. Hardy hatte meinen Kopf an ihren Bauch gelehnt und mir lange die Haare gekrault; ich merkte, dass meine heimliche Krankheit sie verunsicherte, doch sie war sehr geduldig.

»Ich glaube, Fran ist nicht dein Freund. Er tut dir nicht gut. Jeder von uns ist schon mal so einem begegnet. Wenn du weiter auf ihn hörst, wirst du nie anfangen zu leben. Ich hab dich sehr lieb, aber du bist verklemmt.«

Ich versuchte ihr zu erklären, dass ich als Kind keinen anderen Freund außer ihm gehabt hatte. Er war mein Weggefährte.

»Du musstest ihm vertrauen, solange du klein warst. Das ist ganz normal.«

Ich weinte, was ich in meinem Leben insgesamt selten getan habe, aber nur ein bisschen und nicht lange, weil ich mich schämte und große Angst davor hatte, mein Inneres preiszugeben. »Ich kann nicht anders, ich glaube, ich werde nie sterben. Wirklich. Ich bin nicht wie die anderen.« Ich hätte das gerne erklärt, meine Gedankengänge durch Beweise oder wenigstens Hinweise erhärtet, und doch konnte ich es nicht; ich schaffte es nicht einmal, ihr begreiflich zu machen, wie sehr ich daran glaubte, so sehr fürchtete ich, sie würde mich zum Arzt schicken (ich hatte Angst vor Analytikern und Psychiatern) oder mich auf der Stelle verlassen. Ich hatte angenommen, Frans Hirngespinste abgeschüttelt zu haben, aber jetzt, wo man von mir verlangte, alles zu leugnen, fand ich eine Art Glauben wieder, ich fühlte erneut das feste und kindliche Vertrauen, das ich diesem Spinner in meinen ersten Lebensjahren geschenkt hatte.

Hardy bewies große Geduld. »Denk doch mal nach: Du *weißt*, dass es falsch ist, es ist nicht *möglich*, nicht zu sterben. Werd mal ein bisschen erwachsen.« Und sie streckte ihre langgliedrige geäderte Hand nach meinem Nacken aus, schob mein beunruhigtes Gesicht auf ihren Unterbauch, ihrem Geschlecht unter dem Sommerkleid zugewandt. »Du wirst sterben, wie alle Menschen. Ich liebe dich.« Es war das allererste Mal, dass sie es aussprach. Ich musste eine Wahl zwischen ihrer Liebe und meinem Wahn treffen: Ich entschied.

Vom nächsten Tag an rief ich Fran nicht mehr zurück. Ich war beflügelt davon, mit Hardy zu schlafen. Hardy vögelte sehr gewissenhaft, sie machte nie Witze während des Akts: Eine Falte, immer dieselbe, lief ihr in einer Mischung aus Schmerz und Lust über die Stirn, anschließend zitterten ihre Hände, danach fing sie sich wieder und ging unbekleidet ihren Beschäftigungen nach; splitternackt setzte sie sich auf einen Korbstuhl, um für ihre Prüfungen zu lernen, während ich ihr dabei mit einem Ständer zusah und in Trance verkündete, dass alle Männer in ihrem Umkreis Lust hätten, jetzt an meiner Stelle zu sein, ihre Kommilitonen, Professoren, jeder Typ auf der Straße. Ihre Brüste, ihr Hintern, ihre Muschi auf dem Korbstuhl: Alle hätten ihr Leben, ihre Seele verkauft, um sie zu sehen, sie anzufassen, um sie mir wegzuschnappen und sie zu vögeln.

Ach, die Männer. Hardy lachte, ging ins Bad, und ich blieb allein vor Begierde stöhnend auf der Matratze zurück, die in unserem winzigen Studentenzimmer in der Cité Universitaire direkt auf dem Fußboden lag.

Es war eine besonders glückliche Zeit: Wir hatten uns bei einem europäischen Austauschprogramm für Studenten eingeschrieben und wollten während der Ferien den Kontinent per Bus, zu Fuß und mit dem Zelt entdecken. Reden, wandern, Spaß haben, schlafen, Liebe machen und essen. Auf Zeltplätzen und Sommerfestivals lernten wir inbrünstige Christen, Gothics und Nihilisten, Tierschützer, junge patriotische Neonazis, internationale Kommunisten, Ekelpakete und prima Leute kennen (Europa bewegte sich gerade auf eine neue Ära zu, ohne sich von der alten verabschiedet zu haben, deshalb war es eine Periode voller Unentschiedenheiten zwischen Dutzenden von politischen, religiösen und philosophischen Anschauungen, man wusste nicht, was dabei herauskommen würde, und höchst erstaunliche sowie extrem bedenkliche Personen vermehrten sich zusehends); Reisen macht vielleicht zu tolerant, ich jedenfalls tendierte zu der Ansicht, dass jeder Gründe hat, sich etwas vorzumachen. Die Idee meiner Unsterblichkeit entfernte sich, sie verschwand in der Menge der Spinnereien aller anderen. Schließlich glauben alle an etwas, das in den Augen ihrer Mitmenschen purer Unsinn ist.

Ich dachte an die Wohnung in der Nähe von Le Plessis-Robinson, die wir zu Semesteranfang mieten wollten, denn Hardy war inzwischen in Medizin eingeschrieben. Bei unseren Gesprächen entwarfen wir in groben Zügen die Möglichkeit zusammenzubleiben, eine Familie zu gründen.

Und dann, eines Tages, irgendwo in einem Kastanienwald eines südeuropäischen Landes fand Fran uns wieder. Wir folgten den tiefen Spurrillen eines Pfades und überschlugen gerade das bisschen Geld (wirklich unser eigenes), das wir bis zum nächsten Jahr verdient haben würden. Ein Mann mit Vollbart pflanzte sich vor uns auf: Ich hielt ihn zunächst für einen Holzfäller. Als ich ihn erkannte, war es schon zu spät. In kaum einer Sekunde hatte er schon mehrmals mit dem Messer auf mich eingestochen. Hardy stürzte sich brüllend auf ihn und schlug zu, aber Fran war groß und hatte keinerlei Schwierigkeiten, sie zu Boden zu werfen. Doch in dem Moment, in dem er mir den Todesstoß geben wollte, warf er die Waffe weg.

»Entschuldige, alter Kumpel.« Er hatte sich selbst und uns allen meine Unsterblichkeit beweisen wollen. Er hatte beschlossen, mich zu töten, um es mir zu demonstrieren. Nun tat es ihm leid.

Was für ein Blödsinn. Ich lag hustend, den Mund voller Blut, quer auf dem Weg. Fran war Arzt, er leistete Erste Hilfe, und ich wurde als Notfall nach Frankreich überführt. Um ein Haar wäre ich gestorben, erholte mich jedoch wieder. Von Zeit zu Zeit spürte ich im Brustraum einen stechenden Schmerz, und ich humpelte von da an. Mein früherer Freund stellte sich freiwillig. Während seines Prozesses schwieg er.

Er bekam eine mehrjährige Gefängnisstrafe.

Meine Eltern und Origène waren von der brutalen, grundlosen Aggression und von dem Klima der Unsicherheit (»Es steht schlecht um unser Land«) so verschreckt, dass ich nach meiner Genesung ihren Ratschlägen folgend alle meine unausgegorenen Pläne fallen ließ, die Aufnahmeprüfung für die Beamtenlaufbahn bestand und schließlich einen Posten in der Einwandererbehörde für politische Flüchtlinge in der Abteilung eines ehemaligen Kollegen meines Vaters übernahm. Ich glaube, dass Hardy und ich uns gleich beim ersten Donnerschlag vor dem drohenden Gewitter in Sicherheit bringen wollten. Die Lage in Frankreich war tatsächlich angespannt, es gab sogar Attentate. Ich hatte seitdem große Angst, und sie auch. Diese Furcht wurden wir nie ganz los, nicht einmal im häuslichen Glück, das wir uns auf ehrliche Weise erarbeiteten und verdienten. Kurz vor unserer Hochzeit versicherte ich ihr, nicht mehr an Frans Larifari zu glauben (darüber wollte sie

Klarheit, um im Laufe unserer Ehe keine böse Überraschung zu erleben: Sie heirate keinen Verrückten, der sich für Jesus halte, hatte sie mich gewarnt). Ich gehörte ihr und hatte eingesehen, dass ich ein Mensch aus Fleisch und Blut war, der geboren wird, aufwächst und stirbt. Am Kai der Jugend schifften wir uns für das Erwachsenenleben ein, wie man früher eine Reise auf dem Ozeandampfer antrat, mit dem gesamten Gepäck und ohne den Gedanken an ein Zurück. Da die Mieten in der Île-de-France zu teuer waren und Hardy die graue und trostlose Banlieue hasste, in der sie ihre Kindheit verbracht hatte, zogen wir ins Département L'Indre-en-l'Hombre, nach Mornay[1], in ein hübsches Backsteinhaus, das auf einen quadratischen Garten hinausging. Hardy brach ihr Medizinstudium ab und wurde schwanger. Nach der Geburt unserer Tochter sattelte sie zur Apothekerin um und arbeitete hart, um uns ein anständiges und angenehmes Leben zu ermöglichen: Das Kinderzimmer war mit bunten Mustern à la Matisse dekoriert, die sie nächtelang ausschnitt. Einer eleganten alten Dame, die herumstreunende Katzen liebte und zwei Straßen weiter wohnte, brachte sie regelmäßig etwas zu essen – im Gegenzug hütete diese oft unsere Tochter und half uns.

»Pass auf, ich will nicht nur Mutter sein«, warnte mich Hardy.

Sie las viel, im überfüllten Stadtbus, mit dem sie zur Apotheke fuhr, oder abends im Bett. Oft waren es feministische Schriften über die Geschichte der Frauenbewegung oder radikale und gesellschaftskritische Bücher im Allgemeinen. Sie engagierte sich, ein bisschen jedenfalls.

Es kam vor, dass wir uns wegen meiner Arbeit stritten, denn meine Aufgabe bestand im Wesentlichen darin, just den Personen, denen Hardy half und die in ihrem Herkunftsland verfolgt wurden, die Einreiseerlaubnis zu verweigern: Man kann nicht allen helfen, sagte ich ihr dann immer, es ist besser, uns um uns und einen kleinen Personenkreis zu kümmern, und das richtig, als alle kommen zu lassen und nicht genug Ressourcen zu haben.

Dann brüllte sie mich gewöhnlich an, während ich schwieg – und ihre Stimme reichte weiß Gott für zwei.

Manchmal musste ich auch an Fran denken und fragte mich, was wohl aus ihm geworden war. Wir hatten neue Freunde, Kollegen, Bekanntschaften, wir gingen ins Theater, ins Kino, doch jedes Mal, wenn ich von einer Vorstellung auf den Grand Cours hinaustrat, zündete ich mir eine Zigarette an und überlegte: Angenommen, mich überfährt ein Auto, hier und jetzt, und ich verunglücke dabei tödlich, ob ich dann eine Minute später wiederauferstehe? Mir schien, niemand rings um mich her, hier in Mornays herbstlichen Straßen, würde den Tod und das Vergessen überleben. Aber ich … Ich wusste es nicht. Ich war bloß ein kleiner Beamter. Nur, wenn ich unser Backsteinhaus mit dem quadratischen Garten verließ, um ein Päckchen Kippen zu besorgen, allein und in Gedanken versunken, dann beschlich mich das flüchtige, jedoch intensive und unleugbare Gefühl, unsterblich zu sein. Es hielt nie lange an. Ich kam nach Hause, und das Auto musste in die Werkstatt oder die Kleine zu ihren Tanzkursen bei der Stiftskirche gebracht werden.

Schließlich half Hardy mir dabei, mit dem Rauchen aufzuhören; meine Tochter ermutigte mich, indem sie jeden Tag, den ich überstand, ohne mir eine Zigarette anzuzünden, im Kalender der Freiwilligen Feuerwehr ankreuzte.

Ich bekam eine Stelle bei der Präfektur von Mornay, und um dieses Ereignis zu feiern, organisierten wir ein Fest bei uns zu Hause, während die alte Nachbarin auf unsere Tochter aufpasste. Am Ende holte Hardy ihre Martin-Gitarre wieder hervor, spielte ein Lied, dessen Akkorde sie mühsam suchte, und brach in Tränen aus. Daraufhin sagte sie: »Ich weine nicht, weil ich traurig bin, keine Sorge, ich weine vor Freude.«

Wir bekamen ein zweites Kind.

Und weiter? Das Leben glitt mir durch die Finger, ohne dass ich es merkte. Ich war gewarnt, wie jeder von uns.

Wir haben uns sehr geliebt, Hardy und ich, zu sehr vielleicht. Ihr Körper nahm den Abdruck meines Körpers an und umgekehrt, und diese Prägung war so stark, dass man nicht mehr wusste, wer das Wachs und wer das Siegel war. Völlig eins waren wir schließlich wie verschmolzen, ganz eingenommen von den Dingen ringsum. Nichts Interessantes, aber auch nichts Uninteressantes: die Einkäufe im Supermarkt, die Termine beim Zahnarzt, Reisen, das Kommen und Gehen der Wochen, Monate, Jahre, der Namens- und Feiertage auf dem Kalender der Ortsfeuerwehr. Der Tod der Eltern, auch das. Ein paar Schönheitsflecken auf Hardys Gesicht vergrößerten sich. Vor allem der am Rand ihres Lächelns und ihrer Wange. Ich bemerkte jedes noch so kleine neue Fältchen; ich kannte seine Form, seinen Ursprung und seine Biographie. Unter ihrer Haut sah ich, wie beim Blick ins tiefe Wasser, das Gesicht ihrer Jugend versinken. Ihr Haar, ihre Kopfhaltung, ihr Gang, ihre Gesten, ihr Lachen: Alles veränderte sich kaum merklich im Lauf der Jahre, aber nichts löschte die übereinanderliegenden Schichten der Erinnerungen aus, die einen tiefen schlafenden See bildeten, unter der Oberfläche des *Jetzt*. Habe ich am Ende mehr mit der Hardy der Vergangenheit gelebt als mit der an meiner Seite? Es ist gut möglich, dass ich Letztere zu ihrem eigenen Vorteil vernachlässigt habe.

Denn Hardy träumte von einem anderen Leben und von Amerika, wovon der alte Origène ständig redete, wenn wir im Garten meines Elternhauses, das uns inzwischen gehörte, Gestrüpp ausrissen. Sie hatte nicht die richtigen Leute kennengelernt. Oft bereute sie, ihr Medizinstudium abgebrochen, die Musik vernachlässigt oder zu früh ein Kind bekommen zu haben. Sie weinte nicht mehr, bedauerte es einfach, sprach ein paar Stunden lang kaum, und ich erriet, dass sie daran dachte, sie auch. Danach fasste sie sich wieder und sagte: So ist es eben!

Doch verstehen Sie mich nicht falsch: Wir waren glücklich. Die Ferien glichen mehr und mehr den Arbeitswochen, aber die Arbeitswochen auch den Ferien. Die Kinder wurden groß, wir begannen, an den Ruhestand zu denken, und überlegten, ob wir das Elternhaus, dessen Instandhaltung uns viel abverlangte, verkaufen und gegen eine kleine Wohnung am Meer eintauschen sollten. Was den Sex anging, so kam es vor, dass sie mich abwies: »Ich will nicht.« Ein andermal tat sie es mit Glut und Furor, als wolle sie ein Jahr in einer Minute verbrennen, und ließ mich erschöpft, leer und gedankenverloren zurück, aber immer seltener. Dazu kam, dass ein junger Mann aus dem wohltätigen Verein, bei dem sie manchmal aushalf, sich in sie verliebte, was ich ihr vorwarf. Als ich ihren Verehrer zum ersten Mal sah, sagte er zu mir: »Monsieur, Sie haben ein wahres Prunkstück in Ihrem Besitz. Sollten Sie sich jemals scheiden lassen, was ich Ihnen nicht wünsche, rufen Sie mich bitte an.« Später hatten die beiden ein kurzes und heftiges Abenteuer, er bat sie, mich für ihn zu verlassen (sie packte ihren Koffer und blieb eine Woche fort), beschloss dann aber zurückzukommen. Wir stritten uns, und schließlich fragte ich sie, warum sie sich für mich entschieden hatte: »Es war nicht aus Leidenschaft, aber ich habe nie viel Glück gehabt, und du gibst mir Sicherheit, beruhigst mich, kümmerst dich gut um mich, und dafür liebe ich dich.«

Sie war ehrlich, wie immer.

Hardy zeigte sich nicht mehr nackt, seit wir Kinder hatten, aber an jenem Abend lag sie nur mit einem Baumwollslip bekleidet auf dem Sofa vor dem Fernseher. Sie sagte: »Das Leben kommt mir vor wie ein Weg, der ins Gebirge führt; immer wieder kannst du nach links oder nach rechts abbiegen, stehen bleiben oder weitergehen; die Zeit vergeht, nach einer Weile siehst du dich um, inmitten der Vegetation, du fragst dich, wer von deinen Altersgenossen am schnellsten hinaufsteigt, wozu das alles gut sein soll, manchen ist geholfen worden, einige haben einen besseren Weg gewählt; wenn du dir zu viele Fragen stellst, drehst du dich im Kreis, du siehst, wie sich die anderen entfernen, du bist im Rückstand, also fragst du dich, wie es die anderen schaffen, immer vorwärts zu marschieren, ohne anzuhalten, bis zum Gipfel, aber dahinter ist nichts. Es kommt der Punkt, an dem du akzeptierst, spazieren zu gehen. Du steigst trotzdem weiter hoch, aber ...«

Sie nahm einen Schluck Rotwein.

»Du glaubst noch immer daran. Wenn du wüsstest, wie traurig mich das macht, nach all den Jahren. Es ist, als würdest du mich betrügen.

– Du warst es, die mich betrogen hat.

– Nein, das hatte keine Bedeutung. Aber bei dir ist es etwas Ernstes. Du denkst noch immer, dass du nicht sterben wirst.

– Nein, schwor ich (und in dem Augenblick sagte ich die volle Wahrheit), das glaube ich ganz und gar nicht mehr.«

Hardy umarmte mich mit nacktem Oberkörper: »Mon amour.«

Und dann plötzlich, kurz vor ihrem fünfzigsten Geburtstag, wurde sie mir entrissen. Sie wurde krank, man diagnostizierte einen schnell wachsenden Krebs, der schon Metastasen gebildet hatte, etwas Unvorstellbares, sie hatte nicht einmal Zeit zu begreifen, dass ihr wahrscheinlich nur ein Monat zum Leben bleiben würde, da war sie schon fort.

Ich hatte es nicht vorhergesehen, ich wusste, dass es passieren würde, aber ich glaubte nicht daran. Ich flehte sie an, mich nicht allein zu lassen. Ich hasste sie.

Ich weinte an ihrem Sterbebett, und das Blut begann, aus meiner Nase zu rinnen, schwach, was es seit Jahrzehnten nicht mehr getan hatte. »Nie wieder werde ich jemanden lieben, wie ich dich geliebt habe«, wiederholte ich pathetisch, als sie bereits tot war, und das Blut floss über mein Gesicht in die Hautfalten am Hals, unter den Kragen, und mein Hemd sog sich voll. Ich konnte nicht hierbleiben, bestimmt würden gleich die Krankenschwestern kommen, und so löste ich behutsam meine Hand aus ihrer, die schon starr geworden war.

Ich kehrte allein nach Hause zurück, ohne die Kinder zu benachrichtigen.

Ich erinnere mich, dass ich nach einem Anfall von Schwindel, Wut und Niedergeschlagenheit im Garten Holz spaltete. Obwohl ich mir eine Kompresse angelegt hatte, sickerte das Blut weiter. Am meisten schmerzte mich jedoch, dass ich während all der Jahre eine nie benutzte Phiole unter einer Latte des Parketts in unserem Schlafzimmer aufbewahrt hatte, von der Hardy nichts wusste. Ja, ich hatte sie betrogen. Und dennoch glaubte ich nicht daran, oder nur vage.

Da der Blutfluss nicht aufhören wollte, rang ich mich schließlich dazu durch, das Ding aus seinem schmählichen Versteck zu holen. Ich inhalierte, und die Blutung war gestillt.

Ein paar Jahre vor dem Rentenalter fand ich mich also allein in dem kleinen Backsteinhaus mit dem quadratischen Garten wieder, das mir nun zu groß wurde: Nach den üblichen Formalitäten waren die überstürzt angereisten Kinder wieder fort, sie hatten ihrem Schmerz freien Lauf gelassen und geweint wie ihre Mutter, sie unterstützten mich, riefen dreimal pro Tag an, kümmerten sich um meine Mahlzeiten, machten sich Sorgen, aber sie konnten nicht verstehen, dass es auf dieser Erde keinen Menschen mehr für mich gab.

Kurze Zeit nach Hardys Einäscherung erhielt ich den Anruf eines Notars: »Ich muss mit Ihnen über eine Erbschaft sprechen, die Sie soeben gemacht haben.
– Ich weiß, antwortete ich bekümmert, sie war meine Frau.
– Ich bedaure, aber es geht um jemand anderen.«

Ich fuhr zu François' Beerdigung in die Pariser Banlieue. Es war ein trister grauer Tag, und es hatten sich doch einige Trauergäste versammelt. Ich trug denselben Anzug wie bei der vorherigen Trauerfeier, seitdem hatte ich ihn nicht gebügelt, geschweige denn gewaschen, vermutlich war ich nicht einmal rasiert, ich hielt gebührenden Abstand zum Trauerzug, und weil es sehr windig war, verstand ich kaum etwas von der Trauerrede. Dennoch kamen fünf oder sechs Männer in Anzug und Krawatte respektvoll und verächtlich zugleich auf mich zu und fragten, ohne mir die Hand zu geben, nach meinem Namen. Daraufhin musterten sie mich im spärlichen Licht des beginnenden Nachmittags. Ich machte wohl keinen stattlichen Eindruck und entschuldigte mich:

»Ich habe kürzlich erst meine Frau verloren.«

Die Männer luden mich ein, mit ihnen in einer Bar am Friedhofsausgang, gleich bei der Bushaltestelle, etwas trinken zu gehen.

Es war ihnen peinlich. Mehrere Jahre, manche nur ein paar Monate lang, hatten sie an mich geglaubt, gestanden sie mir. Mir war in der Sekte, der sie angehörten, die Rolle eines Messias in Abwesenheit zuteil geworden. Selbstverständlich, rechtfertigten sie sich abwechselnd nervös lachend, war das Ganze völlig albern. Aber Fran hatte sie überzeugt, damals, als sie jung waren oder sich in einer psychisch besonders kritischen, jedenfalls leicht beeinflussbaren Situation befanden.

»Darf ich Ihnen eine Frage stellen, jetzt, wo ich nicht mehr an diese Geschichte der Auserwählung glaube?

– Ja.

– Ich habe mich immer gefragt, ob Sie nur so getan haben, als ob.

– Als ob?

– Als ob Sie es vergessen hätten oder selbst nicht daran glaubten. Das dachte Fran nämlich.

– Ich weiß nicht, gab ich zur Antwort.

– Sie wissen es wirklich nicht? Weder in dieser noch in jener Hinsicht?

– Nein.«

Ich hatte den Eindruck, sie bedauerten mich insgeheim, während sie ihr Mineralwasser austranken (sie nahmen keinen Alkohol zu sich). Sie wussten mit Sicherheit, dass sie auf dem Friedhof, vielleicht sogar in dem Viereck mit den Grabsteinen, dem wir gerade den Rücken zukehrten, enden, jedenfalls beerdigt oder eingeäschert werden würden, wie alle anderen Menschen. Und ich, nach all der Zeit, ich wusste überhaupt nichts mehr. Niedergeschmettert entschuldigte ich mich dafür, mich mein ganzes Leben lang nicht entschieden zu haben. Aus ihren Worten war ein bisschen Humor, gemischt mit einer Prise Bitterkeit, vielleicht sogar Herablassung herauszuhören, doch sie warfen mir nichts direkt vor. Für sie gehörte die Sekte zur Vergangenheit. Ich war ein armes Würstchen wie wir alle und trug keine Schuld. Fran hatte sich für einen Guru gehalten und mich ohne meine Zustimmung auserwählt. Es hätte jeden treffen können. So war's, es hatte mich getroffen.

Trotzdem verabschiedete ich mich mit einem Gefühl von Schuld und mit dem Schlüssel zu der Wohnung, die Fran mir vermacht hatte und in der er die letzten Jahre seiner einsamen Existenz zugebracht hatte. Sie befand sich in der Banlieue Nord, in den oberen Etagen eines Hochhauses mit Blick auf die Bahngleise. Als ich eintrat, roch das Esszimmer muffig, nach alten Lederschuhen, in den Vorhängen hatte sich kalter Rauch festgesetzt, und ich machte die Fenster weit auf; natürlich gab es noch viele Fotos von mir, Schülerhefte, Moleskine-Notizbücher, Karteikarten und Ordner, aber weniger als erwartet. Ich war in der Hoffnung gekommen, einen Beweis zu finden, ein Indiz, irgendetwas, das seine These erhärten würde; ich verließ die Wohnung wieder, ohne ein Zeichen gefunden zu haben, das mir Aufschluss hätte geben können »in dieser oder in jener Hinsicht«, wie es der ehemalige Anhänger der Sekte ausgedrückt hatte. Genauso wie am Anfang hatte Fran einfach daran geglaubt, mehr nicht. Er hatte vorgegeben, ein Buch gelesen zu haben, vor langer Zeit; bald schon hatte er nicht mehr davon gesprochen. Sein Glaube entbehrte jeder Grundlage. Für mich gab es keinen Grund, diesem Menschen mehr zu vertrauen als einem anderen.

Ich verkaufte die Wohnung und verteilte den Erlös auf die Bankkonten meiner Enkelkinder.

Ich wurde ein ganz gewöhnlicher Großvater, Sie wissen schon: weiße Haare, Baskenmütze auf dem Schädel, der Jugend wohlgesinnt.

Ich hatte noch ein langes Leben. Es war wie alle ersten Leben, verworren, zögerlich, mal dies, mal das, voller Kompromisse, Versprechungen, Ängste, je nach Begegnungen; man tut, was man kann, nicht wahr? Alles geht dahin.

Und heute weiß ich ebensowenig wie gestern, ob der Tod mich etwas angeht oder nicht. Ich denke ständig daran und werde bis zum Ende unschlüssig bleiben.

Im Pflegeheim verbringe ich meine kranke Existenz, kahl rasiert, zwischen Operationstisch und Reanimationssaal für Senioren, ich bekomme noch Besuch von meiner Tochter, ihren Kindern und den Enkeln. Tief im Polstersessel rechts von meinem verstellbaren Bett sitzend lächle ich. Auf dem Resopal-Schreibtisch neben dem Fernseher: ein Familienfoto, ein weiteres Foto der strahlenden Hardy mit einem Wanderrucksack unter dem Arm in einem Kastanienwald, als knapp Zwanzigjährige. Sie fehlt mir so … Ich rede oft mit ihr, sie antwortet nie. Sie sieht mich an und lacht mir mit unveränderlicher Freude zu. Ein paar Zeitschriften. Im Schrank meine nach Lavendel riechenden Kleider. Durch das Fenster sehe ich die Backsteinallee, den Parkplatz, die Hügel.

Plötzlich bemerke ich an den Toren meines Gehirns das Totengeläute der Embolie.

Ich verziehe das Gesicht und stehe auf, setze mich aufs Bett, lege mich hin und falte die Hände über der Brust wie ein Christ aus früheren Zeiten. Ich bin uralt. Der Augenblick ist gekommen: Der Tod ist da. Als ich die Augen schließe, muss ich mir eingestehen, dass ich keine Ahnung habe, was mich erwartet: Möglicherweise war mein ganzes Leben nur eine Fabel, um mir weiszumachen, dass ich nie enden würde. Für Fran habe ich daran geglaubt, und für Hardy. Nun bin ich allein, und *ich weiß nicht*. Was kann ich tun? Meine knotigen

Hände winden sich, verkrampfen sich, ich atme schwer. Die lang erwartete Entscheidung wird fallen.

Ich denke an Hardy: Verzeih mir, bitte! An Fran denke ich auch: Ich würde gerne glauben, aber es gelingt mir nur halb.

Wenigstens Haltung bewahren, sage ich mir.

Bis ans Ende komme ich mir lächerlich vor, ich bin wie ein Kind, das eine Prüfung machen muss. Ich öffne die Augen wieder, betreten. »War's das?«, frage ich mit leiser Stimme in dem leeren und stillen Zimmer.

Das Zweite

Ich lebte erneut.

Es war kein Weiterleben, ich hatte neu angefangen zu leben.

Es dauerte lange, bis ich begriff, dass ich auch nicht im Körper eines anderen wiedergeboren worden war, sondern wieder begonnen hatte, *ich* zu sein, nichts mehr und nichts weniger. Und dass ich wieder an den Anfang zurückgekehrt war. Es war unklar. Zuerst unbewusst fand ich etwas verwirrt die unmittelbaren Gefühle meiner Kindheit wieder. Lebhaft, immer in Bewegung, unbekümmert, aber doch irritiert von einem schattenhaften Eindruck der Wiederholung, erkannte ich im Laufe der Monate das Haus mit dem Giebeldach, die angrenzenden verwilderten Wälder, die Tümpel, die kurvigen Wege und den Baum mit den gewundenen Ästen wieder. Kaum hatte ich zum zweiten Mal laufen gelernt, büxte ich aus, um mich zu vergewissern, dass alles da war. Und nichts fehlte: der schwarze Hund, die Brücke, die über den Fluss führte, und Origènes funkelnder Dodge auf dem Dorfplatz.

Im Winter war es kalt, im Sommer war es warm, und so weiter. Bis zum Alter von zwei oder drei Jahren erahnte ich mein voriges Leben nur wie durch dichten Nebel; erst als ich wieder mit dem Sprechen anfing, stand es mir klar und deutlich vor Augen: Ich begann dasselbe Leben wieder bei null. Starr vor Schreck wagte ich nicht, anders als in meinem ersten Leben zu reagieren, und stotterte alles erneut durch. Mein Vater überraschte mich wieder durch die Küchenglastür (obwohl ich zur Seite hätte gehen können, damit er mich nicht sähe), weil ich absichtlich dieselben Fehler wie früher machte. Diese Anstrengung war ermüdend, denn ein Leben wie ein Schauspieler zu spielen – glauben Sie mir bitte – braucht unendlich viel mehr Energie, als es lebend zu entdecken. Manchmal ließ ich mich gehen, und wenn ich dann auf dem Küchentisch einschlief, strich mir meine Mutter besorgt über die Wange: »Ich habe den Eindruck, das Kind ermüdet zu schnell.«

Dann hieß es in die Schule gehen, die sich auf der anderen Seite des Flusses hinter der römischen Brücke befand. Meine Haare waren etwas nachgedunkelt, ich war mundfaul, öffnete nicht einmal meinen Schulranzen, weshalb der Lehrer sich besorgt an meine Eltern wandte.

Alles war wieder da, mit einem Unterschied: Ich erinnerte mich.

Fran hatte Recht gehabt.

Zuerst wollte ich sicher sein, dass mich meine Erinnerungen nicht trogen, dass ich wirklich gesehen hatte, was ich sah, und gehört hatte, was ich hörte, beinahe achtzig Jahre zuvor und bis ins kleinste Detail; abends ging ich leise meine früheren Erlebnisse durch und versuchte, mir vorab vorzustellen, was geschehen würde. Je klarer mein Geist wurde, desto besser gelang es mir, die kleinen alltäglichen Geschehnisse vorherzusehen: Auch wenn ich mir diese Szene noch nicht vor Augen geführt hatte, weil meine Erinnerung daran verschwommen war, wusste ich mit Sicherheit, dass mein Vater, der das Haus verlassen hatte, um Flusskrebse zu fangen, keinen erwischen würde, denn diese Episode war mir vertraut. Ehrlich gesagt war mir alles vertraut: die Nachtfalter, der schwarze Mischling, die Daunendecke aus Gänsefedern. Es hatte Tod und Neugeburt gegeben, dann hatte das Leben wieder seinen Lauf genommen, aber warum? Unaufhörlich triezte die Frage meinen Geist eines alten, wieder jung gewordenen Mannes: Warum gerade ich?

Ich hätte gerne verstanden, was mit mir los war, konnte mich jedoch weder meinen Eltern noch Origène anvertrauen, die sich sonst um meinen Geisteszustand gesorgt hätten.

Mit fünf Jahren tat ich so, als würde ich wieder lesen lernen.

Ich begeisterte mich für das ewige Leben, erriet aber schnell, dass die katholische Unsterblichkeit für mich nicht in Frage kam: Ich war nicht in Gott, sondern aus Fleisch und Blut, wieder ins Kindesalter versetzt. Abgesehen von meinen Erinnerungen waren die intellektuellen Möglichkeiten, die mir zur Verfügung standen, um meine Lage zu erhellen, sehr begrenzt. Wir wohnten weit weg von allem. Zu Hause gab es nicht einmal eine Enzyklopädie, sondern nur ein Wörterbuch. Erst suchte ich die Erklärung für meine Außergewöhnlichkeit in der Literatur (ich erinnerte mich an das prophetische Buch, das Fran erwähnt hatte), indem ich in der öffentlichen Bibliothek das Gilgamesch-Epos in einer Bearbeitung für junge Leser entlieh. Dem Mythos nach bleibt der Held am Ende sterblich. An den schulfreien Mittwochnachmittagen entdeckte ich beim Stöbern auf den staubigen Regalen alte Ausgaben von Wordsworth: »*Of first, and last, and midst, and without end*«. Vielleicht war ich das, aber die Lyrik sagte nie, warum. Der Roman hingegen war eine Gattung der Sterblichen, bis auf einige wenige Ausnahmen: der ewige Jude, Dracula, Orlando, also nichts Ernsthaftes. In der Science-Fiction-Literatur hoffte ich, eine weniger allegorische Erklärung meines Zustands zu finden: Ich las mich durch *Was aus den Menschen wurde*, *Flusswelt*, *Bruderschaft der Unsterblichen*. Ich fand nur Symbole, nicht die Ursache. Mein Problem war jedoch ganz konkret: Wie konnte man erklären, dass ich buchstäblich und nicht literarisch wiedergeboren war? Dank einer naturwissenschaftlicher ausgerichteten Fantasy-Literatur wie bei Greg Egan oder Ted Chiang fing ich an, Hoffnung in die exakten Wissenschaften zu setzen. Dummerweise hatten wir kein Internet, und meine sonstigen Informationsquellen waren zu dürftig; meine erste wissenschaftliche Ausbildung reichte ebenfalls nicht aus, weil ich zu früh mit der Universität aufgehört hatte.

Ich war ein gebildeter alter Herr, der von seiner großen Erfahrung, seinem weitreichenden Gedächtnis und seiner hohen Intelligenz profitierte und gleichzeitig in seinem Kinderkörper mit all der Kraft und unerschöpflichen Energie der Jugend steckte. Ich war dazu verdammt, die immergleichen Gesten zu wiederholen, weil ich komplett von meinen Eltern abhängig war. Was für ein Elend.

An einem Frühlingstag las ich ganz automatisch zu Füßen des Baumes den Vogel mit dem silbrigen Gefieder auf, pflegte ihn, und dann wurde er von dem Mischling getötet. Abends hörte ich durchs Fenster meines Zimmers die Amsel singen, und wusste.

Was für eine Erleichterung, als Origène eintraf, in der Nacht, in der ich blutete ... Ich musste ins Krankenhaus fahren, hatte das Gesicht an die Scheibe gelehnt und sah die getaggten Wohnblöcke, die am frühen Morgen im Licht der Straßenlaternen glänzenden Bahngleise, die gläsernen Türme, das Straßengewirr und die vor den Fenstern zum Trocknen aufgehängte Unterwäsche erneut auf mich zukommen: Paris! Alles fing von vorne an. Irgendwo in den Hochhäusern der

Banlieue Nord musste Hardy leben, kaum sieben Jahre alt, dachte ich. Sie wohnte hier, existierte aufs Neue, obwohl ich es mir schwer vorstellen konnte.

Im Val-de-Grâce befiel mich kurz die Angst, ihn nicht zu finden, es mit einem anderen zu tun zu bekommen. Aber auf den Mann war Verlass. Und er hatte sich nicht verändert. Durch das Viereck aus dickem Glas in der Brandschutztür erriet ich seine Silhouette, hochgewachsen und weiß, dann sah ich ihm direkt in die Augen, sobald er hereingekommen war und zu mir sagte: »Hallo, alter Junge.«

Oh mein Gott! Ich warf mich in seine Arme und sagte, ich wisse schon alles: »Du heißt François, man nennt dich Fran, du suchst jemanden, der blutet und der wieder aufersteht. Hier bin ich. Kann ich eine Zigarette bei dir schnorren? Seit meiner Geburt habe ich nicht geraucht.«

Da ich ihm demonstrieren konnte, dass ich mit den kleinsten Einzelheiten seines Lebens vertraut war, was die Frau anging, die er so geliebt hatte, dazu seine schwarzen Tätowierungen an den Schenkeln, seine Faszination für diese Stelle unterhalb der Mundwinkel, wo Männer manchmal keinen Bartwuchs haben, glaubte er mir.

»Ich freue mich, dich wiederzusehen, beteuerte ich immer wieder. Du bist immer derselbe, unglaublich!« In meiner Überstürzung verschluckte ich die Hälfte der Wörter, ich bat ihn inständig, mir zu erklären, was vorging.

»Es ist schwer zu glauben, aber du wirst nicht sterben, weder dieses noch das nächste Mal. Du bist …

– Ich weiß, ich weiß. Aber ich meine: Was geht hier wirklich vor?

– Du bist ewig. Du …

– Hör auf, du wiederholst dich.

– Also, du ...
– Du wolltest mich fragen, ob ich an einen Gott oder etwas Derartiges glaube?
– Ja.«

Ich setzte mich auf den Labortisch aus Inox, um bis zu ihm zu reichen. »Ich wusste es. Kannst du dir vorstellen, dass ich schon alles weiß, was du sagen und machen wirst? Du wirst mir die Phiole geben, die mit der farblosen stinkenden Flüssigkeit.«

»Ja.« Er klang nicht sonderlich erstaunt. Er kramte in der Innentasche seines Arztkittels, zog einen Kugelschreiber, ein Messer (mit dem er einst versucht hatte, mich zu ermorden) und schließlich die kleine flache Flasche heraus, an der er mit dem Fingernagel den restlichen Klebstoff des ursprünglichen Etiketts abkratzte.

»Hier. Du weißt bereits, wie du sie verwendest.
– Das ist ja verrückt. Du kannst mir nichts mehr beibringen. Ich habe schon alles im Kopf.
– Dein wievieltes ist es?«

Ich machte ein Zeichen mit den Fingern: zwei.

»Ach ja, erst. Du bist bestimmt sehr aufgeregt. Was hast du das erste Mal gemacht?
– Ich habe dir nicht geglaubt.
– Warum hast du mir nicht geglaubt?
– Wegen ihr.
– Eine Frau. Warst du glücklich?
– Sehr.
– Komm schon, erzähl's mir.«

Und ich erzählte ihm, wer Hardy war, wie sie starb. Die Zigarette war fast aufgeraucht.

»Was meinst du, werde ich sterben und wieder auf die Welt

kommen, beim nächsten Mal und immer so fort?
– Ja.
– Aber du hast keinen Beweis.
– Nein. Wie willst du so was beweisen?
– Wie kann ich wissen, dass es beim nächsten Mal nicht aufhören wird?
– Du kannst es nicht wissen. Aber es wird nicht aufhören.
– Woher weißt du das?
– Ich glaube daran.
– Aber hör mal, Fran, das genügt doch nicht. Es muss einen Sinn für das Ganze geben. Ich bin auserwählt, oder ... Ich weiß nicht.
– Du kennst meine Meinung. Ich habe sie dir tausendmal gesagt, nehme ich an.
– Ja.
– Also folge ich dir. Du weißt es besser als ich.«

Im ersten Moment achtete ich nicht darauf, aber jetzt kann ich ermessen, wie viel weniger als früher er von meinem wundersamen Charakter eingenommen war. Was versteckte er vor mir? Beim ersten Mal hatte er mich begeistert mitgerissen, er war vorausgegangen, und ich war ihm gefolgt. Aber ich hatte die Seite gewechselt: Nun war es an ihm, mir hinterherzurennen. Ich hatte den Eindruck, ihn an einem schönen sonnigen Morgen als lebenshungrigen Menschen kennengelernt zu haben und ihn wie am Ende des Tages erschöpft wiederzufinden.

Während meiner gesamten Kindheit traf ich ihn einmal pro Monat in meinem Dorf hinter der römischen Brücke, um ihm so genau wie möglich zu diktieren, was es von meiner ersten Inkarnation Wichtiges zu behalten gab: nicht viel, aber ich wollte mir meine eigenen Einsichten zunutze machen, falls ich sie einmal brauchen würde, eine schriftliche Aufstellung in der Hand halten, in Moleskine-Notizbüchern (vergleichbar mit denen, die er beim ersten Mal in seiner Wohnung aufbewahrt hatte: Diese Gewohnheit hatte ich von einem Leben ins nächste übernommen). Außerdem gab ich Fran dank meiner Erfahrung mit Hardy ein paar Ratschläge in der Liebe: Er war noch sehr jung. Er brachte mir bei, was er aus seinen Jahren im Internat behalten hatte, sodass ich als Sechstklässler im Collège schon das Niveau eines Medizinstudenten im dritten Jahr besaß.

Im Laufe meiner Nachforschungen wurde mir schnell klar, dass die Gründe, die meinen Freund in meinem ersten Leben dazu gebracht hatten, an mich zu glauben, viel zu dürftig waren, als dass ich sie übernehmen könnte: Es war ein Wunder, ja der pure Wahnsinn, dass er rein zufällig auf die Wahrheit gestoßen war (dass ich wiedergeboren werden würde), denn er hatte sich diese Idee nur durch den Glauben an dieses merkwürdige, ausgesprochen kryptische Buch voller Symbole in den Kopf gesetzt, von dem er mir ein Exemplar schenkte.

»Wie bist du bloß dazu gekommen, auf mich zu warten, nur weil du dieses Buch gelesen hast?«

Die Frage ließ mich nicht los. Es musste ein Geheimnis dahinterstecken.

»Jemand hatte es mir geschenkt.

– Wer?«

Die Frau, die er in jungen Jahren so geliebt hatte. Sie hatte es auch geschrieben.

»Du hast einfach daran geglaubt, ohne jeglichen Grund?

– Ich war wohl total vernarrt in sie. Am Anfang dachte ich, ich sei derjenige, der blutet, aber als ich dich gesehen habe, wusste ich, dass du es bist.

– Du siehst einen kleinen Jungen mit Nasenbluten aufkreuzen und weißt sofort, dass er unsterblich ist? Weil das zu etwas passt, das du als Fünfzehnjähriger gelesen hast, und weil du in die Autorin verliebt warst? Das ist total absurd.

– Ja.«

Nach und nach konnte ich ermessen, wie erstaunlich unreif mein Freund doch war; der brave und anständige Mann machte sich etwas vor: »Ich habe daran geglaubt, das ist das Einzige, was zählt. Hatte ich nicht Recht?« Je mehr ich nachbohrte, desto ausweichender wurde Fran. Seine Überzeugung schien nachzulassen. Diese Frau, diese Schriftstellerin, was war aus ihr geworden? Gestorben, behauptete er. Woher nahm sie diese unwahrscheinliche Geschichte über Blutvergießen, Zyklen und Unsterblichkeit? Erfunden: Es gebe viele vergleichbare Mythen. Aber wenn es so wäre, warum noch daran glauben? Fran versuchte mir zu erklären, dass er sie liebte, wie ich Hardy geliebt hatte. Der Arme hatte nichts begriffen: Meine Beziehung zu Hardy war eine andere. Im Übrigen kannte er sie gar nicht. Hätte ich ihn noch ein bisschen weiter gelöchert, hätte er mir wahrscheinlich keinerlei Glauben mehr geschenkt, obwohl ich ihm beweisen konnte, dass schon ein ganzes Leben hinter mir lag: Es hätte genügt, eine Reihe herausragender Ereignisse, an die ich mich erinnerte, einen Monat im Voraus aufzuzählen, vom Rücktritt der Regierung bis zu den ersten Unruhen in der Pariser Banlieue. Alles lief wie vorhergesehen.

»Weil du nichts daran verändert hast, brachte Fran schüchtern hervor.

– Was willst du damit sagen?

– Du hast mir nicht geglaubt, also hast du nichts in der Welt geändert und alles läuft wieder identisch ab.

– Soll ich die Welt verändern?« Diese Idee kam mir lächerlich vor. »Wie soll ich das anstellen? Wir wissen nicht einmal, was sich gerade zusammenbraut. Denk doch mal nach. Zuerst muss die Ursache gefunden werden.

– Ach so.

– Warum hast du dich verändert?, fragte ich ihn.

– Ich habe mich nicht verändert. Ich bin derselbe, aber du bist anders.«

Ich war ungeduldig und verschlang amerikanische Zeitschriften; mich interessierten die Wissenschaften über das Altern, doch von Geriatrie und Gerontologie war ich enttäuscht, weil sie sich nur mit den Symptomen des Alters beschäftigten, also wandte ich mich einer ganz neuen Disziplin zu, deren Objekt und Subjekt ich gleichermaßen sein würde. Der erste Schritt bestand darin, eine vollständige Genkarte meines Genoms zu erstellen, da bei mir etwas Unbekanntes im Blut vorkam, für das es noch keine Erklärung gab. Es musste an den Genen liegen. Doch wie konnte man annehmen, dass eine einfache Anomalie in meinem Erbgut mich immun gegen den Tod machen und zugleich die Gesetze der Physik verändern und so etwas wie eine Zeitreise ermöglichen würde? Mein Geist blieb auf ein- und derselben Schiene des Universums, mein Gedächtnis war fortlaufend, ganz ohne Unterbrechung (zum Beispiel erinnerte ich mich sehr gut an meine zweite Geburt), während alles andere kreisförmig verlief und sich gleich blieb. Hier handelte es sich um eine obskure, noch nicht näher bekannte Form, die ich erhellen wollte.

Während meine Klassenkameraden im Lycée aus den Physik-, Biologie- und Geographie-Schulbüchern lernten und ihre Zeit damit vergeudeten, auf der PS3 zu spielen, Wettsaufen am Flussufer zu veranstalten, sich im Kegelclub an der Landstraße zu treffen und die Mädchen in der nächstgelegenen Stadt anzumachen, lernte ich. Ich musste mir nicht erst wie die jungen Leute sonst eine Persönlichkeit aufbauen. Mein Turm erhob sich von einer älteren, solideren und höheren Festung aus als die ihrer Großeltern, und ich errichtete Stockwerk um Stockwerk bis zu einem Alter, das kein Mensch je erreicht hatte. Manchmal war ich geradezu berauscht von meinem außerordentlichen Gedächtnis, meiner Erfahrung und meinem Wissen. Wenn sich herausstellte, dass ich auch beim nächsten Mal nicht sterben würde, hieße das, dass sich vor mir die Ewigkeit auftun würde, von der die Menschheit träumt. Das war eine immense Verantwortung, deren Sinn und Reichweite ich in meinem Bett unter der Daunendecke noch nicht ermessen konnte, und sie hinderte mich am Einschlafen. War ich als Unsterblicher geboren, wie ein Gott? War ich es geworden? Wann? Aus welchem Grund? Was hatte ich geleistet, um die Unsterblichkeit zu verdienen, und wer hatte sie mir verliehen? Mir, einem blonden kleinen Jungen, aufgeweckt, unbekümmert und weit weg von allem …

Das alles beunruhigte mich, und einzig der freudige Gedanke an Hardy verschaffte mir Ruhe im Moment des Einschlafens. Sie war gewachsen. Bald würde sie wieder sie selbst sein. Ich kaute an den Nägeln und zählte die Tage, die uns von unserer Begegnung trennten.

Mit siebzehn zog ich nach Paris. Im Lycée hatte ich meine Lernfortschritte absichtlich gedrosselt, um nicht aufzufallen. Ich hatte Zeit. Derselbe borniert Mathefreak erwartete mich schon im Zimmer des Internats. Bis zum Frühling traf ich mich regelmäßig mit Fran und büffelte pausenlos in meiner Studentenbude. Als es so weit war, hielt ich es kaum mehr aus: Bei Einbruch der Nacht betrat ich den feuchten Rasen im Parc de la Villette. Mir kam es vor, als hätte ich die Kühle dieses Abends erst gestern gefühlt, ich hörte das Flaschenklirren und das Stimmengewirr, dann spürte ich ihre Anwesenheit, nahe am dunklen Wasser, die Zarte mit den langen blonden Haaren, eine Gitarre im Arm. Sie lachte wieder genauso: spontan und schallend. Und über den Tod hinaus war nichts Kaputtes oder Zerstörtes an ihr geblieben.

Da mein letztes Bild von ihr das einer reifen angsterfüllten kranken Frau war, verblüfften mich die Frische und Jugendlichkeit ihrer Züge. Die Schönheitsflecken, die sich während ihres ersten Lebens vergrößert hatten, waren wieder zu kleinen Pünktchen auf einer ebenmäßigen Haut geworden, überzogen von feinem Flaum, den man nur aus allernächster Nähe im grellen Schein einer Lampe erkennen konnte.

Ich war glücklich, verrückt vor Freude – und noch vieles mehr. Mir schwirrte der Kopf, ich verwechselte die Richtungen, und anstatt mich unauffällig nach hinten zu stellen, ließ ich mich zwischen ihr und dem Publikum nieder.

Sie blickte auf: »Bist du durchsichtig oder was?«

Alle lachten.

Und mir stieg vor Scham, Glück und Verwirrung wieder die Röte ins Gesicht, ich war einer Ohnmacht nahe. Zum zweiten Mal begegnete ich der einzigen Liebe meines Lebens. Nach ihrem kleinen improvisierten Konzert setzte sie sich neben mich, um sich zu entschuldigen, und wieder fühlte ich eine unwiderstehliche Lust, sie zu umarmen, den Duft ihres Nackens einzuatmen – aber sie kannte mich nicht. Sie war ein Mädchen, ich ein alter Mann. Doch die Emotionen, die in mir hochkochten, hinderten mich daran, meine Rolle korrekt zu spielen, es gelang mir nicht, alles genau zu wiederholen; fast unmerklich wich ich davon ab und gab der Versuchung nach, mein Wissen einzusetzen, in der Hoffnung, ihre Aufmerksamkeit schneller und stärker zu erregen; ich erwähnte ihr gegenüber direkt Nirvana, die Pixies, die Breeders.

»Wahnsinn! Wir haben den gleichen Geschmack.«
Unglaublich, wirklich.

Ich habe davon profitiert. Ich war imstande, sie zum Lachen zu bringen, sie zu überraschen, das Gespräch zu beschleunigen oder zu verlangsamen; ich konnte nicht mehr monatelang warten: Ich wollte sie jetzt. Sie hatte mir gefehlt, und die Angst, sie könne mir durch die Lappen gehen, zwang mich, die Macht, die ich wegen meines ersten Lebens in der Hand hielt, auszuspielen, damit sie mich sofort liebte. Hardy widersetzte sich ein paar Wochen lang, aber ich redete über Bücher, von denen ich wusste, dass sie ihr einmal sehr wichtig werden würden, die sie jedoch noch nicht gelesen hatte; ich sprach ganz unauffällig Sätze aus, die sie erst mit vierzig betreffen würden und deren Tragweite sie jetzt noch nicht ermessen konnte. Vielleicht hatte sie dabei das aufregende und schwindelerregende Gefühl, ihrer zukünftigen zweiten Hälfte zu begegnen.

Ich beschrieb ihr das Leben wie einen Berg, den man hinaufsteigt, ohne zu wissen, was dahinter liegt – solche Dinge eben.

In ihren weiten Hosen beobachte Hardy mich von der Seite, die Arme um die Knie geschlungen. Ich lächelte, zündete eine Zigarette an, ohne mich ihres Interesses an mir versichern zu müssen. Ich war kein Anfänger mehr.

Mein Hemd war tadellos gebügelt, keine Falte, kein Fleck, und die paar männlichen Verhaltensweisen, die ihren Blick anzogen, kannte ich längst. Es konnte sogar vorkommen, dass ich die lässige Art ihres Liebhabers, halb auf Tischen,

Heizungen oder Absperrungen zu sitzen, nachmachte, dieses jungen Mannes aus dem Verein, in dem sie ehrenamtlich mitgeholfen hatte. Einst war ich zu ungeschickt, weil ich dachte, nur ein Leben zu haben, und fürchtete, dass die zum falschen Zeitpunkt präsentierte Seitenansicht meines Gesichts sie zu dem Urteil kommen ließe, ich gefalle ihr doch nicht so gut wie zuerst angenommen. Deshalb war ich schüchtern, verlegen, einfältig und zögerlich gewesen. Diesmal gab ich mich vollkommen preis. Hardy mochte keine von sich eingenommenen Schönlinge. Ich kannte ihren Geschmack, sie schätzte Natürlichkeit, also war ich natürlich, so wie sie es wollte.

In Gesellschaft ihrer Freunde, die sich für dieses und jenes einsetzten, fühlte ich mich unwohl und hatte größere Schwierigkeiten, eine gute Figur abzugeben: Dieses eingebildete Gerede Halbwüchsiger, ihre Blödeleien langweilten mich, ihr allzu vorhersehbares Mienenspiel, ihre Vorlieben und Abneigungen, ihr Zögern glichen für mich einem Insektenschwarm, der unaufhörlich vor einem Schaufenster herumschwirrte, anstatt durch die offene Tür hineinzufliegen und direkt zum Ziel zu kommen. Ich kannte alles, was an der jugendlichen Aufregung gespielt und falsch war. Deshalb sahen wir uns immer häufiger allein und weniger mit ihren Freunden; Hardy selbst regte mich nie auf. Ich entdeckte entzückt, dass sie sich an nichts erinnerte und dass es möglich war, das, was einem auf der ganzen Welt am meisten bedeutete, unversehrt wiederzufinden. Natürlich kam es mir vor, als liefe alles in Zeitlupe ab, als bewege sie sich (denn es war ihr erstes Leben) wie eine Blinde mitten in einer weiten Landschaft, die ich hingegen gestochen scharf sah; zum Beispiel wollte ich ihr einmal ersparen, Zeit zu vergeuden und eine Eintrittskarte für diesen schlechten Film im Multiplex-Kino an der Place d'Italie zu

kaufen, was sie beim ersten Mal hinterher bedauert hatte. Wir stritten uns: »Das lohnt sich nicht.
– Woher weißt du das?
– Ich weiß es eben. Ich habe eine Kritik gelesen.
– Aber ich will mir selber eine Meinung bilden.
– Vertrau mir.
– Ich werde trotzdem reingehen.«
Dieses Mal mochte sie den Film, den sie damals so heftig kritisiert hatte.
»Du machst es absichtlich.
– Er war interessant.«
Das war ihre Art, mir die Stirn zu bieten, sich gegen mich zu wehren, denn ich kannte sie viel zu gut, und sie musste sich schnell ändern, eine andere werden, um mir zu entkommen, außer Reichweite zu sein und frei zu leben. Hardy war intelligent, und ohne etwas über die Situation zu wissen, hatte sie schon alles verstanden. Ich dagegen wusste, aber ich verstand nichts. Ich glaubte, sie würde mich mehr als beim vorigen Mal lieben, weil ich umfangreichere Kenntnisse und größere Erfahrung besaß, weil ich gewachsen war und nicht mehr die gleichen Fehler machte und weil ich es obendrein verhindern würde, dass sie welche machte. Bei ihren Prüfungen richtete ich es so ein, dass ich sie auf die Themen hinführte, die abgefragt werden würden, indem ich ihr ganz bestimmte Bücher zum Lernen empfahl; und ich behielt Recht. Doch sie sträubte sich, auf mich zu hören. Ihr kam es wie Gehorsam vor.

»Darf ich auch mal was sagen? (Ich redete andauernd, hatte so viele neue Ideen, die ich ihr erklären wollte.)
– Ja.
– Du weißt zu viel. Du bist ein Snob. Das wird böse enden mit dir.«

Lachend setzte sie hinzu: »Ich liebe dich trotzdem.

– Okay, räumte ich ein, du hast Recht. Ich werde aufpassen.«

Wenn ich sie ansah, hatte ich das betörende Gefühl, alle Fotos, die ich nach ihrem Tod aufbewahrt und schwarz eingerahmt hatte, lebendig werden zu sehen. »Hör auf, mich so anzugucken, ich komme mir vor wie eine Statue!« Dazu ließ sie ihr Handgelenk um die eigene Achse kreisen, wickelte ihre halblangen Haare erneut zu einem Knoten, was schon allein eine Art Wunder war. »Bring mir wenigstens was bei.«

Ich nahm sie mit auf Wanderungen, zeigte ihr, dass man vor gerillten Raupen, weißen Maden und allem anderen Gewürm keine Angst zu haben braucht; ich ermutigte sie, auf Esel und Pferde zuzugehen und ihnen das Maul zu streicheln; ich brachte ihr bei, wie man das Bein eines verletzten Tiers mit einer selbst gebastelten Schiene heilen konnte.

»Hab keine Angst. Schau hin. Alles ist schön.«

Hardy war extrem bildungshungrig. Ihre Familie in der Banlieue hatte ihr nichts vermittelt, sie war sehr dankbar, dass ich sie initiierte. »Neben dir habe ich immer das Gefühl, ein Dummkopf zu sein.

– Nein, du warst schon immer intelligenter als ich.

– Ha, ha.« Mit einem Bandana im hochgebundenen Haar schmollte sie und biss in einen Apfel. »Das muss vor langer Zeit gewesen sein. Heute nicht mehr.«

Während eines Picknicks am Flussufer sah ich aus den Augenwinkeln, wie sie ihre Serviette unbenutzt ließ und ihr kariertes Hemd bekleckerte.

»Pass auf.

– Wieso? Sei nicht so pingelig. Ist doch nur ein kleiner Fleck.«

Alles, was sie mir beigebracht hatte, hätte ich sie wiederum nun gerne gelehrt. Manchmal sprach ich die radikalen politischen Ansichten an, von denen sie mich während unseres Ehelebens in Mornay überzeugt hatte. Aber der Feminismus interessierte sie nicht mehr übermäßig, wenn ich davon anfing. Zweifellos war ich es, der die Richtung in unserem Leben vorgab: Ich wusste gleichzeitig, wonach ich suchte und wonach sie suchte; zugegeben, das muss bevormundend gewesen sein. Ich wollte ihr das Recht auf Irrtum nicht wegnehmen; doch sobald ich Hardy ihre Gitarre vernachlässigen sah, hörte ich sie sagen, wie sie es bereute, nicht regelmäßiger gespielt zu haben. Und kaum dass sie im ersten Studienjahr Medizin bei der Bekanntgabe der Themen den Mut verlor, erinnerte ich mich an die Abende, an denen sie frustriert aus der Apotheke in Mornay zurückgekommen war und bedauert hatte, ihr Studium nicht abgeschlossen zu haben. Sie war wie meine Tochter, aber ich wollte nicht als Vater herhalten. Was sollte ich tun? Ich sprach mit Fran darüber, der meinte, dass ich es schon lernen würde. Doch er verstand mich nicht: Er hatte nie erfahren, was es hieß, wenn der richtige Weg sich als Holzweg entpuppt. Denn je weiter man sich auf eine Art Wahrheit zubewegt, desto mehr entfernt man sich von einer geliebten Person, die in einem konstanten Abstand von dieser Wahrheit stehen bleibt.

Fran räumte ein, dass ich mich auf diese verzwickte Dialektik inzwischen besser verstünde als er selbst. Ich versuchte, es ihm zu erklären, ihn ebenfalls zu initiieren. Ich hatte ihn gebeten, eine komplette Karte meines Genoms, und damit meines tieferen Wesens, zu erstellen, jedoch musste ich ihn immer öfter bei seiner Forschungsarbeit anleiten, ihn sogar korrigieren. Ich hoffte, er würde mir am Ende meines Studiums das Ergebnis liefern, nichts weniger als die grundlegende Information über meinen Organismus. Ich hatte Hardy mitgezogen (und ihre Bekanntschaft mit Fran aufgeschoben, um sie nicht unnötig zu verwirren).

In der ersten Zeit folgte sie mir mit dem typischen Enthusiasmus der Anfänger: Ich wusste viel mehr als alle anderen Studierenden zusammen, ich ging methodisch vor, war geduldig und ermutigte sie. Wenn sie hinter mir in der Bibliothek saß, spürte ich oft ihre Gedanken plötzlich abschweifen; sie rief ihre Nachrichten auf dem Telefon ab, ging auf ihre Facebook-Seite oder sah zum Fenster hinaus auf den blauen Himmel von Paris und die Spatzen in den Zweigen. Ich ließ mich nie ablenken. Ich wollte alles Wissen zusammentragen, um in Erfahrung zu bringen, worin mein Genom sich von dem aller anderen unterschied. Aber je kühner ich wurde, desto mehr beschlich mich das Gefühl, ohne dass ich mir, von meiner Rechthaberei verblendet, dessen wirklich bewusst wurde, zu sehr zu glänzen und damit Hardy auszuschalten, ihr inneres Feuer zu löschen, anstatt es zu nähren; es waren Kleinigkeiten, aber … Ihre Hände waren langsamer, ihre Beine ebenso. Beim Sex konnte es passieren, dass sie außer Atem abbrach. Wenn wir sonntags in der Bar in der Nähe des Bahnhofs Zigaretten kaufen gingen, ließ sie sich Zeit, flanierte; dann drehte ich mich nach ihr um.

»Was machst du?

– Nichts. Ich sehe dir zu.«

Schon bald sollte es zu den großen Winterstreiks kommen. Ich wusste, dass es direkt vor uns Tote geben würde, hielt Abstand und schlug vor, zusammen zu verreisen, um keine unnötigen Risiken einzugehen.

»Manche behaupten, es gibt bald Krieg.

– Aber nein. Das ist Blödsinn. Vertrau mir, das legt sich wieder.«

Das waren unsere besten Momente: Im Schutz unseres Zelts irgendwo im Kastanienwald, in den Spurrillen der Wege, an der Stelle, wo Fran mich einst töten wollte, hielt ich sie in meinen Armen und dankte der Person oder der Sache – ich wusste ja nicht, wem genau –, die mir jene unversehrt wiedergeschenkt hatte, nach der sich mein Körper schon so viele Jahre sehnte. Da ich sie aber schon einmal verloren hatte, stellte sich bei mir nun panische Angst ein, sie fortgehen zu sehen. Es war krankhaft: Wenn ich zum Lernen im Zelt blieb und Hardy von einem kleinen Nachmittagsausflug nicht sofort zurückkehrte, litt ich völlig irrationale Seelenqualen, obwohl ich mich ganz gut erinnerte, dass sie im vorigen Leben nach einer knappen Stunde zurückgekommen war. Ich steigerte mich in die Vorstellung hinein, sie sei tot. Und sobald sie zwei Stunden später guter Dinge wieder auftauchte, nur flüchtig erklärte, sie habe einen kleinen Umweg gemacht, einfach so, wurde ich fuchsteufelswild, was sie zutiefst erschreckte; daraufhin entschuldigte ich mich, ging vor ihr auf die Knie, lehnte meinen Kopf an ihren Bauch, ohne ihr jedoch meine Befürchtungen anvertrauen zu können, denn ich malte mir schon aus … Sie fand mich *merkwürdig*, vertraute mir aber weiterhin, weil ich ihr dabei half, sich weiterzuentwickeln. Ich verglich sie mit ihr selbst und schaffte es, sie zu verbessern, um zu derjenigen zu werden, die sie gerne gewesen wäre, ohne es zu wissen. Gleichzeitig jedoch veränderte sie sich durch eine verborgene Tür in ihrer Persönlichkeit, verlor an Charakterstärke und Vitalität, vielleicht meinetwegen. Zweifellos war sie immer noch diese an einigen Stellen solide, an anderen jedoch bröckelnde Statue, und ich hatte eine Art Wissenschaft von Hardy, die mir dabei half, behutsam zu sein, wo sie zerbrechlich war, und weniger rücksichtsvoll, wo sie standhielt. Dennoch, und wie durch Kompensation, schienen sich ihre starken und schwachen Seiten mit der Zeit ins Gegenteil zu verkehren: Wo sie früher wortreich parliert hatte, war sie nun weniger beredt; und wo sie einst Angst vor der Natur und dem Landleben gehabt hatte, schätzte sie nun die Einsamkeit, weite Felder und die frische Luft. Aber vor allem wurde sie langsam, wo sie vorher schnell gewesen war. Sobald ich ihr beflissen einen direkteren Weg zu einem ihrer versteckten Wünsche (die ich besser kannte als sie) aufzeigte, widersprach sie; sie ging gern vom Weg ab, sympathisierte mit unsteten Menschen, Verrückten, Freaks, Schwachen und Zerbrechlichen, sie hasste den leichten Sieg.

Als wir nach Paris zurückkehrten, war der Aufruhr vorbei. Da mich die Entwicklung unserer Paarbeziehung beunruhigte und ich sie nicht mit mir allein lassen wollte, beschloss ich, ihr Fran vorzustellen, der tagsüber im Val-de-Grâce arbeitete und nachts in seinem Dienstbotenzimmer in Pantin heimlich mit einem Computer und Geräten, die er dem Hämatologie-Spezialisten entwendet hatte, an der Erstellung meines Genoms tüftelte. Er war müde, freute sich aber, uns in einer Brasserie in der Nähe der Bastille zu treffen und sie endlich kennenzulernen.

Die beiden verstanden sich auf Anhieb gut. Ich war froh, sie zusammenzubringen, denn in dem anderen Leben hatte ich stark unter ihrer gegenseitigen Ablehnung gelitten. Fran ließ Hardy reden; anders als ich fühlte er sich nicht unwohl wegen früher, er verhielt sich natürlich im Hier und Jetzt, gab nie auch nur das Geringste unseres Geheimnisses preis. Er war treu. Ich fand den Fran wieder, den ich gernhatte, seine weiße,

sich bei Aufregung rötende Haut, seinen Witz, seine praktische Veranlagung, seine Kunst, aus wenig viel zu machen, sein Talent, anderen zu ihrem Glück zu verhelfen, auf einem Stuhl sitzend, rauchend, damit beschäftigt, über alles und nichts zu reden, über die Zukunft, die Sitten in anderen Ländern. Mir kam es vor, als finde Hardy in seiner Anwesenheit ihre Spottlust wieder, genauso wie ihre unvorhersehbare Art, aus einer Vase auf dem Tisch eine veilchenblaue Blume herauszuziehen, die sie sich hinter dem Ohr ins Haar steckte, um Carmen Miranda nachzuahmen, bevor sie sagte: »Packen wir's?« Als sie zur Toilette ging, flüsterte Fran mir zu: »Pass auf.
– Ich weiß. Das hast du mir schon mal gesagt.
– Ich meine: auf sie. Kümmere dich um sie.«
Die Gedanken schwirrten mir im Kopf umher.
Plötzlich dachte ich an den Krebs, und obwohl ich schon gelegentlich über ihren Tod nachgedacht hatte, versetzte die Vorstellung mir dieses Mal einen Stich in die Brust, mein Atem stockte. Im Alter von fünfzig Jahren würde sie sterben. Währenddessen lachten die beiden.
»Warum?«
Wir hatten die schöne Brasserie, in die ich sie geführt hatte, verlassen, ohne zu bezahlen.
»Geht's noch? Wir müssen zurück ...« Ich fühlte mich alt und pedantisch. Sie waren so viel jünger als ich.
Fran und Hardy hakten sich bei mir ein und zogen mich fort.
Während unserer gesamten Studienzeit bildeten wir ein unzertrennliches Trio; Hardy machte sich viele Sorgen, weil er so übermüdet war – er konnte ihr gegenüber nicht preisgeben, dass er erst die gesamten Gerätschaften aus seinem kleinen Zimmer in Pantin weggeschafft hatte, damit sie keinen

Verdacht schöpfte, wenn wir ihn besuchen kamen, und dass er inzwischen seine Nächte in einer angemieteten Garage im Vorort in der Nähe von Le Plessis (ich kannte den Ort) verbrachte, um meine Genkarte mithilfe einer ganzen Reihe von vernetzten Computern zu vervollständigen. Sie war niedlich und zugleich messerscharf; in Fran hatte sie eine Art Verbündeten gefunden, um in Opposition zu mir zu gehen und mich auf den Arm zu nehmen wegen meiner Obsession, ständig arbeiten, lernen, verstehen zu wollen. Fran zog es vor, das Leben zu genießen, Hardy mochte das auch. Sie fädelte die Begegnung mit einer ihrer besten Freundinnen aus dem Lycée ein, damit er sich in sie verliebe. »Sie passt überhaupt nicht zu ihm«, wandte ich ein. »Woher willst du das wissen?, entgegnete Hardy. Du betrachtest ihn lediglich als kleinen Angestellten. Er hat auch Bedürfnisse und Wünsche. Er ist dein Freund.« Sie hatte Recht. Jetzt, wo ich ein bisschen mehr verdiente, mit Sportwetten im Internet, weil ich mich an die Endergebnisse der Fußball- oder Tennisspiele erinnerte, kaufte ich Hardy Kleider in Modekaufhäusern und versuchte, die Marken und Modelle wiederzufinden, die sie damals gerne gehabt hätte, als wir noch in Mornay lebten und nicht das nötige Geld für einen derartigen Luxus hatten. Eines Tages während eines Einkaufsbummels in den Grandes Galeries, als sie gerade eine Strickjacke zu ihrem Kleid anprobierte, summte ich unbedacht ein bekanntes Lied, einen Hit, der noch unveröffentlicht war. Als Hardy ihn sechs Monate später im Radio hörte, sah sie mich mit großen Augen an (sie hatte von Kind an das absolute Gedächtnis für Melodien): »Woher kanntest du das?«

Ich rechtfertigte mich damit, dass ich wohl ein ungeahntes Talent fürs Komponieren haben müsse, dass Melodien sozusagen in der Luft lägen, und wenn einer sie nicht sofort aufschnappte, würde es etwas später bestimmt ein anderer tun.

Einer von Hardys Lieblingswitzen war, mich dementsprechend als »Besucher aus der Zukunft« zu bezeichnen. Wenn sie es zu Fran sagte, lachte mein alter Freund jedes Mal schallend. Hardy hatte ihr Diplom in der Tasche, Fran arbeitete weiterhin in der Hämatologie-Abteilung im Val-de-Grâce, und ich hatte soeben drei Doktorarbeiten angefangen, in Molekulargenetik, Immunologie und Elementarteilchenphysik (ein Dreifach-Studium, das meine Mentoren stutzig machte). Zu der Zeit war ich zutiefst gespalten, ob ich mich mehr dem Studium meiner hypothetischen Unsterblichkeit oder der Krebsforschung zuwenden solle, die es mir eventuell ermöglichen würde, das entscheidende Mittel zur Krebsheilung zu entdecken und damit gleichzeitig Hardy vor ihrem fünfzigsten Lebensjahr zu retten. Als ich Fran diese Überlegungen anvertraute, schockierte mich seine Antwort, dass das wahrscheinlich nichts bringe und ich mich besser hier und jetzt um meine kleine Hardy kümmern solle. Er mochte sie sehr. Aber er verstand mein Dilemma nicht, weshalb er mir nach der Beendigung seiner beinahe zehnjährigen Arbeit an der Aufstellung meines Genoms bei der Übergabe sämtlicher verschlüsselter Dateien, einer endlosen Auflistung aller Proteine über ein Volumen von mehreren Gigabytes, erleichtert sagte: »Daraus bist du gemacht.« Er erklärte, dass er in diesem Leben nicht mehr für mich tun könne und vorhabe, Hardys Freundin zu heiraten.

Er wollte sich ausruhen, das hatte er wirklich verdient. Er besaß nur ein Leben. Ich verstand ihn, war jedoch fast eifersüchtig, weil er mich verlassen würde.

Dank einiger erstaunlicher Daten meines Genoms, das ich in langen schlaflosen Nächten zu entschlüsseln gelernt hatte, tauschte ich den Status des vielversprechenden Studenten und Tausendsassas gegen den eines brillanten Doktoranden ein. Ich erhielt ein großzügiges Stipendium vom Institut Pasteur, und wir gingen nach Kalifornien. Origène und meine Eltern veranstalteten anlässlich unserer Abreise ein großes Fest: Hardy wurde gebeten, Gitarre zu spielen und zu singen, aber ihre Stimme versagte. Sie weinte, freute sich für mich. Ich versprach ihr, dass sie in den USA glücklich sein werde, dass sie schon immer davon geträumt habe, dieses Land kennenzulernen.

Immer wenn wir weitere Informationen abgleichen mussten über das, was wir in einer Geheimsprache meine »Singularität« nannten, kommunizierten Fran und ich jetzt über Briefe auf Papier, um zu verhindern, dass Hardy auf eine verfängliche E-Mail oder Kurznachricht stieß; ich empfing Frans Briefe über ein Postfach und schrieb ihm von dem Büro aus, das ich mit zwei Stanford-Absolventen teilte. Da ich wusste, dass sie mir beim ersten Mal nicht geglaubt hatte, wollte ich vermeiden, dass sie unser Geheimnis entdeckte. Dabei hatte Fran mir vor der Abreise geraten, ihr die Wahrheit zu sagen: Er werde nicht mehr da sein, um das Gleichgewicht unseres Trios auszubalancieren, und fürchte, ich würde im Vergleich zu ihr zu schwer wiegen. Aber Fran wusste nicht, wie Hardy sich verhalten würde. Ich hatte ihre Reaktion auf die Idee meiner Unsterblichkeit bereits einmal erlebt und war überzeugt, sie würde mir entweder nicht glauben und von mir verlangen abzuschwören oder aber mich verlassen, weil ihr die Vorstellung unerträglich wäre, in meinen Augen nur die »Nummer zwei«, ein Klon, eine vorhersehbare Marionette zu sein. Fran war oft ein guter Ratgeber gewesen, doch ich begriff mit leichtem Bedauern, dass wir uns nicht mehr verstanden, dass ich zu viel wusste und er nicht genug, dass das Wissen selbst uns getrennt hatte.

Überhaupt hatte ich ein Stadium erreicht, wo er mir keine große Hilfe mehr war. Ich war wirklich auf der Suche, befand mich auf unbestelltem Terrain. Nachdem ich mit Riesenschritten auf dem festen Boden der Kenntnisse über das Lebendige vorangekommen war, bewegte ich mich nun in einem Sumpf weiter, wo alles mich aufhielt, wo die Schritte vorsichtiger wurden, der Fuß einsank, nichts Festes mehr blieb, wo man Tage brauchte, um ein paar Meter vorwärtszukommen – bis man erkannte, dass man im Kreis gegangen war. Hardy machte sich Sorgen: Nachts, wenn sie ins Bett ging, blieb ich auf und saß bis zum Morgengrauen an meinem Schreibtisch. Mir tat der Rücken weh, ich öffnete den Kühlschrank, ich aß, nahm zu. Ich hoffte, durch besseres Wissen über mich selbst das Mittel zu finden, Metastasen zu heilen und so Hardys Krebstod zu verhindern. Alles in allem war die Idee einfach: Krebs verewigte die Zellen, bis sie den Organismus töteten, wohingegen mein Organismus die Zellen tötete, bis sie sich verewigten. Genau das war bei meinem ersten Tod passiert: Das Absterben meiner Zellen war der Auslöser einer Art Ewigkeit, einer Zeitschleife. Ich hoffte, den Operator dieser biophysischen Transformation isolieren zu können, durch den die Molekularstrukturen des Lebendigen eine plötzliche kausale Verbindung mit den subatomaren Ebenen der Materie eingehen konnten. Aber sobald ich ins Detail ging, passte nichts mehr zusammen: Was ich in der singulären Funktionsweise meines Organismus erkannte, entsprach nicht der gewöhnlichen Biochemie des menschlichen Körpers, geschweige denn den grundlegenden Gesetzen der Physik.

Nach und nach veröffentlichte ich am Forschungslabor des Stanford Cancer Institutes trotzdem einige Artikel, die im Bereich Gerontologisches Engineering auf Interesse stießen.

Ich hatte nicht umsonst gearbeitet.

Mithilfe meines unter der Hand beschafften und geheim gehaltenen »Phantomgenoms« forschte ich über atypische Anlagerungen und Verschmutzungsprozesse des Lysosoms, dem wichtigsten Organell für den Zellabbau, was mir ein beträchtliches Vermögen im boomenden Milieu der Biotechnologien einbrachte. Ich gehörte zu diesen »jungen Zauberkünstlern der Moderne, die uns versprechen, den Tod zurückzudrängen«, wie Bill Gates es formulierte, als er zusammen mit seiner Ehefrau Melinda die Mittel für ein interdisziplinäres Programm zur programmierten Seneszenz bereitstellte. Für mich war dies nur eine Etappe im Rahmen eines viel weitreichenderen Vorhabens.

Da ich das Wissen eines mehr als Hundertjährigen im Körper eines jungen Erwachsenen besaß, der über das Nerven- und Hormonsystem, die Muskeln und Bänder, die Energie und den hitzigen Charakter seines Alters verfügte, gelang es mir, mich zu organisieren. Mit wenig Schlaf, viel Kaffee und einer vernünftigen Dosis Koks war alles möglich. Ich kam gut mit Menschen klar, konnte Hände schütteln, Witze machen, alles ganz ohne Arroganz, dabei mit Nachdruck, eine Stunde lang zuhören und eine Minute reden, vorhersehen und delegieren. Mein Einflussbereich weitete sich aus; ich widmete mich der Wissenschaft und verhandelte parallel mit Tausenden von Interessenvertretern: Vorständen von Pharmakonzernen, Professoren und Doktoranden, Mitarbeitern von Lektürekomitees internationaler Fachzeitschriften, betagten Ehrenvorsitzenden verschiedener Institutionen, eiligen Mäzenen, jungen Journalisten auf der Suche nach aussichtsreichen Ideen für populärwissenschaftliche Veröffentlichungen ...

Ich weiß nicht mehr, wann ich zu einer wichtigen Persönlichkeit wurde; aber unterwegs habe ich Hardy verloren.

Ich erinnerte mich bis ins kleinste Detail an unser voriges, triviales Leben, und mir jedenfalls schien dieses zweite, außergewöhnliche Leben voller anregender Unternehmungen, weltläufiger Einladungen und permanentem Wetteifern mit den größten Geistern Kaliforniens viel besser als das kleine Backsteinhäuschen mit dem quadratischen Garten, Theater am Donnerstag, Kino am Samstag, mit den Arbeitskollegen oder der eleganten älteren Dame, die ausgesetzte Kätzchen liebte. Aber Hardy sehnte sich nach der französischen Provinz zurück, träumte vom Alltäglichen, einem Kind, eigentlich von allem, was sie beim ersten Mal gehasst hatte. Als Ärztin hatte sie trotz meiner Bemühungen (sie warf mir vor, meinen Einfluss nicht ausreichend geltend gemacht zu haben) die Greencard nicht auf Anhieb bekommen und durfte nicht arbeiten. Ich ermunterte sie, Songs für die Gitarre zu komponieren, zu lesen, über Themen, die sie interessierten, zu schreiben, das Leben zu genießen.

»Mir ist langweilig.«

Im Gespräch behielt ich immer öfter Recht, es wurde zunehmend offensichtlich, und ihr machte es Spaß, sich zu irren – so war ihr wenigstens der Irrtum reserviert –, zu schreien und wertvolle Gegenstände in unserem Haus in San Francisco in der Nähe von Potrero Hill zu zertrümmern.

Was hätte ich dafür gegeben, wenn sie beide Seiten im Blick gehabt hätte. Doch natürlich traf sie ihre Entscheidungen wie alle Sterblichen nur mit halbem Urteilsvermögen. Bei mir war es anders.

Mit fünfunddreißig Jahren bekam ich den Nobelpreis für Medizin. Eigentlich nichts Außergewöhnliches: So begabt war ich gar nicht, ich hatte beinahe zwei Existenzen gehabt, um dort hinzugelangen. (Und wenn ich es mir recht überlege, standen alle großen Genies der Universalgeschichte von Archimedes oder Euklid bis zu Planck oder Darwin vielleicht schon in ihrem zweiten Leben, als sie ihre berühmten Entdeckungen machten.)

Bei den vielfältigen Wohltätigkeitsgalas, zu denen ich eingeladen war (die mir kostbare Zeit raubten), ließ Hardy mehr als einmal aus Unachtsamkeit ihr Champagnerglas fallen, und ich beseitigte die Scherben unter Entschuldigungen. Sie hatte angefangen zu trinken. Manchmal sang sie noch, mit lauter Stimme; danach schluchzte sie mit hängenden Schultern. Als ich ihm in Briefen meine Besorgnis mitteilte, bat mich Fran, der fern von Paris glückliche Tage mit seiner Frau und seinen beiden Kindern verbrachte, inständig, Hardy alles zu beichten: »Sie wird es verstehen.«

Von wegen.

Kurze Zeit später bot Frankreich mir die Leitung eines Hightech-Instituts in der aufkommenden Sparte der »biophysischen Operatoren« an (ein angesagtes Konzept zur Bezeichnung des subatomaren Einflusses der superatomaren Aktivität des Lebendigen auf einige Eigenschaften der Materie). Das war für mich die Gelegenheit, wieder frei forschen zu können, und das Ministerium ermöglichte es mir, das Institut in einem ehemaligen Mädcheninternat in Saint-Erme in der Picardie anzusiedeln; ich hoffte, dass die Rückkehr nach Frankreich Hardy guttun, ihre Wut besänftigen und sie aus ihrem Tief nach oben ziehen würde, für das ich wegen des Lebens, das ich ihr aufgezwungen hatte, die Verantwortung trug; außerdem schien mir der an ein verwunschenes Schloss erinnernde Ort Glück zu verheißen: Wir würden ein ruhiges Leben führen, wären trotzdem von jungen Doktoranden und qualifizierten Forschern umgeben, ich bekäme die Gelegenheit, mich ganz der Heilung ihrer künftigen Krankheit zu widmen, und beschloss, weil ich nicht mehr für einen Fiesling gehalten werden wollte, ihr endlich die Wahrheit (oder wenigstens einen Teil davon) zu sagen.

Ich hätte es nicht tun sollen.

Wir hatten die Räder am Waldrand auf dem Weg abgelegt und betrachteten die Sterne über uns, ich hielt ihre Hand wie beim allerersten Mal: Ich hätte gerne den exakten Moment wiedergefunden, aber Zeit war vergangen, wir waren beide gealtert. Als ich mit dem Geständnis begann (»ich bin wiederauferstanden«), hielt sie mich für verrückt oder dachte, ich mache mich über sie lustig.

Immerhin folgerte sie nach langen Wochen und Streitereien matt: »Dann kanntest du mich schon einmal?

– Ja.

– Was soll mir das ausmachen? Ich war nicht dieselbe.

– Doch. Und auch eine andere.

– Mochtest du die andere lieber? Die erste?

– Nein ... Ich weiß nicht.

– Und du hast mir nichts gesagt.

– Du hast es nicht geglaubt.

– Du hast mich ausgenutzt, ohne es mir zu sagen?

– Damals hast du darunter gelitten, nicht weiter studiert zu haben. Du hast von den USA geträumt. Du warst der Meinung, dass wir unser erstes Kind zu früh bekommen haben.«

Sie musste sich geschlagen geben. Was sollte sie ihren eigenen Wünschen entgegenhalten?

Ein Jahr später verkündete Hardy, dass sie mich für einen anderen Mann verlassen würde, den ich nicht kannte. Sie hatte ihn während meiner zahlreichen Abwesenheiten kennengelernt.

Aber ich verlor nicht den Mut. Fünfzehn Jahre lang habe ich nach der Heilungsmöglichkeit ihrer zukünftigen Krebserkrankung gesucht – vergeblich. Gewissermaßen gab die Tatsache, dass sie nicht mehr meine Ehefrau war, meiner zwanghaften Hoffnung, sie zu heilen, einen ritterlichen Anstrich. Ich verdrängte die Trennung, und es kam mir vor, als seien wir noch zusammen. Ich würde mich um diese Frau kümmern, ob sie wollte oder nicht. Doch die Zeit verging, und es gelang mir nicht. Nichts von dem, was ich in meinem eigenen Genom entdeckte, konnte einen Menschen heilen. Ich hatte mich geirrt. Nach und nach verstand ich besser, was genau in meinem Erbgut meine Wiedergeburt unter stellenweiser Verletzung der Gesetze der Physik ermöglichte. Aber ich hatte keine Aussicht darauf, diesen wundersamen Teil meiner selbst, meine Singularität, für die Heilung anderer nutzbar zu machen.

Es war sowieso schon zu spät.

Kurz vor ihrem fünfzigsten Geburtstag fand ich Hardys Adresse im Telefonverzeichnis ihres Departements und reiste nach Mornay, wo sie mit ihrem Ehemann lebte. Sie hatte die Apotheke im Nachbardorf übernommen. Ich wartete vor ihrem adretten Eigenheim auf sie und verfolgte sie mehrere Tage lang: auf den Parkplatz des Supermarkts, vor die Schule ihres Sohnes und vors Büro des Vereins, in dem sie ehrenamtlich tätig war.

Schließlich entschied ich, ihr alles zu erklären, und klingelte an der Haustür.

Natürlich glaubte sie mir nicht.

Zum ersten Mal in meinem Leben habe ich geweint, denn ich hatte es nicht geschafft, ihren Tod zu verhindern. Als sie mich in diesem jämmerlichen Zustand sah, hatte Hardy Mitleid mit mir und nahm mich in ihre Arme.

»Du hast schon immer Angst um mich gehabt. Warum?
– Weil ich es weiß. Du wirst krank werden.
– Ich bin nicht krank.
– Hast du nicht Krebs? Du wirst Krebs bekommen. Ich kann es dir versichern.«

Unter dem leichten Make-up verfinsterte sich ihr Gesicht.

»Ich erinnere mich, sagte sie, du warst nicht ganz derselbe, als wir jung waren. Was ist passiert? Ist dir eigentlich klar, was du da sagst?«

Ich hatte es nicht bemerkt, wahrscheinlich weil mein Zeitbewusstsein durch das Erfahren der Ewigkeit beträchtlich gelitten hatte, doch es waren Jahre vergangen. Hardy hatte inzwischen einen dreizehnjährigen Sohn. Der Junge streckte den Kopf zur Tür heraus und lehnte seine Stirn sanft an die Schulter seiner Mutter. »Alles in Ordnung, Maman?« Ungläubig betrachtete ich Hardys Hand, die zärtlich durch die verwuschelten Haare dieses Kindes fuhr, das nicht meines war. »Kannst du mir was waschen? Ich hab nichts mehr zum Anziehen.« Sie protestierte, sie sei nicht sein Dienstmädchen, gab ihm einen Klaps, willigte schließlich ein und ließ ihn laufen. Der Junge warf mir einen argwöhnischen Blick zu.

»Wiedersehen.«

Dann fuhr er mit dem Fahrrad davon.

Hardy versprach, sich nach ihrem Geburtstag zu melden, damit ich beruhigt sei.

»Das wirst du nicht können. Du wirst schon tot sein.

– Jetzt hör aber auf, schrie sie. Du bist verrückt. Verschwinde!«

Ein paar Tage nach ihrem Geburtstag erhielt ich eine hübsche Karte, die sie in der Buchhandlung in Mornay gekauft hatte: Hardy ging es gut, sie hoffte, dass ich Frieden finden, jemandem begegnen werde, der zu mir passe. Sie habe sich unglücklich mit mir gefühlt, aber trage mir nichts mehr nach. Das Leben sei gewesen, was es war, daran könne man nichts mehr ändern. Sie bat mich, auf mich aufzupassen.

Ich musste mich im Datum geirrt haben. Es war nur eine Frage von Tagen. Sie würde sterben.

Drei Monate später fand ich in meinem Briefkasten eine weitere Postkarte. Hardy und ihr Mann hatten eine Ferienreise in ein fernes asiatisches Land unternommen, sie interessierte sich leidenschaftlich für die dortige Zivilisation, hoffte, dass es mir gut gehe, und fügte im PS hinzu: »Mir geht es prächtig.«

Ich verstand nichts mehr.

Wir schrieben einander. Wir wurden Freunde, auch das. Ihr Mann war unscheinbar und charmant, in jeglicher Hinsicht das Gegenteil von mir früher. Liebte sie ihn? Ich weiß es nicht.

Ein Jahr danach kehrte Hardy immer noch genauso strahlend von einer zweiten Asienreise zurück, und ich hatte meine halbe Karriere vergeblich darauf verwandt, ein unmögliches Gegenmittel zu einer nicht vorhandenen Krankheit zu suchen.

In einem langen Brief schrieb Hardy, sie habe mich geliebt, fühle noch einen leichten Schmerz, eine Art Seitenstechen, bei dem Gedanken, wir hätten zusammen glücklich werden können, sie sei froh, einen guten Mann gefunden zu haben, und doch unauflöslich mit mir verbunden. Sie war mir nicht böse.

Fern voneinander verstanden wir uns besser als während unseres gemeinsamen Lebens. Sie brachte meine Versponnenheit mit großer Feinfühligkeit zur Sprache, war erleichtert, dass ich mich nicht mehr für sie verantwortlich fühlte, und sie kümmerte sich um mich: Es kam vor, dass sie mich daran erinnerte, meine Kleider vor dem Wochenende in die Reinigung zu geben, und sie sorgte sich darum, was ich aß. Meine Unsterblichkeit nannte sie meine »Marotte«. Sie war zu einer diskreten kleinen Dame geworden, die sich ihren Humor bewahrt hatte, aktiv am Leben teilnahm, großzügig mit anpackte und ganz zufrieden war. Mit dem Alter wurde sie rundlich, ihr Gesicht schmückte immer noch dieser auffallende Schönheitsfleck am Rand ihres Lächelns und ihrer Wange, und ihr Haar hatte einen rotblonden Ton bekommen. Sie las Krimis, half ihrem Mann, der im Versicherungswesen gearbeitet hatte, bei der Führung ihres neu gegründeten Bed & Breakfast, hielt ihren Garten in Schuss, lernte orientalische Sprachen und erledigte Einkäufe für ältere Menschen in ihrem Viertel.

Ich war ein einsamer und trister Wissenschaftler in einem riesigen Schloss, das ich kaum verließ.

Ich besuchte den guten alten Fran; er wohnte mit seiner Frau in einem Einfamilienhaus in der reizlosen Banlieue bei Le Plessis und war freiberuflicher Krankenpfleger geworden. An jenem Nachmittag beaufsichtigte er seine Enkelkinder in einem knallbunten aufblasbaren Schwimmbecken; Fran hatte an den Hüften Speck angesetzt, er faulenzte in der Badehose, und ich beäugte den ausgedehnten schwarzen Fleck, der ihm von den Schenkeln bis zum Rücken hochkroch.

»Was ist das?

– Tätowierungen aus meiner Jugend, die ich schon vor unserer Begegnung hatte. Ich wollte sie lieber wegmachen.

– Beim ersten Mal reichten sie noch nicht bis hierher ...«
Und ich berührte sachte den unteren Rücken meines Freundes.

»Die Dinge ändern sich, von einem Leben zum anderen.
– Das wusste ich nicht.
– Ich glaube, du wirst nie wissen, warum.
– Da steckt eine Logik dahinter.
– Eher nicht.
– Und du ...
– Was?«

Mit offener Hand zeigte ich auf sein ganzes Leben, die krakeelenden Enkel, seine im Liegestuhl eingedöste Gattin, die Einfamilienhäuschen ringsum in der Wohnsiedlung. Die Sonne schien, es war ein schöner Tag.

»Du machst Ferien, wie ich sehe.
– Eines Tages wirst du mir's nachtun wollen. Glaub mir. Du wirst genug haben.« Er amüsierte sich über den Kleinen, der sein Bein umklammerte, um ihn zu sich in dieses komische Planschbecken zu ziehen. Trotz meiner Bemühungen, ihm zuzulächeln, flößte ich dem Bengel Angst ein: Ich hatte die leichenblasse Haut dieser wahrheitshungrigen Menschen, die zu lange nicht an der Sonne waren.

»Ruh dich aus, riet er mir. Genieße das Leben. Du hast doch Zeit.«

Aber ich konnte nicht auf halbem Weg aufhören und schloss mich in einem Flügel im Institut in Saint-Erme ein. Ich war doch nicht verrückt, ich irrte mich nicht. Dem Wunder lag sehr wohl eine Mechanik zugrunde, und am Ende zusätzlicher hartnäckiger Forschungsjahre kam ich schließlich dahinter.

Die Erklärung war gefunden.

In einem langen Brief, den ich auf dem Computer des Instituts (das in dieser Periode der wirtschaftlichen und politischen Krise wegen Haushaltskürzungen vor seiner Schließung stand) getippt hatte, versuchte ich die Ergebnisse für Hardy zu vereinfachen, um ihr endlich den Beweis für meine besondere Situation zu liefern. Sie sollte mich nicht für einen vergreisten Idioten halten.

Im Grunde genommen steckte hinter meinem Tod und meiner Wiedergeburt kein Gott, es war weder Absicht noch ausgeklügelter Plan, sondern nur ein einfacher mechanischer Effekt. Meine Ewigkeit war eventuell beweisbar, wenn man auf jeglichen Schöpfungsakt und jegliche finalistische Erklärung verzichtete. Eine genaue Beschreibung und eine gut durchgeführte Berechnung genügten. Ich hatte nun die Beweise für meine Ewigkeit und Auferstehung, die ganz grob wie folgt beschrieben werden können (ich fasse es in einfachen Worten zusammen):

1| Mein Organismus enthielt in Zahlen ausdrückbare Information (Wahrnehmungen, Eindrücke, Gefühle und Gedächtnis);

2| durch genetische Mutation war mein Gehirn im Stande, eine Art organische Sicherheitskopie dieser Information zu sekretieren: die *Singularität*;

3| diese organische Singularität war dazu bestimmt, unzerstörbar zu sein: Sie bildete eine aleatorische Enkodierung der Unsterblichkeit, was aus ihr eine *Theta-Singularität* machte;

4| im Augenblick des Todes des Organismus wurde die unzerstörbare Theta-Singularität, anstatt zu verschwinden, während die Welt weiterbesteht, ein biophysischer Operator lokaler Inversion: Seine Molekularstruktur wirkte auf die subatomaren Eigenschaften der Materie ein, sie funktionierte genauso wie eine unendliche Gravitationssingularität (so konnte man mich definieren: Ich war ein schwarzes Loch in menschlicher Gestalt);

5| dieser Operator kehrte die Zeitrichtung nicht um, sondern rief einen Selbstverschlingungseffekt hervor; die Theta-Singularität fiel sozusagen in sich selbst hinein wie in einen dunklen Brunnen; sie befand sich im freien Fall, bis sie ihren ursprünglichen Zustand wieder erreichte;

6| dieser ursprüngliche Zustand lag in der Neuralrinne des Embryos, der ich gewesen war, und markierte den Moment der Entstehung der Singularität, die Null-Zeit, den Anfangspunkt der Entwicklung meines Gehirns;

7| jedes Mal wenn der Tod eintrat, im Moment des endgültigen Verlusts meiner neokortikalen Funktionen, erfuhr mein Bewusstsein einen Zusammenbruch, der das gesamte materielle Universum in einem augenblicklichen Fall bis auf den Grund seiner selbst mit sich riss: Dieser Grund war der Moment der Entstehung der Singularität (im Bauch meiner Mutter, kurz vor meiner Geburt). Demnach war ich dazu verdammt wiederaufzuerstehen, bei jedem Mal bewusster, indem ich endlos aus dem Innersten meines Selbst aufstieg und wieder in es zurückfiel.

Es war sehr einfach. Ich riss das ganze Universum mit in eine geschlossene Oberfläche, randlos, aber lenkbar: mein Leben. Warum? Durch einen Kurzschluss der Evolution alles Lebendigen und des materiellen Raum-Zeit-Kontinuums.

Ich war Gott, und ich war zufällig Gott geworden.
Ich hatte den Beweis dafür.

Das war alles.

Die Theta-Singularität, die auf einer lokalen Überschreitung der Naturgesetze durch das Lebendige aufgrund einer vollkommen zufälligen Mutation beruhte, galt nur für sich selbst innerhalb ihrer selbst. Am Ende stellte sich meine verheißungsvolle Wissenschaft lediglich als eine Wissenschaft *meiner* Singularität heraus, die für die anderen völlig uninteressant war.

Nebenbei fand ich eine Erklärung für die Blutung (ein interessantes Detail), und auf weniger als dreißig Blättern besaß ich den eindeutigen Beweis meiner Unsterblichkeit; aber der Beweis der Singularität basierte von der ersten Zeile der Berechnung an auf einer grundlegenden Voraussetzung, die durch nichts weniger als die Singularität selbst beweisbar war, die gesamte Demonstration konnte jedoch außerhalb der Grenzen meines eigenen Körpers technisch nicht angewendet werden. Ich war nur in mir selbst unsterblich. Ich hatte mich wie wild auf die Wissenschaft gestürzt, um letztlich eine eigene Wissenschaft hervorzubringen, und nun frage ich Sie: worüber? Eine Wissenschaft über *mich*.

Die meisten meiner Studien habe ich verbrannt. Man hätte mir nicht geglaubt.

Hardy antwortete mir, sie sei nicht imstande, die Folgerichtigkeit meiner beeindruckenden Arbeit zu beurteilen, aber glücklich darüber, dass ich nach einem ganzen Forscherleben wenigstens zu einem für mich zufriedenstellenden Ergebnis gekommen sei. Außerdem bat sie mich, mit dem Rauchen aufzuhören, ein wenig Sport zu treiben und sie gelegentlich zu besuchen, es würde sie freuen, mich wiederzusehen.

Meine Studien hatten mir mehrere Ehrendoktortitel an zahlreichen Universitäten eingebracht, doch da ich fast nichts mehr publizierte, betrachtete man mich als komischen Kauz, der sich in etwas verrannt hatte. Meine Beiträge als Forscher und Lehrender hatten keinerlei Auswirkung auf die offizielle Wissenschaft, die sich leider eher für das Universelle als für die Singularität interessiert.

Am Telefon reagierte Fran mit diesem seltsamen, nicht gänzlich missbilligenden, aber auch nicht gerade ermutigenden Ton auf meine Ausführungen, der zu bedeuten schien, dass er nichts verstand oder nichts davon wissen wollte.

»Du denkst, dass es nicht stimmt.

– Nein. Deine Fähigkeiten übersteigen unsere um ein Vielfaches. Ich bin außerstande, deine Herleitung zu verstehen.

– Sie ist der Beweis.

– Für dich. Umso besser. Bitte, tu mir einen Gefallen, ich liebe meine Frau und meine Kinder: Ich möchte gerne noch eine Weile in ihrer Gesellschaft bleiben.

– Natürlich.

– Also bring dich nicht gleich um.«

Ich erwiderte nichts darauf. Er machte sich über mich lustig.

»Lass mir noch ein Jahr oder zwei.

– Was willst du damit sagen?

– Sobald du stirbst, sterbe ich auch, wie alle anderen. Lass mir noch ein bisschen Zeit.

– Ich habe überhaupt keine Lust zu sterben. Ich habe noch viel zu entdecken.«

Gekränkt legte ich auf.

Hardy schrieb mir, ich antwortete nicht. Über Fran (sie telefonierten ab und zu, ihre Familien kannten sich und verstanden sich gut) hatte sie erfahren, was ich so trieb. Sie berichtete mir, wie stolz sie auf ihren Sohn sei, von dem schönen Leben, das sie habe, von der Asienreise, den wunderbaren Dingen und dem unglaublichen Fortschritt dort, wo gleichzeitig Armut und himmelschreiende Ungleichheiten herrschten. Es gäbe so vieles zu ändern, und sie sei nicht mehr jung. Sie hätte gerne früher damit angefangen, sich zu engagieren und, wie sie es nannte, »an der großen Baustelle mitgewirkt«.

Sechs Monate später verstand ich, was Fran gemeint hatte. Ich hatte nichts zu tun; ich irrte innerhalb der Mauern von Saint-Erme herum. Mein vernachlässigter Körper war gealtert, hatte Fett angesetzt, und niemand schenkte ihm Beachtung. Nach der Schließung des Instituts hatte ich eine Sondergenehmigung bekommen, weiterhin dort zu wohnen, aber ich war ganz allein.

Ich wollte wieder auf die Welt kommen und die Dinge wirklich verändern. Deshalb hatte ich große Lust, mich umzubringen, um dann in einer regenerierten Welt mit anzupacken. Doch im selben Zug würde mein Tod Fran und Hardy ihres restlichen glücklichen Lebens und all ihrer Projekte berauben; ich würde alle wieder mit mir an den Start stellen. In diesem Leben war ich zu lange egoistisch gewesen, deshalb wollte ich jetzt ihr Glück dauern lassen. Frustriert fristete ich mein Dasein in dem stillen Gebäude in Gesellschaft eines Wachmanns, eines Dienstboten und einer Köchin und schlug die Zeit tot. Ich rauchte in einem fort und zögerte meinen Tod hinaus.

Ich fing an, darüber nachzudenken, wie man die Welt verändern könne, und entwarf immer kühnere Pläne zur Verbesserung. Die Welt war tatsächlich schlecht gemacht; je mehr ich über meine Erfahrungen nachsann, desto stärker wurde ich mir der Ungerechtigkeit, Ungleichheit, Verzweiflung, des unsinnigen Schmerzes, des disproportionierten Kampfes, der

Dummheit und des Unglücks der Menschen bewusst – all der Dinge, die ich während meiner jahrelangen Forschungsarbeit ignoriert hatte. Ich besaß die Macht der Unendlichkeit und hatte ausschließlich an mich selbst gedacht. Nun wusste ich. Den Tod hatte ich nicht mehr zu fürchten, weil ich über den unzweifelhaften mathematischen Beweis meiner automatischen Wiederkehr verfügte; es steckte kein höherer Wille hinter diesem Wunder. Doch ich, als Ergebnis desselben, konnte eine bessere Welt anstreben. Es war notwendig, dass ich ebenfalls an dieser großen Baustelle mitwirkte.

Doch wie sollte ich es anstellen?

Es hätte der Hilfe von Fran und Hardy bedurft; mir war die Fähigkeit zur Empathie in meiner Karriere als Wissenschaftler fast völlig abhandengekommen. Als Kind hatte ich sie gehabt, ich erinnerte mich, stundenlang Tiere beobachtet zu haben, beim Wildbach oder am Teichufer, und mich um diesen Vogel mit dem silbrigen Gefieder unter dem verwachsenen Baum gekümmert zu haben. Damals hatte es ein wenig Güte in meinem Inneren gegeben. Ich lächelte beim Gedanken an meine Kindheit. Bald war es so weit.

Kaum drei Jahre später begann ich zu husten und unter Atemnot zu leiden, ich wurde heiser, sobald ich redete (was nicht oft vorkam, denn ich führte das Leben eines Eremiten), ich verlor an Gewicht, dann fing ich an, nachts Blut aufs Kopfkissen zu spucken. Frans Phiole half nicht mehr. Ich fühlte mich schwach. Und ich hielt es für sinnlos, mich weiter zu plagen.

Ich schrieb eine letzte Postkarte an Fran und eine andere an Hardy, auf deren Vorderseiten Scherenschnitte von Matisse abgebildet waren, um mich zu entschuldigen. Ich konnte ihr Leben nicht länger dauern lassen. Doch ich habe diese Karten nie abgeschickt; aus ihrer Sicht wäre diese Botschaft einem Todesurteil gleichgekommen. Wenn ich ihnen sagte: In einem Monat sterbe ich, hieß das nichts anderes als: Meine Freunde, in einem Monat seid ihr ausgelöscht, ihr, eure Eltern, eure Kinder, eure Freunde. Ich aber werde in einem anderen Leben fortbestehen, und von euch wird nichts übrig bleiben, außer in meiner Erinnerung. Ich hatte nicht das Recht dazu, ihnen den Richterspruch ihres Todes, oder schlimmer: ihrer Auslöschung zu schicken. Also beschloss ich, ihnen nichts zu sagen.

Als einsamer, nervöser und verbitterter Raucher diagnostizierte ich bei mir Lungenkrebs und bat darum, Palliativmaßnahmen zu Hause zu bekommen. Die Krankenschwester, eine sanfte und gewöhnliche Person, war traurig, einen noch jungen Mann wie mich, der studiert, es in der Forschung zu etwas gebracht hatte und berühmt gewesen war, am Ende vereinsamt zu sehen. »Haben Sie keine Freunde? Haben Sie wirklich niemanden? Keine Eltern, keine Kinder? Und Ihre Frau?«

Ich sprach mit ihr über ihren Beruf, die Arbeitsbedingungen und wie sie verbessert werden könnten. Ihre Meinung über unsere Gesellschaft interessierte mich.

»Nichts funktioniert.

– Sagen Sie mir mehr darüber. Was würden Sie ändern?«

Oft setzte sich die Krankenschwester neben mich und erzählte mir alles, was sie empörte. Aber sie wusste nicht, was man dagegen tun konnte. Ich hörte ihr zu.

»Es muss doch einen Weg geben.

– Hoffentlich finden wir ihn eines Tages«, seufzte sie.

Das Ende naht. Ich liege wieder im Sterbebett, sechzig Jahre später. Nichts zu befürchten, dieses Mal. Der Tod lässt dennoch auf sich warten, und ich leide an einem akuten Ödem. Ich würde gerne noch eine rauchen, bevor ich wieder in den Kreislauf eintrete. Von Schläuchen umgeben huste ich. Na ja, beim nächsten Mal würde ich es besser machen!

Einen Augenblick kommen mir Zweifel: Was, wenn ich mich bei meiner Beweisführung geirrt habe?

Aber ich fange mich schnell wieder. Ich denke an die Argumentationskette, Glied für Glied, und ich bin beruhigt: Es ist unanfechtbar. Ich bleibe bis zum Ende bei Bewusstsein. Ich *weiß*. Wer hat den Todeskampf je wacher erlebt als ich? Kühl observiere ich den Prozess der Singularität bis zu seiner Vollendung: den überallhin ausstrahlenden, schließlich siegenden Schmerz; das erlöschende Leben, schwarzes Loch, zerstörte Materie und aufgehobene Welt.

Ich beende meine Existenz als Forscher mit Genugtuung.

»Das war's«, sage ich; exakt in dem Augenblick, in dem ich sterbe – bin ich dabei, wiedergeboren zu werden.

Das Dritte

Wiedergeboren kommt mir alles immer früher zurück: die verwilderten Wälder, Kälte, Hitze, das Haus an der Grenze zum Orient, der Schlamm, die grünen Zweige, abendliche Erschöpfung, die Wege in Begleitung des Mischlingshundes. Wenn mein Vater von der Arbeit zurückkommt und die Küchentür aufstößt, dann bin ich ihm schon im Rücken: Ich überrasche ihn, er lacht darüber. Ich bin ein braver und hilfsbereiter Junge. Ich gehe auf die Menschen zu.

Anstatt allein am Bach oder auf den Wegen zu spielen, die den Hügel hinaufführen, spaziere ich, kaum dass ich wieder laufen gelernt habe, im Dorf umher, frustriert, nicht sprechen zu können und dazu verdammt zu sein, nur ein paar Silben zu brabbeln, die allzu oft rein gar nichts bedeuten, ich umarme die Nachbarn, lächle sie an, ich »knüpfe Kontakte«, wie mein Vater es ausdrücken würde.

Ich bin zappelig, kann überhaupt nicht stillsitzen, meine Beine gehorchen mir nicht. »Hör auf«, seufzt meine Mutter, wenn sie in der Küche das Essen zubereitet, während ich im Kreis laufe wie ein Löwe im Käfig. »Ich bekomme gleich den Drehwurm.« Als die Wörter wieder in meinen Mund zurückkehren, frage ich sie auf meine kindliche Art, was sie von der Welt hält, sie weiß keine Antwort darauf, also will ich wenigstens Radio hören, aber dummerweise bekommt sie von den Langwellen Migräne. Morgens bettle ich meinen Vater um die Tageszeitung an, bekomme sie aber erst abends, wenn er daran denkt. Zuerst liest er sie, dann gibt er sie mir, allerdings schneidet er alle Seiten heraus, die er für ungeeignet hält: Er möchte nicht, dass ein kleiner Junge wie ich mit grauenhaften Bildern vom Krieg im Orient konfrontiert wird, mit Fotos von Enthauptungen durch terroristische Gruppen in diesen arabischen Ländern, Hamas, Hisbollah, Islamischer Staat, und auch nicht mit schockierenden Reportagen über amerikanische Bombardements, die alles in Schutt und Asche legen, Opfer von Drohnenangriffen oder Selbstmordattentaten, ganz egal, das mache keinen Unterschied, jedes Leben sei gleich viel wert, meint er. Am Ende halte ich nur einen löchrigen Schweizer Papierkäse mit den Sportergebnissen vom Wochenende, Börse und Kreuzworträtseln in Händen: Die Kultur und die Seiten über Promis fehlen auch, weil sie für seinen Geschmack zu viele halbnackte, vulgäre Frauen zeigen; wenn es mir doch einmal gelingt, einen der väterlichen Zensur entgangenen Fetzen zu erhaschen, darf ich immerhin die Rubrik der französischen Innenpolitik entziffern. Himmel, wie langweilig. Ich informiere mich über Parlamentsdebatten zu Standortverlagerungen, Belebung der Produktion, Arbeitszeitgestaltung, Einkommensteuersatz, Grundsteuer, 35-Stunden-Woche oder frankreichspezifische strukturelle Blockaden. Mein Vater glaubt, dass ich mich mit den aussortierten Seiten amüsiere, die gerade mal als Unterlage beim Kartoffelschälen taugen, aber in Wirklichkeit lese ich und denke nach.

Mit ungefähr drei Jahren fange ich an, die Reichweite der Baustelle zu ermessen. Ich sollte ruhiger werden und einen kühnen Plan entwerfen. Doch ich kann mich nicht zurückhalten und bombardiere meinen Vater mit Fragen: »Was würdest du machen, wenn du Präsident der ganzen Welt wärst?

– Ach, mein Junge, dieses Land ist krank. Man kann nichts tun.«

Sonntags, wenn Doktor Origène zum Mittagessen kommt, erzählt er manchmal von einem Freiheits- und Fortschrittscamp. In meinem vorigen Leben fand ich ihn so uninteressant, dass ich ihm nicht einmal zugehört habe. Der Arzt beschwört eine düstere Zukunft herauf. Ein wenig Hoffnung sieht er in der Jugend. Er entwirft ein apokalyptisches Bild unseres Landes mit seiner darniederliegenden Produktivität, was auf die revolutionären Ideen von Leuten des vorigen Jahrhunderts zurückzuführen sei, die sich weder für Geld noch Technologie, Innovation und Unternehmertum begeistern konnten. Origène ist ein großer Fan von Amerika: Dort gebe es Menschen, die eine Nation aus dem Nichts aufgebaut hätten. Über das Aufkommen von Religionsführern aller Art in den USA und anderswo äußert er sich besorgt. Er ist Atheist, oder zumindest Agnostiker: »Ich glaube nur, was ich sehe, und im Moment ist da keiner.« Als Arzt kennt er den menschlichen Körper, er ist ein aufmerksamer Beobachter und davon überzeugt, dass nach dem Tod nichts mehr kommt. Mit großer Ernsthaftigkeit erklärt er meinem Vater, die Religionen seien kollektive, auf Frustrationen oder der Angst vor dem Tod fußende Trugbilder oder eine Art virale Struktur, die sich ihren Weg in der Sprache bahne und das Gehirn der Menschen derart programmiere, dass sie fanatisch werden. So sind die Dinge eben, endet er oft.

Bei Tisch werde ich ungeduldig: »Wie ändert man die Dinge?«

– Was meinst du denn mit ›die Dinge‹, du Dreikäsehoch?«
Und alle Erwachsenen lachen schallend.

Ich bin vier Jahre alt, natürlich denken sie nicht daran, mich in eine richtige politische Diskussion mit einzubeziehen.

Meine Eltern schöpfen keinen Verdacht. Sie finden mich umgänglich und schwierig zugleich, denn kaum dass ich gehen und sprechen kann, konfrontiere ich sie schon mit einer verfrühten Adoleszenzkrise: Oft komme ich nicht rechtzeitig zum Essen, renne hier und da herum, verbringe meine Zeit auf dem Rathausplatz mit Kindern, die schon zehn sind und die ich vorher nicht sehr gut kannte. Ich bin der Kleine, aber ich imponiere ihnen, sie lassen mich mitmachen, und ich werde zu einer Art Maskottchen. Im Übrigen haben sie viel Spaß mit mir: Wenn sie mich auf den Sitz hieven, kann ich einen Roller lenken, ich habe vor nichts Angst. Sollte ich sterben, werde ich eine Sekunde darauf wiedergeboren, das weiß ich ja. Als wir eines Sommers mit bloßen Händen an der Felswand klettern, die senkrecht in den Wildbach abfällt, riskiere ich alles und springe, wenn es sein muss, von dem dreizehn Meter hohen Überhang; die anderen Jungen machen verrückte Dinge und geben an, aber keiner hat sich je getraut, es mir nachzutun, sie fühlen sich mir unterlegen, und so bin ich zu einer Art Anführer geworden, auch wenn ich halb so alt bin wie sie. Auf dem abgerundeten, einem Elefantenrücken ähnelnden Felsen trocknen wir unsere Kleider in der Sonne, rauchen mit Maispapier gedrehte Zigaretten, die ein Kumpel seinem Großvater stibitzt hat, der im Krieg war und jetzt ganz allein am Ende der Grenzstraße wohnt.

»Was wollt ihr später mal machen?

– Ich, antwortet der Metzgerssohn, klaue meinem Bruder einen Sechserpack Bier und nehme ihn mit in die Kegelbahn an der Landstraße.

– Okay, aber danach?

– Blöde Frage, danach gehe ich wieder nach Hause!
– Jep, aber später, in eurem Leben.
– Ich ficke Marie.«
Auf dem Elefantenfelsen schütteln sich alle vor Lachen.
»Nein, sag keinen Scheiß. Was würdest du machen, wenn alles möglich wäre?
– Im Ernst, seine Schwester ficken.
– Fie hat grofe Möpfe, setzt sein Nachbar, der einen Sprachfehler hat, hinzu.
– Später, im Leben, was wird aus euch mal werden? He, Jungs, lest ihr keine Zeitung?«
Schweigen. Das Brummen eines Insekts ist zu hören, eine Bremse vielleicht, und der große Rotschopf zerquetscht sie zwischen den Händen.
»Wie seht ihr euch in zwanzig Jahren?
– Ich werde Metzger.
– Oder nicht, vielleicht wird es keine Arbeit mehr geben.
– Das kann man jetzt noch nicht wissen.
– Ich schnapp mir die Schwester von Marie und vögle sie jeden Abend.« Er tut so, als würde er sich einen runterholen und grinst über beide Ohren.
Die anderen prusten vor Lachen.
»Einef Tagef, träumt der kleine Nachbar, wär ich gern Foldat, um andere fu töten.«
Meine selbstgerollte gelbliche Zigarette ist aufgeraucht, und ich richte mich plötzlich auf dem Felsen auf, als wäre er das Dach der Welt, im sommerlichen Julilicht, hoch über den Kindern und den Wassern, den Kaskaden des dröhnenden Sturzbachs, von dem bündelweise Spritzer oder eher Schaumfunken aufsprühen, die uns von Zeit zu Zeit die Beine erfrischen. Ich bin der Kleinste von ihnen, aber ich ähnle dem

Koloss von Rhodos an der Hafeneinfahrt. Sie sehen mich von unten bis oben an.

»Wollt ihr die Dinge nicht verändern?
– Doch!, brüllen sie.
– Verändern!
– Alles verändern!
– Scheißwelt!«

Vor ihnen wage ich eine erste Rede. Berauscht erzähle ich von der »großen Baustelle«. Ziemlich schnell aber gehen mir die logischen Verknüpfungen aus, und ich weiß nicht mehr so recht, wie ich von der aktuellen Scheißwelt zur Revolution kommen soll, die es uns ermöglichen wird, nach unseren Vorstellungen zu leben.

»Wie follen wir ef machen?
– Ihr müsst mir helfen.«

Einer nach dem anderen schwört, mir für immer zu folgen, auf ewig, Hand aufs Herz. Und sie ritzen sich die Daumenkuppen auf, um ihren Schwur mit Blut zu besiegeln. Mit einer Ausnahme: Ich schneide mich nicht, ich will weder mit ihrem Blut in Berührung kommen, noch sollen sie es mit meinem.

»Der Anführer mischt sein Blut nicht unter das der anderen, er spuckt hinein, erkläre ich, so ist es Tradition bei den Wikingern.«

Als ich gegen sieben Uhr abends nach Hause komme, verabreicht mir mein Vater eine ordentliche Tracht Prügel, es geht ihm gegen den Strich, aber er brummt: »Origène hatte recht.« Ich jedoch werde immer ungehorsamer: Immerhin bin ich älter als mein Vater, und ich sehe keinen Grund darin, ihm zu gehorchen. Mit fünf rauche ich heimlich unter der römischen Brücke, am Ufer des unbeirrbar dahinfließenden Flusses: Mir ist stinklangweilig. Meine Kumpels bringen mir die fehlenden Teile der Zeitungen, die ihre Eltern lesen oder wegwerfen, und dann lade ich noch feierlich den Sohn des Tabakhändlers im Dorf ein, führe eine Art Aufnahmegespräch oder Initiationsprüfung durch und nehme ihn in unserem Geheimbund auf, unter der ausdrücklichen Bedingung, dass er mir die gesamte, nicht verkaufte Presse der Vorwoche zukommen lässt. Dem großen Rotschopf und dem Jungen mit dem lästigen Sprachfehler überlasse ich die Schmuddelseiten, die Fotos von Schönheitsoperationen an zweitklassigen Schauspielerinnen und Mannequins sowie die Großaufnahmen ihrer Zellulitis. In meinem Alter kann ich damit nichts anfangen. Zusammen mit den Gewiefteren etabliere ich etwas pompös ausgedrückt »eine Bestandsaufnahme der Welt vor der Revolution«. Nach und nach fülle ich die Lücken, die ich wegen meines Desinteresses für Politik in den zwei anderen Leben habe, und versuche zu begreifen, wie die Dinge laufen, denn sie sollen ja verändert werden. Unter den Kumpels sind ein paar scheinheilige Verräter, die sich über meine Frühreife wundern und ihren Eltern hinter meinem Rücken davon erzählen, aber ich bin schlauer als sie und übernehme die Rolle des Klassenprimus, der den Faulenzern im Dorf in den Schulferien Nachhilfe in Lesen und Rechnen gibt. Mithilfe meiner Erfahrung aus den früheren Leben, mit viel Geduld und Pädagogik, erkläre ich meinen Schulkameraden, die bald ins Collège kommen, die Grundzüge meiner Diagnose:

Frankreich, das Land, in dem wir geboren sind, ist zu einer geschwächten Nation mit unklaren Grenzen geworden; die Sozialdemokratie, die ihr Leitgedanke war, steckt seit Jahrzehnten in der Dauerkrise, der Liberalismus, dem der Gegner weggebrochen ist, befindet sich gleichzeitig in einer Phase der Beschleunigung und Verlangsamung. Hoffnung ist einzig seitens der neuen Technologien in den Bereichen Bildung, Information und Freizeit zu erwarten, die uns mehr Intelligenz und Bewusstsein verschaffen. Allerdings fallen dadurch alle Arbeitsplätze weg; wir werden immer gebildeter sein und immer schlechter leben. Doch die Kinder verstehen das nicht. Hier an der Grenze träumen sie noch von Mobiltelefonen, Touchpads, von Sommerhits und amerikanischen Blockbustern zum Runterladen, von intelligenten Brillen, vernetzten Objekten, Virtual Reality, Gebäudeautomation oder Biotechnologie. Ich dagegen verkehrte in meinem vorigen Leben in den Kreisen der Ingenieure und Visionäre der New Economy in Stanford, Kalifornien, und weiß, dass sie selbst nicht mehr wirklich daran glauben, sie haben realisiert, dass sie dabei sind, weltweit die Mittelklasse auszurotten und ...

»Daf ift fu komplifiert.«

Ich sitze auf Kiesgeröll am Bach, mein Hintern ist von der Kreide weiß geworden, und ich betrachte einen Augenblick meine Kameraden: Der Metzgerssohn vertraut mir und mag mich, aber ihm wird langsam heiß, er muss dringend pinkeln, und an seinen Glupschaugen kann ich ablesen, dass er nicht ein einziges Wort von dem versteht, was ich gesagt habe; der mit dem Sprachfehler und der große Rotschopf haben kleine flache Steine gesammelt und lassen sie auf dem Wasser hüpfen, während sie darauf warten, dass ich den Faden meiner endlosen Rede wieder aufnehme. Der Sohn des Tabakwarenhändlers hört zu, wenn auch zerstreut und damit beschäftigt, Erdwürmer mit abgelutschten Eisstielen zu piesacken. Bald fängt die Schule wieder an, sie langweilen sich; so ist es um meine Armee zur Veränderung der Welt bestellt.

Ich hatte vergessen, wie lange die Kindheit sich hinzieht. Vor mir liegen noch mehr als zehn Jahre bis zur ersehnten

Volljährigkeit und damit der Möglichkeit, die Dinge wirklich zu beeinflussen. Es fehlt ihnen nicht an Mut, aber in diesem verlassenen Nest werde ich nie etwas erreichen. Ich versuche, mich an ihr Schicksal zu erinnern: Der Sohn des Tabakwarenhändlers ging, soviel ich weiß, in die nächste Großstadt und studierte an einer Fachhochschule für Technik, bekam dann aber leider keinen Praktikumsplatz, kehrte ins Dorf zurück und lebte dann von Sozialhilfe, in der Hoffnung auf eine Stelle als Straßenarbeiter; der große Rotschopf sollte bei einem Motorradunfall ums Leben kommen, in der Kurve nach der kleinen römischen Brücke, jetzt fällt es mir wieder ein, das war eine große Tragödie, und meine Mutter hatte geweint, weil sie ihn sehr mochte: Er hatte eine Cousine von Marie geheiratet, ich weiß nicht mehr, welche, die dann das Kind eines Toten erwartete; Marie und ihre Schwester waren arbeitslos; der Metzgerssohn wurde Metzger, jedes Mal wenn ich mit Hardy bei meinen Eltern zu Besuch war, schaute ich bei ihm vorbei, und er schenkte mir immer zwei Lammkoteletts, für meine Freundin und für meine Mutter; den Kerl mit dem Sprachfehler sah ich im Café *Au Rendez-vous des copains*, er hatte eine Glatze, trank von acht Uhr morgens an Rotwein, hob die Hand, wenn gelegentlich jemand an der Caféterrasse vorbeischlenderte, und wartete. Er lebte allein mit seiner alten Mutter und war arbeitslos.

»Also, Jungs, was machen wir?
– Hm, nichts.«

Der August neigte sich seinem Ende zu; bei der »Hundsbaracke«, wie wir sie nannten, wuchsen noch Brombeeren und Heidelbeeren am Rand der überwucherten Abkürzung, die zu dem mit Espen und Ahorn bewachsenen Hügel hinaufführte, wohin ich vor langer Zeit mit Hardy mit dem Fahrrad gefahren war, um ihr die Wahrheit zu gestehen. Mit den Jungs war ich bis ganz nach oben gestiegen, Hände und Münder blau von den Beeren, den Rest hatten wir für unsere Mütter in zusammengeknoteten Stofftaschentüchern gesammelt, damit sie daraus Tartes und Marmelade machen konnten. Wir setzten uns, betrachteten die vom Sonnenuntergang in rötliches Licht getauchte Landschaft, es war schön, aber ich konnte den Teichen, den Wegen und der Sonne nichts mehr abgewinnen. Ich dachte an Paris.

Es wurde Zeit, hier wegzukommen. Ich hatte auch schon eine Idee.

»Hey, Jungs, hättet ihr Lust, Alkohol herzustellen?

– Voll!« Ein paar sprangen auf. Sie waren wie elektrisiert.

»Red Bull!

– Nee, daſ iſt künſtlich. Aber Alkohol iſt natürlich.«

Bei dem Großvater des Kumpels, am Ende der Grenzstraße, finden wir einen alten Destillierkolben, mit dem wir nach Vergärung Ethanol gewinnen können; dank meiner erstklassigen Kenntnisse in Chemie (ich bin schließlich Nobelpreisträger), biege ich es so hin, dass meine Freunde einen Stoff herstellen, durch den einige meiner Hämatocyten des HNO-Bereichs vorzeitig altern, indem die vom Onkogen mithilfe der Wirkung der mitochondrialen Pyrovatdehydrogenase ausgelöste Seneszenz beschleunigt wird. Freilich erkläre ich es ihnen in anderen Worten.

Die anderen sehen ehrfürchtig zu mir auf wie zu einem sonderbaren Genie, das ganze Serien von Formeln berechnet, die selbst der Mathelehrer ihrer großen Brüder nicht verstehen würde, und zudem Ersatzstoffe für die notwendigen basischen Lösungen aus lokalen Agrarprodukten herstellen kann, die die Kinder aus Kellern und Garagen klauen. Ich kehre meine Kompetenzen als Forscher wieder hervor, rede ziemlich autoritär in diesem selbstsicheren und schneidenden Ton, den ich mir im Institut angeeignet hatte. Sie gehorchen mir, wie hypnotisiert.

Am Ende erhalte ich ein zähflüssiges, bitter riechendes Gemisch; meine Freunde sind enttäuscht: Sie hatten mich für ein Genie gehalten, doch nun war ich nur ein Taugenichts wie sie selbst, das Zeug schmeckte herb, eklig, ungenießbar, und wenn sie nichts Besseres zur Hand hatten, gaben sie sich lieber mit Kartoffelschnaps oder »Infektifid« die Kante als mit diesem abscheulichen Gebräu.

Bei mir jedoch löste es das Nasenbluten aus. Zuerst nur ganz leicht, dann in großem Schwall, und mit kaum sechs Jahren saß ich rittlings auf einem Küchenstuhl vor meinen panischen Eltern, die Wischlappen über der Zinkwanne auswrangen.

Ich war froh.

Ich kam also schneller als geplant wieder nach Paris, die Wohntürme, Kabel und Wäscheleinen, der unermesslich weiße Himmel und alles, was dazugehört, wir nahmen die Métro, meine Mutter hatte Angst, weil es hieß, Paris sei gefährlich, dort rissen sie einem das Handy aus der Hand und überall gäbe es Schießereien. Blödsinn.

Sie können sich schon denken, was danach kam: Sie gewöhnen sich langsam daran, ich mich auch.

Im Val-de-Grâce lief alles gut: Der beste Hämatologie-Spezialist (nebenbei gesagt ein mittelmäßiger Studienabgänger, wie ich in meinem vorigen Leben erkannt hatte) behandelte meine Mutter sehr zuvorkommend, und ich traf Fran wieder für die Routine-Untersuchungen im Labor. Wir fielen uns sofort in die Arme, und ich fand seine Begeisterung, seine

Sanftheit und Verträumtheit wieder, die mir beim ersten Mal so lieb gewesen waren. Wir verstanden uns viel besser, vielleicht weil ich nicht so arrogant war wie zu meiner Zeit als Wissenschaftler. Erneut wuchs ich mit meinem ewigen Begleiter heran und war glücklich, alles wiederzufinden: den alten Lada, der nach abgestandenem Rauch roch, die lärmige Musik, die Treffen bei der römischen Brücke und was sonst noch folgte. Der Ehrlichkeit halber erzählte ich ihm, dass er im vorigen Leben eine Familie gehabt habe, die ihm wichtiger gewesen sei als unsere Kameradschaft.

»Wie sah meine Frau aus?
– Hübsch. Sie war eine gute Freundin von Hardy.
– Erzähl mir von dieser Hardy.«
Und ich erzählte ihm von ihr.

Fran und ich lebten wie Brüder, die nie wirklich getrennt gewesen waren. Nachts schlich ich mich aus dem elterlichen Haus, und er wartete auf der anderen Seite der römischen Brücke. Er nahm mich mit in die Stadt, beschützte mich, erlaubte, dass ich den Schaum von seinem Bier leckte, weil die Barkeeper sich weigerten, mir Alkohol auszuschenken. Obwohl ich auf dem Barhocker kaum über die Theke sehen konnte, war ich doch ein guter Köder für die Mädchen aus der Gegend.

»Ist er dein Sohn?
– Mein kleiner Bruder.
– Ist der süß!«

Manchmal ging es auch weiter, Fran entschuldigte sich, dass wir nicht alles teilen konnten, er ging mit dem Mädchen in ihr Zimmer hoch, während ich unten vor dem Fernseher sitzen blieb und bis zum frühen Morgen Wiederholungen irgendwelcher Sendungen ansah. Gegen fünf Uhr morgens hörte ich ihn oft pfeifen und mir durch den Türrahmen zuflüstern: »Komm!« Er zeigte mir die Schlafende nackt. Was für ein schöner Anblick. Ein paar Minuten lang blieb ich verträumt davor stehen, gleichzeitig ein neugieriger kleiner Junge, ein vor Lust fiebernder Erwachsener oder ein Greis, der den Freuden des Fleisches abgeschworen hat, von Zeit zu Zeit dachte ich an Hardy, und dann zog Fran respektvoll das Leintuch wieder zurecht, er war ein Gentleman, zog seine Hose an und begleitete mich nach Hause, wo ich wieder meine Rolle spielte.

Als der Vogel mit dem silbrigen Federkleid aus dem Nest fiel, bastelte ich ihm ein Lager, das ich, um es vor dem Hund in Sicherheit zu bringen, auf den Kamin neben den kleinen Steinguttopf stellte, in dem Maman ihre Ersparnisse versteckte (ich nahm nie etwas heraus). Zweimal täglich fütterte ich ihn. Der Vogel kam wieder zu Kräften, er humpelte. Doch nach einer Woche gelang es ihm, allein davonzufliegen.

Ich erzählte Fran diese Anekdote. Die Dinge können sich ändern.

Fran war ebenfalls überzeugt davon. Er war ein guter Kerl. Ich stellte ihm die Jungs aus dem Dorf vor. Leider verloren sie mit zehn, elf Jahren völlig das Interesse für die Sache. Der Metzgerssohn ging mit der besten Freundin von Maries Schwester und lag mit dem großen Rotschopf im Clinch, der Sohn des Tabakwarenhändlers arbeitete viel und half am Wochenende im Laden, der mit dem Sprachfehler lebte allein mit seiner Mutter, nachdem sein Vater ausgezogen war, und seitdem ich mit ihm über Politik geredet hatte, zog er mit diesem Cousin herum, der zu den Soldaten der Kaserne Kontakt hatte und bei den Identitären mitmarschierte; in den Ferien veranstalteten sie Trainingscamps für den Kriegsfall, mit dem

Resultat, dass der Junge nun nicht weit vom Friedhof mit dem Luftgewehr auf Schießscheiben schoss.

Mein Vater war sehr besorgt über den Zulauf von Jugendlichen zum Front National. Sonntags beim Mittagessen diskutierte er darüber, anfangs erst beim Dessert, dann beim Hauptgericht, und seit ich vierzehn geworden war, schnitt er das Thema gleich beim Aperitif gegenüber Origène an, der sich als Nationalrepublikaner und Patriot bezeichnete. Während meine Mutter das Essen auftrug, stritten sie über die verschleierten Frauen, die arabischen Golfstaaten, den Heiligen Krieg, die Kreuzzüge, den christlichen Okzident, und eines Tages kam Origène nicht mehr zum Essen.

Mit fünfzehn gab ich vor, Fran nach Schulschluss vor dem Lycée kennengelernt zu haben, und erzählte meinen Eltern, er handle mit antiquarischen Büchern auf Märkten, habe lange studiert, aber es gebe kaum mehr Berufsaussichten, deshalb engagiere er sich ehrenamtlich im sozialen Bereich, helfe Junkies, Prostituierten, Obdachlosen und Sinti- und Romafamilien.

Meinem Vater, der sein ganzes Leben lang Angestellter war und sich mit zahlreichen Gewissensfragen bei der Regulierung der Migrationsströme von illegal eingereisten Wirtschaftsflüchtlingen auseinandersetzen musste (ich verstand ihn gut: zwei Leben früher in Mornay hatte ich denselben Beruf), war das nicht ganz geheuer. Meine Mutter glaubte wahrscheinlich, ich sei homosexuell geworden und deshalb mit ihm zusammen. Jedenfalls kam Fran von nun an jeden Sonntag zu uns zum Essen.

Er diskutierte mit meinem Vater, und da dieser zwar moralisch konservativ war, aber Widersprüche durchaus zuließ und spürte, dass die Welt sich veränderte, verstanden sich beide gut. Mein Vater stellte Fran dem Ortsverein der sozialistischen Partei vor, bei der einige seiner Bürokollegen Mitglied waren. Doch sobald Fran bei einer Ortsvereinssitzung das Programm und die ersten Notmaßnahmen vorschlug, die wir beide zusammen ausgearbeitet hatten, wurde er für einen dieser Spinner gehalten, die sonntags auf dem Markt Traktate verteilen, die in fünf Punkten das Wundermittel gegen Arbeitslosigkeit und obendrein die Kolonisierung des Planeten Mars versprechen; er konnte sich nicht mäßigen, nicht zwischen verschiedenen Flügeln vermitteln, und er hatte keinen Sinn für strategisches Vorgehen. Ich ebenso wenig. Wir waren Visionäre in einer Welt von Blinden.

Fast ohne es zu bemerken, war ich siebzehn geworden. Die Eltern schlugen mir vor, nach Paris zu gehen. »Wirst du Hardy wiederfinden?«, fragte mich Fran am Ende des Sommers bei einem Spaziergang entlang der Grenzstraße. Vielleicht hatte er es eilig, ihr zu begegnen, aber ich nicht. Schon lange hatte ich mir klargemacht: Mit dieser Frau konnte ich nichts Neues mehr erleben, weil ich sie schon zu gut kannte, und ich hatte erlebt, dass unsere Beziehung dazu verdammt war, immer ungleicher zu werden, und schließlich am gegenseitigen Unverständnis scheitern musste. Ich hatte Hardy geliebt, das stritt ich nicht ab, aber nun war es Zeit, zu etwas anderem überzugehen: Es kam nicht in Frage, mich voller Nostalgie wieder ins weiche frische Gras im Park zu setzen, um ihr bei ihrem immergleichen Lied zuzuhören. Ich gönnte ihr ein Leben ohne mich, in dem sie so schnell wie möglich ihren zweiten Mann, Versicherungskaufmann oder Banker, kennenlernen konnte. Ich ging schon mit Maries Schwester. Sie war ein tolles Mädchen mit schönen Augen, einem Piercing auf der Zunge, einem Klapperschlangen-Tattoo zwischen den Schulterblättern.

Sie wollte Tierschützerin werden und später in der nachhaltigen Landwirtschaft arbeiten.

Im Bett war sie gieriger und experimentierfreudiger als Hardy. Zum ersten Mal in allen meinen Leben schlief ich mit jemand anderem. Das war wohl auch der Grund dafür, dass ich mein über zwei Leben hinweg andauerndes Abenteuer mit Hardy für beendet hielt. Ich fühlte mich ihr verbunden wie einer ehemaligen Geliebten.

Jetzt war ich in Maries Schwester verliebt. Ich nannte sie »meine Brünette« und nahm sie mit nach Paris, um ins Kino oder in Konzerte zu gehen, ich konnte weder ihren Geschmack noch ihre Reaktionen vorhersehen, auch nicht, worauf sie Lust haben würde; ich entdeckte sie, und das war gut so.

Zusammen mit ihr, Fran, dem großen Rothaarigen und zwei oder drei anderen fanden wir eine billige Wohngemeinschaft in Pantin, wo wir ohne Möbel in Gemeinschaftsräumen hausten, nur mit Matratzen auf dem Boden, einer Kochplatte in der Küche und einer Dusche; Fran, Maries Schwester und ich teilten uns in dem heruntergekommenen Gebäude ein Dienstbotenzimmer unter dem Dach.

Nach einer Weile hatten wir Anarchisten getroffen, die in der allgemeinen Aufruhrstimmung aktiv wurden. »Die Dinge ändern sich«, wiederholten unsere autonomen und kommunistischen Freunde trotz ihrer »strategischen Divergenzen« wie ein Mantra; ich hingegen war nicht so zuversichtlich, ich hatte diese Protestbewegung schon in den zwei vorigen Leben aufflammen sehen, ich wusste, dass sie mit dem großen Januaraufstand, dem Einschreiten der Staatsgewalt, den drei Toten und dem Ausnahmezustand ihren Höhepunkt erreicht haben und anschließend verschwinden würde: ein aufgeblasener Ballon, aus dem die Luft entweicht, und ein Land, das wieder in seinen gewohnten Stillstand zurückfällt. Aber alle schienen daran zu glauben.

Sie hatten den Drang und den Willen zur Veränderung, ähnelten darin jedoch fast den naiven Dorfburschen.

Schon seit Monaten sah ich klar und deutlich, in welche politische Sackgasse wir uns hineinmanövrierten, während die anderen im Überschwang ihrer momentanen Begeisterung nicht die leiseste Ahnung davon hatten: Alles ging wieder seinen Gang, wir hatten keinen Einfluss auf den tatsächlichen Lauf der Dinge. Nach reiflicher Überlegung kam ich zu dem Schluss, dass ich nur eines tun konnte, nämlich mich beim einzigen wichtigen Vorfall, an den ich mich genau erinnerte: den Januaraufstand, in die erste Reihe zu stellen und mich zu opfern.

»Was soll das heißen?«

Entweder es klappte, ich würde die Menge hinter mir mitziehen, wir kämen durch die Absperrungen bei der Place de la République, die mobilen Einsatzkräfte wären überfordert und der Lauf der Geschichte würde sich notwendig ändern, oder es klappte nicht, ich würde sterben und das Spiel wieder von vorne beginnen. Der Vorfall musste forciert werden.

Am fraglichen Tag begann es zu schneien, dicke, schwere, Flocken breiteten langsam eine weiße Decke über den Platz. Die Spannung war greifbar, überall ertönten Parolen, die nicht mehr von den Gewerkschaften vorgegeben, sondern spontan von kleinen Einzelgruppen skandiert und abgewandelt wurden; wir standen in der ersten Reihe bei denen, die auf Kampf aus waren.

Schließlich fielen Schüsse, und die aufbrausende Menge zog sich einen Schritt zurück, manche schrien vor Panik, und viele suchten Schutz im Eingang der bürgerlichen Häuser, die die Avenue säumten. Das war nach der wochenlangen, in Frans Gesellschaft ausgearbeiteten Rekonstruktion der Ereignisse das Signal, das wir vereinbart hatten; ich war bereit, die erste Reihe zu durchbrechen, anzugreifen, den Demonstranten den Weg zu zeigen und, wenn es sein musste, im Kugelhagel zu sterben. Ich kann mir gut vorstellen, dass die größten Helden, von Achill bis Roland und vom Ritter ohne Furcht und Tadel bis zu den russischen Soldaten in Stalingrad, alle glaubten, sie lebten wie ich ihr drittes Leben: Sie hatten schon einmal, wenn auch unbewusst, die Erfahrung gemacht wiederaufzuerstehen und waren bereit, für eine Idee zu sterben, weil sie überzeugt waren, gleich danach erneut auf die Welt zu kommen. Die Mitmenschen fühlen sofort, wenn jemand sich nicht davor fürchtet, sein Leben aufs Spiel zu setzen, und folgen ihm.

Während alle Sterblichen um mich herum aus Angst vor Schüssen vor den überforderten Ordnungshütern zurückwichen, atmete ich tief ein, stieß mit dem Ellbogen die aufgebrachten, mit Kapuzen und Skibrillen vermummten Anhänger des Schwarzen Blocks zur Seite, die mit Bolzen gefüllte Säcke am Gürtel trugen, entschlossen, die symbolischen Güter dieser agonisierenden Gesellschaft zu zerstören, aber plötzlich vor der schweren Bewaffnung der selber erschrockenen CRS zurückschreckten, und stürzte mich ...

Doch im letzten Moment hielt mich eine Hand am Hemdkragen zurück, ich verlor meinen Schal und das Gleichgewicht, dann stürzte ich mit ausgebreiteten Armen hinter eine Ansammlung von Müllsäcken; Schüsse fielen und löcherten den Müllhaufen. Ich hatte die Gelegenheit verpasst. Als ich den Kopf umwandte, um zu sehen, wer mich zurückgehalten hatte, band sie ihren Schal ab und fragte mich, ob ich mir nichts gebrochen habe.

»Hallo, sagte sie, ich heiße Hardy. Die ausführliche Vorstellung können wir später nachholen.« An ihrer Nasenspitze klebten Blut, Asche und ein bisschen Schnee. »Ich glaube, du bist mir was schuldig.«

Ich stammelte verdrossen eine Art Dank.

»Komm.« Im Schnee kriechend erreichte sie ein Bushäuschen, dessen Scheiben durch die Schüsse zu Bruch gegangen waren. Sie schnitt sich an den Scherben in die Finger, die aus Halbhandschuhen herausschauten, dann richtete sie sich auf, gab mir ein Zeichen, ihr zu folgen und lief in Richtung der nächsten Querstraße. Hinter uns ertönten Schreie, die panische Menge stob in einer Pulverwolke auseinander, und die Wasserwerfer begannen, auf die Reihen der fliehenden Demonstranten zu zielen.

»Jemand wurde getroffen!«

Ich rannte ihr nach, keuchend und wütend, denn ich begriff, dass sich nichts ändern würde. Die Ordnungskräfte bekamen den Platz wieder unter ihre Kontrolle. Ich hatte Fran aus den Augen verloren. Hardy war stolz auf sich, schob die Kapuze nach hinten, und ihre langen blonden Haare kamen zum Vorschein; ich hatte vergessen, wie hübsch sie war. Ihre Wangen waren vor Anstrengung und Aufregung gerötet, eine Falte lief ihr über die Stirn. »Oh mein Gott.« Und sie biss sich auf die Lippe, vor Freude und Scham zugleich.

»Was?« Ich hatte mich vor einer Bar auf den Gehsteig gesetzt, um mich wieder zu sammeln.

Hardy senkte den Kopf und legte ihre Hand auf ihr Geschlecht. »Ich glaube, ich hab vor lauter Schiss in die Hose gepinkelt ...« Dann hob sie den Blick wieder, verzog das

Gesicht zu einer Grimasse und entschuldigte sich. »Sorry, das ist nicht sehr elegant. Und auch nicht gerade sexy. Kommst du mit, was trinken?«

Ich sah sie an, fast amüsiert. Ich kannte ihre ganze Trickkiste, um den Jungs zu gefallen, die sie attraktiv fand: schnell etwas Indiskretes preisgeben, sich im selben Atemzug dafür entschuldigen, sodass man an das Eine dachte, obwohl die Situation das gar nicht nahelegte und man sich kaum kennengelernt hatte – das war eine ihrer originellsten Strategien, die ihr zudem oft glückte.

Bei mir hatte es auch geklappt, und ich konnte nicht umhin, an ihr Geschlecht und seinen ganz besonderen Geschmack nach Cidre und Zimtkeks zu denken, obwohl wir zwei Unbekannte waren, jedenfalls beinahe. Die Idee hätte mich beinahe erröten lassen. Aber so leicht würde sie mich nicht kriegen.

Sie versuchte es nacheinander mit mehreren ihrer Zaubermittel. Ich sah ihr belustigt dabei zu. Wir tranken ein Bier in einem chinesischen Restaurant, ich rief Fran an, um mich zu vergewissern, dass es ihm gut ging und um ihm zu verkünden, dass mein Plan kläglich gescheitert war, dann erzählte sie mir, was ich schon wusste, aber in einem anderen Ton; überdies flunkerte sie, gab vor, zum militanten Flügel zu gehören (bei dem sie nie war), am Fließband zu arbeiten (am Fließband!) und keine gewöhnliche Studentin wie die anderen zu sein, was sie doch war. Von außen gesehen musste ich das Bild eines rechthaberischen und selbstsicheren kleinen politischen Agitators abgeben. Ich brauchte ein paar Minuten, um zu verstehen, wie sehr sie sich ins Zeug legte, um mich zu beeindrucken: Noch nie hatte sie mich so hartnäckig umworben wie dieses Mal.

Mehrere Monate lang lockte sie mich mit diversen Aufmerksamkeiten. Sie schrieb lange Briefe (zur »objektiven« Lage des Landes), rief mich an, schlug vor, den Abend in meiner Wohngemeinschaft zu verbringen und anschließend am Canal de la Villette spazieren zu gehen. Im Licht der Straßenlaternen sah ich, dass sie sich geschminkt hatte; sie hatte ein schwarzes, tief ausgeschnittenes T-Shirt im Schlussverkauf erstanden, das ihren langen Oberkörper zur Geltung brachte. Ihre billige rosa Strickjacke rutschte ihr von den Schultern.

Hardy rauchte mit spitzen Fingern und sprach mit der rauen Stimme, die sie sich immer dann zulegte, wenn sie erwachsen und selbstsicher wirken wollte. Wie albern.

Ich stellte ihr Fran vor: »Hi.« Kaum hatte er sie gesehen, begannen Frans Hände zu zittern.

»Kennen wir uns?
– Nein, ich glaube nicht.«

Ich hatte ihm so viel von ihr erzählt, dass er sie schon genauso liebte wie ich.

Hardy hatte sich neben uns gesetzt und fragte: »Seid ihr schwul?« Natürlich wurde Fran rot, bei ihm klappte ihr Ding, er fühlte sich unwohl, und Hardy entschuldigte sich. Sie tätschelte ihm die Schulter, lachte laut, und rittlings auf der Brüstung sitzend ließ sie ihre Füße ins Leere baumeln, während sie uns erzählte, sie komme aus einer beschissenen Familie, ihre Tante sei eine echte Faschistin, sie selbst lehne die Ehe ab, habe nicht vor, jemandem den Haushalt zu machen, wolle aber zwei Kinder, weil eines nicht genug und drei schon zu viel seien, rauchst du? Gibst du mir eine Kippe, aber keine Sorge, es ist die letzte, ich bin nicht leicht zu haben, ich lasse mich nicht aushalten … So in dem Stil. Auf Fran wirkte es sofort. Ich konnte buchstäblich zusehen, wie er ihr verfiel, genauso wie ich früher.

Wegen Hardys stolzem, neugierigem und widersprüchlichem Charakter war die logische Folge allerdings, dass sie stattdessen mich begehrte, vielleicht so stark wie nie zuvor.

Ich war ein achtzehnjähriger Mann, ungeheuer reif und blasiert. Abgesehen von Maries Schwester hatte ich nur eine Frau kennengelernt (zu Ihrer Erinnerung: Das war sie gewesen), aber ich kannte alle Regungen und Listen des Körpers einer Frau, vor allem wenn sie noch jung ist, an ihrer Attraktivität zweifelt, hofft, die Bestätigung in den Augen eines jungen Mannes ablesen zu können, sich aber nicht sicher ist, weil sie die Männer nicht kennt. Hardy strich eine blonde Strähne zurück. Sie faltete die Hände, löste sie wieder, legte sie flach auf die Oberschenkel und saß immer höher, als Stühle und Bänke es normalerweise erlauben, auf Tischen, Absperrungen, Brunnenrändern, wo auch immer. Sie aß Pfirsiche und Aprikosen so, dass ich zusehen konnte, wie das Fruchtfleisch zwischen die Lippen geschoben wurde, in der Hoffnung, ich begehre ihren flinken rosa Mund; dann bereute sie es wieder, weil sie dachte, zu direkt gewesen zu sein, knöpfte die Strickjacke zu, fröstelte in der Nacht, zog die Schultern ein, als ob eine Hand genügt hätte, sie ganz zu umfassen.

Ohne sie jemals mit Blicken zu verschlingen, erriet ich dieses kleine Manöver aus den Augenwinkeln, das mir gewiss schmeichelte, aber ich war zu alt dafür. Ich empfand vor allem eine unendliche Zärtlichkeit für diese junge Frau, immer dieselbe, doch immer anders.

Ich erinnerte mich so intensiv an ihren Duft, die Form ihrer Brustwarzen, die sich bei Erregung oder Kälte dunkler färbten, wenn sie im Top neben mir saß, und auch an die labyrinthischen Verzweigungen ihrer Adern, die noch nicht hervortraten, weil sie noch sehr jung war, dass ich die heutige, die nur eine Kameradin sein sollte, nicht mehr von der vorigen, die meine Frau gewesen war, unterscheiden konnte; ohne es zu merken, schlief ich schließlich eines Abends mit ihr, ganz selbstverständlich, von einem Glas zum anderen, von einem Lachen zum nächsten, von einer Berührung bis zur Hand unter ihrem Kleid. Maries Schwester war nicht da, Fran sah unten fern, und so fand ich sie in dem Dienstbotenzimmer auf einer der drei aufgelesenen, weinbefleckten Matratzen wieder, nackt, mit ihrer über die Stirn laufenden Falte, als ganz junges, vollkommen in unseren Sex vertieftes Mädchen.

Am frühen Morgen lag sie eng an mich gekuschelt und murmelte:

»Mir kommt es vor, als erinnere ich mich an dich. Die ganze Zeit.« Sie streichelte meine Haut auf der Innenseite des Armes.

»Ah.

– Vielleicht kommst du aus der Zukunft.

– Nein«, antwortete ich mit einem Lächeln.

»Da ist was zwischen uns, nicht wahr?« Wahrscheinlich wollte sie damit nicht mehr sagen als die meisten schwärmerischen verliebten Jugendlichen.

Ich gab vor, es nicht zu verstehen.

Doch ich stand Fran so nahe – wir lebten und schliefen alle in einem Zimmer, zusammen mit Maries Schwester (die Hardys Eindringen in unsere kleine Gemeinschaft schlecht aufgenommen hatte), dass Hardy nicht umhinkonnte, unsere verschwörerischen Blicke zu bemerken, sobald wir davon sprachen, die »Verhältnisse zu ändern«, und kryptische Einzelheiten aus unserem »vorigen Leben« erwähnten.

Nach und nach, durch plötzliches Schweigen, Flüstern und versehentlich geäußerte Bemerkungen, kam sie dahinter.

Und so fanden wir sie eines Tages bäuchlings auf der Matratze liegend, die zu Fäusten geballten Hände vors Gesicht gepresst. Sie schluchzte: »Warum tut ihr das? Warum sagt ihr es mir nicht?« Sie fühlte sich ausgeschlossen, manipuliert, und ich dachte daran, was die vorige Hardy wegen mir alles durchmachen musste. Diese Jugenddramen, diese Hysterie und diese unreifen Ausbrüche waren nichts mehr für mich.

Aus Respekt setzte ich mich auf die Matratze neben Hardy, Fran blieb stehen, und ich beschrieb ihr alles im Detail: die Singularität, den Tod, die Wiedergeburt und so weiter. Sie bat Fran, dem sie uneingeschränkt vertraute, meinen Bericht zu bestätigen. In diesem Leben hatte mein Freund einen lakonischen Charakter, seine Antworten beschränkten sich auf:

»Ja.
– Er stirbt, und er kommt wieder?
– Ja.
– Ist das bewiesen?
– Ja.
– Ist das hier das dritte Mal?
– Ja.
– Kannte er dich schon vorher?
– Ja.
– Mich auch?«

Fran zögerte und sah mich an, ich gab ihm ein Zeichen: Nur zu!

»Ja.
– Hat er mit mir gevögelt?« Fran wurde es peinlich.
»Frag ihn.
– Ich frage dich.
– Ja.
– Oft?«

Fran betrachtete seine Schuhspitzen.
»Ja.
– Wie?
– Na ja …
– Was? Ich war seine Geliebte? Waren wir verheiratet?
– Ja.
– Scheiße. *Verheiratet* … Aha, also dann.« Hardy zog sich wieder an. Ich dachte, ich hätte sie verloren. »Lasst mir einen Monat oder zwei, um das Ganze zu verarbeiten. Ich weiß nicht, ob ich das glauben soll, ich weiß auch nicht, ob ich bleiben kann. Ich muss wirklich erst mal nachdenken.«

Zwei Monate warteten wir. Ich schmiss das Studium, und Maries Schwester gab mir den Laufpass: Die Bewegung hatte sich im Sand verlaufen, die meisten unserer Freunde versuchten, sich wieder ins System einzugliedern, obwohl es keine Arbeit gab, sie probierten es über Auswahlprüfungen für die Verwaltungslaufbahn, subventionierte Stellen oder Beziehungen ihrer Eltern.

Eines Abends klopfte jemand an der Tür im obersten Stock des Gebäudes in Pantin. Es war Hardy. Sie hatte sich die Haare geschnitten, zog einen einfachen Koffer hinter sich her und hatte ihren Look geändert: Sie trug eine Latzhose.

»Hallo, Jungs.«

Sie setzte sich im Schneidersitz auf die Matratze mit den Weinflecken und betrachtete uns: »Macht nicht solche Gesichter. Alles in Ordnung: Ich glaube euch.« Sogleich fiel ich ihr zu Füßen, um meinen Kopf in ihren Schoß zu legen. »Ich liebe dich.

– Ich dich auch, flüsterte Hardy und kraulte mir das Haar. Aber wir gehen es ernsthaft an. Willst du die Verhältnisse ändern?

– Ja.
– Bring mir vier Hefte, mehrfarbige Kulis und ein Lineal. Hardy war sehr methodisch.
– Einverstanden.
– Und noch was.
– Ja?
– Heute Abend schlafe ich mit Fran.
– Was?
– Ich vögle auch mit ihm. Wir machen alles zu dritt, oder wir lassen es. Entweder-oder.«

Als sei nichts geschehen, war Hardy mit einer Sicherheitsnadel zwischen den Zähnen damit beschäftigt, den Träger wieder an ihrer Latzhose zu befestigen, die den Blick auf ihre weiße Brust freigab. Fran wusste nicht mehr, wohin mit sich, und ich war wie vor den Kopf gestoßen. Mit einem Schlag hatte sie die Oberhand bekommen.

Auf dem Tisch in der Küchenecke erklärte sie uns das Prinzip: Meine Aufgabe war es, alles, woran ich mich erinnerte, so genau wie möglich in vier Hefte zu schreiben, eines für mich (blau), eines für sie (gelb), eines für ihn (grün) und eines für alle äußeren großen Ereignisse (rot); ich sollte dieses Memorandum der Zukunft jeweils auf der rechten Seite notieren, während Hardy auf der linken nach und nach alles eintragen würde, was wirklich passiert war, Woche für Woche, um beides vergleichen zu können. Mit dem Lineal würden wir anschließend die Übereinstimmungen unterstreichen sowie die Abweichungen markieren.

In jedes Heft schrieb ich in langen Stunden auf jeweils eine Seite in lockerer Abfolge, woran ich mich pro Monat ungefähr erinnern konnte: Wahlergebnisse, Naturkatastrophen, Filme, Bücher, Auseinandersetzungen, Gesundheitsalarm, technologische Neuerungen, Konflikte, Kriege, Fehlverhalten, Attentate, Skandale in der Politik und im Finanzwesen ... Meistens konnte ich das Datum nur ungefähr zuordnen, ich hatte mich ja nie sonderlich für Nachrichten interessiert; in den drei zurückliegenden Monaten unterstrich Hardy neunzig Prozent im roten, der »Außenwelt« gewidmeten Heft (wobei der Rest auf Ungenauigkeiten oder Übertragungsfehler zurückgehen dürfte). In den drei anderen, die uns betreffen, waren es weniger als zehn Prozent; das heißt für uns drei war nichts mehr wie in den zwei Leben davor.

In dieser Zeit hatte Hardy eine leidenschaftliche sexuelle Beziehung zu Fran entwickelt. Wenn ich unten bei den anderen schlief, hörte ich sie durch die Decke hindurch flüstern, lachen, schweigen, seufzen, stöhnen, schreien, sich gegenseitig auffordern, aufzuhören, nicht so laut zu sein, erneut flüstern und lachen, bis sie kamen; ich hörte, wie Hardy weinte und Fran sie tröstete.

Sie war unwiderstehlich – allmählich verliebte sich Fran unrettbar in sie, und sie teilte sich zwischen uns beiden auf. Zuerst nagte eine zerstörerische Eifersucht an mir, danach ging es wieder besser. Unsere Freundschaft und unsere Sexualität machten die Liebe im üblichen Sinne des Wortes völlig überflüssig, wie bei einer Zange, die zugedrückt wird, bis beide Seiten sich berühren; die Liebe bildete sozusagen den Zwischenraum, und sobald Freundschaft und Sexualität in Berührung kamen, verschwand dieser unnötige Zwischenraum. Das Paar war nichts als eine Vorrichtung gegen Überhitzung, eine Schmelzsicherung der modernen Welt, die verbieten wollte, dass Freundschaft und Sexualität sich berühren. Zwischen uns dreien war die Sicherung herausgesprungen, und alles zirkulierte frei.

Hardy liebte Fran genauso wie mich. Aber bei ihm war sie sanft, arglos und fürsorglich; in meiner Gesellschaft biss sie sich auf die Lippen, wurde ironisch und versuchte ständig, mich zu provozieren.

Manchmal schlief sie mit uns beiden gleichzeitig. Ein andermal trieb sie es mit einem von uns im Dachzimmer und kam anschließend herunter, um sich für die restliche Nacht an den anderen zu kuscheln, mit nackten Schenkeln und verschwitzt.

Durch aufmerksames Lesen der Hefte musste sie begriffen haben, dass wir uns allein mit uns selbst, wie ein Paar, gegenseitig zerstören würden: Sie konnte es nicht akzeptieren, als Sterbliche mit einem Unsterblichen zusammen und für mich nur eine unter vielen zu sein. Die Voraussetzungen waren zu unterschiedlich. Ohne Fran hätten wir uns zerstört, dessen war ich mir sicher: Ich hätte sie unter der Last meiner Jahre erdrückt, sie hätte mich durch ihre Leichtigkeit ermüdet. Also liebte sie Fran bis zur Besinnungslosigkeit, als wolle sie damit den Weg frei machen, uns wieder zu verstehen; wir mussten nicht darüber sprechen, was ich instinktiv spürte, und da ich Fran sehr gern hatte, bildeten wir ein gleichschenkliges Dreieck, das die Kräfte des Verlangens und der Zerstörung unter uns dreien neutralisierte.

Seit sie wusste, was aus ihr in einem anderen Leben werden konnte, »ein braves Weibchen«, wie sie es ausdrückte, lehnte sie kategorisch alles ab, was sie dazu hätte machen können: Sie brach mit ihrer Mutter und ihrer Tante, studierte nicht weiter und hörte keine Musik mehr. Ich glaube, ihre allergrößte Angst war es, wieder zu der zu werden, die ich gekannt hatte. Zum Beispiel ließ sie nie wieder ihre Handgelenke kreisen wie eine Tänzerin, die sich aufwärmt, nachdem sie die Beschreibung dieser Geste gelesen hatte. Doch sie behielt ihr klingendes und fröhliches Lachen, das ihren Sätzen einen besonderen Akzent gab, wahrscheinlich weil es mir nicht gelungen war, es im Heft treffend zu schildern. Und also lachte sie wieder genauso. Manchmal fragte sie mich ganz unvorbereitet: »Jetzt eben, ähnle ich der, die ich war?

– Nicht zu sehr. Ein bisschen.

– Aha, okay.« Sie lachte lauthals und bedankte sich.

Hardy trug Röcke und Oberteile, die sie in Secondhandläden fand. Auf Stühlen saß sie immer in der Hocke, die Oberschenkel an den Bauch hochgezogen und das Kinn auf den Knien; es war ihre Position zum Diskutieren. Sie redete viel, sie quasselte, sie scherzte. Fran beruhigte sie, ich verunsicherte sie. Ich habe nie genau herausgefunden, was für eine Art von Liebe die beiden verband: Manchmal lag in den Blicken, die sie austauschten, etwas, das sich mir komplett entzog, ein ganz eigenes Verlangen, das ich weder von ihr noch von ihm kannte und an dem ich nicht unbeteiligt war. Er brachte sie zum Lachen. Er war groß, sprach wenig. Ich dagegen hatte es durch meinen charismatischen Umgang mit anderen leichter; ich hatte gelernt zuzuhören, im Grunde genommen war ich ungeduldig, aber ich hatte genug von der Welt und den Menschen gesehen, um mich auf jeden einstellen zu können. In den Momenten, in denen wir uns nach außen wandten, um neue Mitglieder anzuwerben, rückte Hardy auf eine Höhe mit mir, wie an der Front, sie war einnehmend, diszipliniert und kooperativ, während Fran sich im Hintergrund hielt, sich eine Zigarette drehte, immer noch dieser lange Schlaks, ruhig und gelassen.

Wir versuchten auf jede erdenkliche Weise, die Dinge zu ändern. Erst verfassten wir Artikel, Manifeste, Broschüren, selbst verlegte und auf Druckmaschinen von Sympathisanten hergestellte kleine Schriften: Da ich die Sackgassen aller aktuellen politischen Bewegungen besser kannte als jeder andere, schrieb ich den größten Teil dieser Pamphlete. Zunächst bildete ich mir berauscht ein, ganz allein eine zugespitzte und prophetische Analyse der Situation zu entwerfen. Man las, kommentierte und schätzte mich, und wir standen in Kontakt mit beinahe allen, die in jener Zeit versuchten, die Gegebenheiten zu verändern. Aber nach vier oder fünf Jahren hatte sich nichts verändert: Auf der linken Seite des roten Hefts notierte Hardy neu entstehende Grüppchen, das Kräfteverhältnis, die Wahlergebnisse, die Enthaltungen, die Reformen und Skandale; auf der rechten Seite stand schon alles geschrieben, und Hardy unterstrich mit dem Lineal gewissenhaft fast die Gesamtheit aller Fakten. Das System war nicht in seinen Grundfesten angegriffen worden. »Trotzdem, meinte Fran, haben wir etwas Neues beigetragen und unsere Stimme wurde gehört.« Aber Hardy schüttelte den Kopf und stellte die Hypothese auf: »Du (sie zeigte auf mich) hast nur wiederholt, was du hier gelesen hast«, und sie blätterte die Seite in ihrem eigenen gelben Heft um und las erneut die Abschnitte aus der Zeit unseres Ehelebens in Mornay, als sie sich in der alternativen Buchhandlung der Stadt schmale Bändchen über radikale Gesellschaftskritik besorgte. »Du hast nur ein bisschen im Voraus nacherzählt, was andere im Begriff waren zu publizieren. Gleiche Ursachen, gleiche Wirkungen. Also hat sich nichts verändert.«

Es war lächerlich, aber wahr. Ich hatte nichts erfunden, ich hatte lediglich antizipierte Plagiate der Ideen anderer niedergeschrieben. Zu meiner Verteidigung schwor ich Hardy, dass ich mich an nichts von dem erinnern konnte, was sie mir in unseren damaligen Paardiskussionen aus diesen von ihr eifrig am Rand kommentierten Schriften voller Begeisterung erzählt hatte. Ich brauchte eine Weile, bevor ich ihr gestand, dass ich ihr nicht einmal richtig zugehört hatte, weil mich Politik damals unglaublich gelangweilt hatte.

»Selbst du hast ein Unterbewusstsein. Wenigstens das wird mich verstanden haben«, gab Hardy zutiefst gekränkt zurück.

»Wir werden nie etwas ändern.«

Entmutigt blätterte Fran die Seite im roten Heft um und las uns daraus vor: »Eklatante Verdrossenheit; nicht enden wollende institutionelle und moralische Krise; die Regierung wechselt alle sechs Monate; die steuernden Funktionen des Staates gehen gegen null; machtlose, aber allgegenwärtige Polizei; Unabhängigkeitsbestrebungen einiger wohlhabender Regionen; massive Festnahmen in den Milieus von Agitatoren und Anarchisten (meinst du uns damit?). In den darauffolgenden vier oder fünf Jahren keine besonderen Vorkommnisse.«

Hardy war von einem von uns beiden schwanger geworden, wir wussten nicht, von wem. Sie brauchte Ruhe. Ihrer Meinung nach sollten wir uns zahm geben, warten und verdeckt agieren: Für uns beinahe unmerklich würde es nach und nach tiefgreifende Umwälzungen und einen allmählichen Fortschritt der ganzen Gesellschaft geben.

»Was du nicht sagst ... «

Ich war nicht überzeugt, und sie behandelte mich als Verräter und warf mir vor, dass es mir am nötigen Willen mangele. Pikiert schlug ich ihr daraufhin vor, wir sollten alle gemeinsam unser Leben und unsere Strategien ändern.

Zusammen mit einer kleinen Kohorte von Gesinnungsgenossen zogen wir uns in eine Scheune meines Vaters unweit meines Elternhauses am Ende der Grenzstraße zurück. Nachdem sie ihre kategorische Ablehnung überwunden hatten, akzeptierten meine Eltern unsere Hippie-Sitten. Wir waren hilfsbereit, Hardy war reizend zu meiner Mutter, und sie stand ihr in den letzten Schwangerschaftsmonaten bei. Fran seinerseits jagte in Begleitung meines Vaters Wasservögel im Sumpfgebiet. Es gab Essen in Hülle und Fülle. Nach sechs Monaten ließen wir frühere Mitglieder unserer Gruppe nachkommen. Die Kameraden stützten die Scheune ab, reparierten sie und bauten sie aus. Zusammen mit ihnen rammte ich solide Pfosten in die trockene und rissige Erde der Lichtung, wir kletterten aufs Dachgebälk, um die Stützbalken festzunageln, und errichteten rings umher im Unterholz, das wir zuvor mit bloßen Händen vom Gestrüpp befreit hatten, Mäuerchen, indem wir flache Steine, Schiefer und Kiesel aufeinanderschichteten.

Wir waren allein, abgesehen vom Großvater des Rothaarigen, der den Krieg noch gekannt hatte und seit fast zwanzig Jahren im einzigen bewohnbaren Haus des gespenstischen Weilers mit seinen Hühnern und Kaninchen hauste. Er war uns eine große Hilfe, und Hardy leistete ihm nach der Geburt oft Gesellschaft, solange sie noch den Kleinen stillte.

Wenn es regnete, suchten wir unter dem zwischen zwei Eichen gespannten Zeltdach Zuflucht. Und wenn wir uns am Ende des Tages abduschen und waschen wollten, genügte es, schlanke, hochgewachsene Bäume, Eschen und junge Birken, kräftig zu schütteln, um das Regenwasser, das sich im Blattwerk gesammelt hatte, wie aus einem natürlichen Duschkopf auf unsere ausgetrockneten nackten weißen Oberkörper herunterrieseln zu lassen; manchmal setzte sich Hardy auf einen Rundstamm und sah uns mit dem Kind im Arm dabei zu.

Ich schnäuzte mich in die Handinnenfläche, schweißgebadet, und bemerkte, wie sie sich bemühte, den Kleinen zurückzuhalten, der Lust hatte, auf uns zuzulaufen und in der Wiese umherzutollen; Insekten umschwirrten mich in Schwärmen, kündeten das nahende Gewitter an, aber ich hörte nichts. Für diese Hardy hatte ich eine ganz besondere Leidenschaft, die sich in ihrer Intensität von der Liebe unterschied, die ich für die beiden ersten empfunden hatte: Es war zwar dasselbe Gefühl, aber so intensiv und neu entflammt, dass es zu etwas anderem wurde, zu einer Form von Freude, die nicht vom Tod bedroht war. Ich wusste, dass sie wiederkommen würde. In diesem Leben war ich fähig, sie mit einem anderen zu teilen, und im Lauf der Existenzen konnte sie sich für mich in verschiedene Avatare aufspalten.

Der Kleine wuchs heran, er wollte partout nicht gehorchen, die Jahre vergingen. Fernab von der Welt hatten wir die Idee, die Dinge in einer bahnbrechenden Revolution verändern zu wollen, aufgegeben; während die Nation heruntergewirtschaftet wurde, versuchten wir einfach, zusammen mit ungefähr fünfzehn Kameraden glücklich zu sein. Mir scheint, das Experiment war ein Vorbild für alle, die anders leben wollten. Nach und nach setzten wir die anderen Gebäude des verlassenen Weilers wieder instand, indem wir eine Stromleitung anzapften, die über den mit Espen und Ulmen bewachsenen Hügel verlief, und schufen uns so mit der Zeit mitten im Wald ein eigenes Land. Der Alte war tot. Einzelne Paare aus dem Dorf schlossen sich uns an, wie etwa der Bruder des großen Rothaarigen und Maries Cousine; meine farbigen Hefte öffnete ich höchst selten. Hardy bekam noch ein Kind, das wir genauso wie das erste unter Mithilfe aller anderen zu dritt aufzogen. Das zweite war brav und schüchterner als das erste. Es gab keine Schule, wir besaßen keine staatsbürgerliche Identität. Die Post verteilte keine Briefe mehr, die

Eisenbahngesellschaft der SNCF hatte den Verkehr zur nächsten großen Stadt schon lange eingestellt, das Busunternehmen war soeben in Konkurs gegangen, das nächste Polizeirevier ungefähr fünfzig Kilometer entfernt, die Straßen holprig und völlig vernachlässigt. Das Land war arm. Im Winter, wenn es sehr kalt war, kam es vor, dass ich mit den Kindern zu meinen Eltern hinunterging, die uns in ihrem Haus freudig aufnahmen; als ich das letzte Mal Origène auf der kleinen, zum Rathausplatz führenden Straße begegnete, grüßte er mich nicht. Er fuhr immer noch den Dodge und setzte sich mit dem Sohn des Metzgers im Wahlkampf für die Unabhängigkeit der Region ein; seiner Meinung nach wurden mit unseren Steuern die Arbeitslosen in den Großstädten bezuschusst, außerdem der nicht abreißen wollende Strom an politischen Flüchtlingen, dieses ganze Reservisten-Heer von aufrührerischen Studenten, der Abschaum in den Banlieues, die religiösen Fanatiker, die Autos in Brand steckten und rechtsfreie Zonen in den Ballungszentren schufen, wo alte Rechnungen mit der Kalaschnikow beglichen wurden und Schieberei, Geldwäsche und das Recht des Stärkeren die Welt regierten. Das war die kursierende Gesinnung. Mein Vater las keine Zeitungen mehr, seit er mit dem Tabak- und Zeitschriftenhändler im Clinch lag, dessen Sohn eine milizartige Bürgerwehr aufgebaut hatte, die die Autos auf der Zufahrtsstraße kontrollierte und den Kids aus dem Sozialwohnungsviertel der benachbarten Stadt Passierscheine ausstellte oder verweigerte, damit sie samstagabends nicht mehr das Zentrum mit ihren Motorradrennen unsicher machen konnten.

In den folgenden ein oder zwei Jahren dachten wir, alles beruhige sich; es war kaum mehr die Rede von Spannungen in Frankreichs Gemeinden. Wir hatten Obstbäume gepflanzt, kümmerten uns um unseren Gemüsegarten, die Kameraden hatten Nachwuchs bekommen, zwei Drittel der Häuser waren inzwischen bewohnt; mit Fran hatte ich einen ganzen Sommer lang zwischen den Feldern Gräben ausgehoben, um den Brunnen und das Waschhaus im Weiler an die Kanalisation des Dorfes anzuschließen. Ich glaube, dass der regelmäßige Ablauf der Jahreszeiten uns die Gewissheit gab, alles komme und gehe, wie die Sonne jeden Morgen und jeden Abend. Wir lebten eingelullt von einer gewöhnlichen und bescheidenen Freude, die nicht weiter erwähnenswert ist und die mich nach und nach meine besondere Lage und meine ursprünglichen Ziele vergessen ließ.

Und dann, als es wieder einmal Herbst wurde und wir damit beschäftigt waren, Holz zu machen und das am Rand der Futterkleefelder gemähte Gras einzulagern, sahen Hardy und ich auf der ramponierten, an den Berghängen entlanglaufenden Grenzstraße die Gestalt des großen Rothaarigen näher kommen, der entschlossen marschierte, fast rannte und dabei unaufhörlich gestikulierte.

Er schrie etwas Unverständliches. Hardy legte die Axt beiseite, zog ihre Gartenhandschuhe aus. Sie rieb sich die Hände und brachte ihren blonden Dutt in Ordnung (sie trug die Haare wieder lang), dann stützte sie die Fäuste auf der Hüfte ab.

» ... ieg!«

Hardys Gesicht war gebräunt, vom Leben im Freien leicht gegerbt. Der Schönheitsfleck am Rand ihrer Wange und ihres Lächelns war gewachsen und dominierte die vorzeitigen Fältchen, denn sie kümmerte sich nicht mehr sonderlich um Hautpflege; dennoch ließ ihre Schönheit einem den Atem stocken. Mit von Schmutz und grauen Rindestückchen verschmierten Wangen suchte Hardy meinen Blick. Sie flüsterte: »Ich liebe dich«, als ob es vorüber sei.

» ... ist ... rieg!« schrie der große Rothaarige, der jetzt nur noch fünfhundert Meter von uns entfernt war.

Wir warteten, und ich drückte Hardys Hand.

»Es ist Krieg!«, schrie er.

Bei Paris und rings um die großen Städte Lyon, Lille oder Marseille war der Krieg ausgebrochen.

»Verdammt!« Sobald wir wieder in unserem Weiler waren, prüfte Hardy im mittlerweile verstaubten großen roten Heft auf der rechten Seite nach: Da stand nichts von Krieg, zu meinen Lebzeiten hatte es nie einen gegeben.

»Die Verhältnisse ändern sich, jetzt ist es so weit!«

Aber weshalb? Wie hatten wir dazu beigetragen? Wo lag die Ursache? Fieberhaft überflog Hardy die linken sowie die rechten Seiten Zeile für Zeile in absteigender Chronologie, in der Hoffnung, den Ursprung der historischen Gabelung und damit der Kriegserklärung zu finden. Entweder würden wir auf eine Unmenge winziger, quasi bedeutungsloser Einzelheiten stoßen, oder wir würden zugeben müssen, dass es überhaupt keinen Grund für diese Veränderung gab.

Uns beschäftigte jedoch noch ein zweites Problem: Zu welchem Lager sollten wir uns schlagen? Keiner von uns war sich sicher, richtig zu verstehen, wer in diesem Krieg gegen wen kämpfte: Progressisten, Konservative und Reaktionäre ... Internationalisten, Nationalisten, Patrioten, Republikaner, Sozialisten, Revolutionäre ... Verfechter des Regionalen, Befürworter des Globalen ... Europa, USA, Christen, Juden, Muslime, LGBT: Alle waren auf beiden Seiten am Bürgerkrieg beteiligt. Den Informationen nach, die wir vom Sohn des Tabakhändlers erhielten, war die Lage extrem unübersichtlich.

Wir waren immer davon ausgegangen, dass sich die Lager am Tag der Revolution klar voneinander unterscheiden würden, aber heute schien es uns unmöglich, zwischen zwei Parteien zu wählen, von denen keine die einzig richtige oder die einzig falsche war.

Manche waren der Ansicht, es sei ein Krieg des Systems gegen den Rest; andere meinten, es ginge um einen Konflikt zwischen den Finanzmächten und ihren Opfern oder zwischen Laizismus und Glauben, Zentrum und Peripherie, Paris und Provinz. Oder im Gegenteil: Freiheit gegen Faschismus, Autonomie des Individuums gegen das Patriarchat und die traditionelle Ordnung, möglicherweise Gesellschaft gegen Gemeinschaft. Oder umgekehrt. Wahrscheinlich ein bisschen von alledem.

Fran war dafür, die eine Seite zu unterstützen, Hardy befürwortete die andere. Ich war unentschlossen.

Wie gewöhnlich versuchte ich, eine Gleichung aller verfügbaren Informationen aufzustellen, aber Hardy wies mich darauf hin, dass es sich nicht um eine exakte Wissenschaft handele. Vielmehr war es eine Wette. Ich schlug einen Kompromiss vor: Warum sollten wir uns nicht dieses Mal dem einen Lager anschließen und nächstes Mal dem anderen? Danach würde ich vergleichen und wählen.

Hardy fand meine Idee gefährlich. »So einfach ist es nicht. Wenn wir uns irren, wird die Welt sich beim nächsten Mal verändert haben und alles in die falsche Richtung gegangen sein.« Sie vertrat die These, dass sich bisher alles wiederholt und die Wirklichkeit dadurch eine gewisse Dichte bekommen habe, dass diese wie flüssiger Kautschuk in der Sonne ausgehärtet sei, sodass es von Mal zu Mal schwieriger werde, sie nach unserem Willen zu biegen, trotz meiner Unsterblichkeit. »Die

Dinge halten unserem Versuch, sie zu ändern, stand. Also müssen wir sie zerstören.« Hardys Augen funkelten, wenn sie so sprach: Etwas gefunden zu haben, das es zu verteidigen galt (und dieses Etwas war ich), ließ sie zu einer brillanten, aber auch fordernden, fast strengen Person werden. Hardy war eine ausgezeichnete Strategin, und obwohl sie sterblich war, besaß sie mehr Weitblick als ich. Sie glaubte, dass es am Ende auf etwas hinauslaufen werde, der Weg jedoch lang und anstrengend sei, bis man es erahnen könne.

Fran äußerte sich nicht dazu. Wie auch immer unsere Entscheidung ausfiele, er würde uns folgen.

Seltsamerweise gab es keine Eile.

Man hörte zwar Flugzeuge, Hubschrauber und vor allem das insektengleiche Brummen der Drohnen. Aber in den Wäldern blieb es ruhig. Nach einigen Wochen voller Debatten, die unsere Gemeinschaft spalteten, schlossen sich der Sohn des Tabakhändlers und der große Rothaarige uns an. Auf dem Rathausplatz verbreitete man allerlei Gerüchte. Gleich am Anfang war der mit dem Sprachfehler in die große Stadt aufgebrochen, um gegen die »Horden« zu kämpfen, die angeblich die Stätte Frankreichs ehemaliger Könige belagert hatten.

Unsere beiden Söhne waren vier und sechs Jahre alt. Im Zuge der allmählichen Bewaffnung des Weilers warf Hardy die Frage auf, was mit unseren Kindern geschehen sollte. Sie konnte sich nicht vorstellen, sie bei Ausbruch der ersten Feuergefechte ins Kriegsgeschehen mit hineinzuziehen, lehnte es aber gleichzeitig vehement ab, sich mit ihnen in Sicherheit zu bringen, während wir uns unter Alphamännchen gegenseitig umbringen würden. Das war der Anlass eines heftigen Streits innerhalb unseres Trios: Ich wollte nicht, dass sie sich unnötig in Gefahr begab, sie wollte nicht in die Rolle der Gattin und

Mutter gedrängt werden, und Fran dachte vor allem an die beiden Kinder; also brachten wir sie zu meinen Eltern. Dort waren sie in Sicherheit, bis wir uns geeinigt haben würden.

Drei Monate vergingen: Nichts geschah, abgesehen vom Wind in den hohen Bäumen und von Jagdflugzeugen, die unser Gebiet in unregelmäßigen Abständen überflogen. Dazu sporadische Gerüchte von der Plünderung Toulons, der Unabhängigkeitserklärung der Bretagne, schwerwiegenden militärischen Entgleisungen in der Macchia bei Valence.

Anfang November stellten die Opfer der Gewalthandlungen durch bewaffnete Truppen, die die benachbarte Stadt eingenommen hatten, ihre Zelte auf dem Hügel auf und baten um unsere Hilfe: Sie standen aufseiten des Staates, aber die östlichen Verteidigungslinien des Heers waren durchbrochen und ließen sie wehrlos zurück, einzig die Milizen der Rechtsextremen und Origènes Leute konnten sie noch beschützen, hatten aber weder genügend Nahrung noch Unterkunft für sie.

Die Familien berichteten, dass sich unter den ins Dorf strömenden Migranten immer öfter Kämpfer in Zivil befänden, die von der Front geflohen waren und bei uns Schutz suchten. Deshalb sei es zu Schlägereien zwischen Flüchtlingen der beiden Parteien gekommen. Es habe einen Toten gegeben, den ersten, der im Dorf zu beklagen sei.

Dann begann der Staat über die Region wie von einem von Terroristen infiltrierten Nest zu sprechen, einer Rückzugsbasis für Dschihadisten auf der Flucht (unter »Dschihadisten« im weitesten Sinn wurden alle bezeichnet, die an irgendetwas glaubten).

Es war ein schöner Tag. Ich erinnere mich deutlich daran, dass ich mit Hardy vom Gebirgsbach zurückkam, in dem wir nackt gebadet hatten.

Sie hatte ihre Haare zu einem Zopf geflochten, der ihr über die Schulter hing, und wir schleppten den alten schweren Wäschezuber, nachdem wir die Leintücher des ganzen Weilers eingeseift, im Bach gewaschen und ausgewrungen hatten. Wir gingen vorsichtig durch das Unterholz. Direkt vor uns staksten Reiher, in der Gegend äußerst seltene Tiere, mit ihren flammend leuchtenden orangen Schnäbeln aus dem Heidekraut hervor und beobachteten uns von ihren Stelzen aus wie auswärtige Richter, die den Krieg und die Menschheit verurteilten. Mir scheint, dass Hardy in ihrem leichten geblümten Kleid diesen Anblick damals so gedeutet hat; Brombeerranken und Brennnesseln hatten ihre nackten Waden gestreift, und über ihren durchweichten, schlecht geschnürten Wanderschuhen zeigten sich kreuzförmige Kratzer und feine Narben. Die Reiher waren wieder weggeflogen. Wir blickten nach oben. Der Wald formte über uns ein von Lichtflecken durchbrochenes Gewölbe, in dem der Wind ging. Die Lichtung schien so still, dass man geradezu Schuld empfand. Wir hatten getan, was wir konnten, und fragten uns, ob wir einen Fehler gemacht hatten; zum ersten Mal war Krieg ausgebrochen, und vielleicht war ich indirekt, auf geheimen, verschlungenen, unverständlichen Wegen, die sich nicht vom alleinigen Vergleich meiner Erinnerungen auf der Doppelseite eines Schulhefts ableiten ließen, der Motor der Veränderung gewesen. Vielleicht war ich verantwortlich für jeden Verletzten, jeden Toten, jedes Übel, das dieses Land befiel. Aber wenigstens änderten sich die Verhältnisse in diesem Chaos, und man konnte auf Besseres hoffen. Hardy brachte mich dazu, ihr zu versprechen durchzuhalten, was auch immer geschehe. Wir blickten wieder nach oben, über die Gipfel der Kiefern hinweg, auf die friedliche Spätherbstsonne und ein paar Wolken im blauen Himmel. Die jahrhundertealten riesigen Nadelbäume tönten vom Luftstrom erfasst wie Perlenschnüre oder Zauberknöchelchen, die jedes Mal klirren, wenn die Tür aufgeht und ein Luftzug entsteht. Und dann kamen diese Dinger.

Es waren schwarze diffuse Punkte, winzige Flecken, die sich sehr schnell bewegten.

Die Explosion zertrümmerte den Himmel, und der Wäschezuber glitt uns aus den Händen. Hardy fiel auf die Knie.

Die Erde bebte. Es gab ein lang anhaltendes Dröhnen, ein dumpfes Geräusch (ich dachte an abgeworfene Sandsäcke) und dann diesen verheerenden Druck, der den Wind zum Schweigen brachte. Hardy hielt sich die Ohren zu und vergrub den Kopf im hohen Gras. Trotz des Dröhnens und des weißen Rauschens in den Ohren, und obwohl meine Augen nervös zuckten, stand ich auf. Erst dann brach das Gewitter los. Ich umfasste Hardy mit einem Arm, und wir rollten zusammen in den Spurrillen des Wegs bis zum Fuß einer großen Kastanie. Der Boden war nicht mehr fest. Ich hielt Hardys glühend heiße Handfläche in meiner, und so warteten wir ab und sahen uns erschrocken an. Dann richtete ich mich auf, während Hardy noch in dem Teppich aus toten Blättern lag. Man hätte meinen können, sie schliefe, mit offenen Haaren und zerrissenem Kleid, ihr Zittern war das einzige Zeichen, dass sie am Leben war. Ich sah Rauchsäulen über dem Dorf aufsteigen, und ich nahm sie an der Hand.

Atemlos stürzten wir den Abhang hinunter bis zu der kleinen Brücke. Der dicke graue, stickige Qualm war dabei, sich aufzulösen, wie nach einem schlechten Zaubertrick. Wo es früher etwas gegeben hatte, war nun nichts mehr. Die Brücke war zerstört, also wateten wir im Wasser weiter, um bis zur Straße zu gelangen, wobei wir uns an den schweren

Steinblöcken abstützten, die einen Damm bildeten und den Fluss an einigen Stellen umleiteten.

Ich wollte Hardy den Anblick ersparen und verbot ihr, sich dem Elternhaus zu nähern, während ich unter den Trümmern suchte, auf die schon der eben noch in der Luft schwebende Staub niederging; ich schaffte Balken beiseite und versuchte, von weißer Asche bedeckt, bis zur Küche vorzudringen, erkannte hier und da unter Schutt und Mauersteinen den Boiler, Überbleibsel vom Parkett, Dachziegel, aufgeschlitzte Polster; ich fand meine tote, von der Wand ihres Schlafzimmers begrabene Mutter, das verdrehte Bein meines Vaters, einen nackten Fuß und unsere beiden verschütteten Kinder.

Der Kummer, der Schmerz, den ich empfand, dauerte nur einen kurzen Augenblick; ich weinte, ich schrie wie alle anderen, die nun diesen Ort der Trostlosigkeit durchkämmten, aber ich wusste, dass es nur ein Spiel war. Als Fran dazukam, versuchte ich, es ihm zu erklären: Wir hatten beide schon Kinder gehabt und würden wieder welche haben. Hardy schluchzte, sie sagte, es seien aber diese Kinder, die sie liebe. Ich konnte ihr Leid nachempfinden, ich hätte ihnen gerne meinen ganzen Horizont geschenkt, sie von dieser Erde weggebracht, um ihnen zu zeigen, wie relativ und vergänglich der Verlust war. Die Kinder hier, der ungezogene Große und der Kleinere, der immer am Rockzipfel seiner Mutter gehangen hatte, es genügte, sie wieder zu wollen, um sie wieder auf die Welt kommen zu sehen, sodass ihre Existenz oder Nicht-Existenz letztlich keinerlei Bedeutung hatte; ich war mir im Klaren darüber, dass es unmenschlich war, ihrem Vater und ihrer Mutter in den Trümmern derlei Dinge zu erzählen, um sie zu überzeugen weiterzumachen, zu den Waffen zu greifen und eine bessere Welt auf den Weg zu bringen. Auf einem abgeblätterten Gartenstuhl, den er im Schutt gefunden und aufgeklappt hatte, wiederholte Fran, dass wir uns geirrt hätten.

Hardy lief buchstäblich im Kreis und hielt dagegen, dass am Ende etwas kommen müsse. Immer derselbe Refrain. Wir bargen die Leichen aus den Ruinen, wuschen sie, hielten Totenwache, begruben sie, verließen das Dorf und wurden gewalttätig, wie tollwütige Hunde.

Der Bombenangriff hatte an unserer Stelle entschieden, welchem Lager wir angehörten.

Die Vorstellung wird Sie vielleicht überraschen, Sie, die Sie mir nun schon lange folgen, aber ich sollte mich als ausgezeichneter Warlord erweisen, obwohl ich vor kaum einem Leben nur ein Büro- und Labormensch gewesen war. Bringen Sie einen Menschen in eine bestimmte Situation, nehmen Sie ihm die Angst, nur ein einziges Leben zu haben, so wird er zum Herr der Situation. Unter den verstreuten und rachsüchtigen Truppen war ich der Einzige, der die nötige Hellsicht bewahrt hatte, um Hierarchien zu respektieren, einen Rückzugsort zu finden, Verlegungen mehrere Tage im Voraus zu planen und geheim zu halten, Kauf und Verkauf von schweren Waffen mit anderen Verbündeten oder Konkurrenten auszuhandeln, gegnerische Konvois anzugreifen. Sogar Fran verhielt sich wie ein gejagtes Tier; er überlegte nicht mehr wie vorher. Also musste ich allen Leuten beibringen, mir uneingeschränkt zu vertrauen. Denen, die ein Elternteil, einen Bruder, ein Kind verloren hatten, erklärte ich geduldig das Prinzip meiner Singularität, wie ich immer neu wiedergeboren wurde.

Denen, die mit uns zusammen am Kampf teilnahmen, prägte ich ein, den Tod nicht zu fürchten. Vor einem solchen Hintergrund sind die Menschen höchst empfänglich für alle möglichen heilverkündenden Lügen. Ich versprach ihnen, sie wieder zum Leben zu erwecken. Dem weinenden großen Rothaarigen sicherte ich zu, dass er erneut mit mir im Hochsommer die Beine in den Wildbach baumeln lassen, seinen Roller besteigen und die eine oder andere von Maries zahlreichen Cousinen anmachen würde, genauso wie in seiner Jugend.

Vielleicht folgten mir die Leute, weil sie keine andere Wahl hatten. Unter den Mitkämpfern entstand sogar (davon wollte ich aber nichts wissen) ein entfernt vom Vodo inspirierter Geheimkult: Man betete mich an oder bastelte sich Glücksbringer aus meinen Haarsträhnen. Ich beschränkte mich drauf, ihnen zu versichern, dass sie im nächsten Leben wiederkommen würden.

Eines Abends, nahe am Feuer, schmiegte sich Hardy an mich und murmelte: »Aber das werde nicht ich sein.

– Wer?

– Die nächste. Sie wird nicht dieselben Erinnerungen haben, sie wird nicht gleich gebaut sein.

– Doch, beruhigte ich sie, du bist immer dieselbe. Du veränderst dich nicht.

– Bist du dir da sicher?

– Ja.

– Sagst du es mir beim nächsten Mal? Wirst du ihr von mir erzählen?«

Dann fragte mich Hardy: »Und wenn am Ende nichts ist?

– Zweifelst du?

– Das ist nur verständlich. Wichtig ist, dass du nicht zweifelst. Versprich es mir.

– Nicht zu zweifeln?

– Versprich es.«

Ich versprach es ihr, und Hardy schlief beruhigt an meiner Seite ein.

Am nächsten Tag entdeckten wir auf dem von Brombeeren und Heidelbeeren bewachsenen Pfad hinter dem ehemaligen Zwinger, wo der Bruder des großen Rothaarigen gewohnt und Hunde dressiert hatte, die abgeschnittene Nachhut eines feindlichen Konvois. Es fielen ein paar vereinzelte Schüsse. Das hohe Gras war gelb und dicht. Am Horizont konnte man nichts erkennen. Ich fühlte keine Angst oder gar Unruhe, eher eine tiefe Gelassenheit, und sobald ich begriff, dass diese Dummköpfe sich hinter dem Hundezwinger versteckt hatten, nahm ich zusammen mit Hardy drei unserer Männer mit auf einen kleinen Pfad, den ich noch aus Kindheitstagen kannte, um einen Bogen um das Grundstück zu schlagen; die anderen gerieten in Panik: Ich sah ihre Augen nervös zucken, es roch nach Scheiße und Schweiß. Kein Laut war zu hören.

Blitzschnell brach die Schießerei los, eine Granate explodierte, die vier aus dem gegnerischen Lager fielen, und es wurde wieder still. Nur einer streckte noch den Arm aus und brüllte wie ein kleines Kind:

»Ftop! Verfont mich!«

Es war der Kerl mit dem Sprachfehler, schwer verletzt saß er auf dem Boden, mit dem Rücken zum Geräteschuppen. Man konnte seine Organe sehen, er sah sie auch, mit gespreizten Beinen gegen die Bretter gesunken. Ich war dafür, ihm den Gnadenschuss zu geben und uns nicht unnötige Umstände bei der Rückkehr zum Weiler zu machen, aber Hardy war nicht einverstanden, ich weiß nicht, warum. Erst verband sie ihm den Bauch mit einem Gummiband, aber er verlor viel Blut, es half nicht. Fran war Assistenzarzt gewesen und tat alles, um den Bauch des armen Kerls zu schließen. Aber wir verplemperten nur Zeit, und ich wollte so schnell wie möglich wieder hoch, um uns in Sicherheit zu bringen. Dann bestand

Hardy darauf, dass wir ihn an den Straßenrand zu den Ruinen der römischen Brücke brachten, damit seine Leute ihn finden und versorgen konnten.

»Er wird sterben, Hardy.

– Ich will nicht fterben!«

Sie wollte nichts davon wissen, brabbelte verrücktes Zeug, neben dem armen Hund auf dem Boden kauernd, dann erhob sie sich wieder, ging auf und ab und *verlangte*, dass man ihn dorthin trug.

»Nein: Ich entscheide. Er bleibt hier.«

Daraufhin rastete Hardy völlig aus, sie akzeptierte nicht, dass wir den armen Kerl verrecken ließen, auf einmal schien es, als hinge ihr Schicksal, das Schicksal der gesamten Menschheit von ihm ab, weder von uns noch von den anderen, sondern nur von diesem kleinen lispelnden Faschisten, der nicht einmal mehr Luft bekam, vor lauter Panik beim Anblick des Bluts, das ihm aus dem Wanst floss. Wenn er starb, gab es nichts mehr am Ende. Vielleicht glaubte sie mit einem Mal nicht mehr an mich. Dann musste ihr der Tod unvermeidlich erscheinen und was diesen kleinen Arsch erwartete, unerträglich. Ihr plötzlicher Sinneswandel nahm mir allen Wind aus den Segeln. Sie hatte immer daran geglaubt, weshalb ich skeptisch bleiben konnte, denn ihr Glaube reichte für zwei, vielleicht sogar für drei. Aber sie war eine Sterbliche. Von nun an war es an mir, die Wahrheit zu ertragen. Hardy schien verloren. War ihr heiß? Hatte sie Angst? Hunger? Wurde ihr gerade bewusst, dass der Krieg Jahre dauern, sie sein Ende vielleicht nicht erleben würde? Dass er Leben um Leben weitergeführt werden musste? Hatte sie jemals die Möglichkeit bedacht, dass dieser Kampf kein Ende haben könnte? Waren es die Stechmücken, die uns zusetzten, ganz banale Viehbremsen, die ihr den Kopf verdrehten? Oder im Gegenteil die wilden Brombeeren, die die Kameraden im Gestrüpp entlang des Pfads pflückten und die ihnen den Mund schwarz färbten? Es war merkwürdig, aber der andere, dem das Blut aus den Mundwinkeln rann, hatte wie durch einen Echo-Effekt ebenfalls schwarze Lippen, wodurch die Situation, so tragisch sie auch war, einer Kirmes mit schlecht geschminkten Kindern glich. Vielleicht war es auch dieses dumme kleine Detail, das Hardy verrückt gemacht hatte: die Beeren auf unseren Lippen und das Blut auf seinen, während er wiederholte:

»Ich sterbe.«

Dabei bekam ich Lust zu lachen, mich über den Pechvogel lustig zu machen, wie früher als Kind. Ich empfand kein Mitleid: Ganz genauso wie alle anderen auch würde er verschwinden und wiederkommen. Die Dinge waren hartnäckig, und um sie zu ändern, mussten wahrscheinlich viele solcher Burschen getötet werden. Ich konnte einwilligen, ihn nicht zu erledigen und ihn beim Hundezwinger liegen zu lassen; wenn seine Freunde vorbeikämen, würden sie ihn mitnehmen.

Aber entgegen aller Logik lehnte Hardy das ab.

»Er hat Schmerzen.

– Natürlich hat er Schmerzen!«

Ich wurde wütend. Vor den übrigen Kameraden wollte ich nicht mit ihr streiten. Zum zigtausendsten Mal erklärte ich ihr, dass alles Sterbende mit mir wiedergeboren wird, aber sie hörte nicht mehr zu, sie bemitleidete den Verletzten, der litt, der weinte und der zum Schweigen gebracht werden musste, also wies ich einen Soldaten an, ihm den verdreckten schwarzen Mund zuzuhalten.

Fran griff ein. Er beruhigte Hardy und bat um Erlaubnis, den Gefangenen auf dem Rücken bis zum Weiler zu tragen.

Es war absurd: Der Junge würde die Nacht nicht überleben.

Verärgert oder verängstigt, ich weiß es nicht, beschloss Hardy, bei Fran zu schlafen. Ich blieb allein.

Am frühen Morgen weckte mich Fran. Hardy hatte ihn verprügelt, Hardy war verschwunden, der Gefangene ebenso. Diese Übergeschnappte hatte ihn allein bis zur Landstraße bringen wollen. Was war ihr bloß durch den Kopf gegangen?

Ich pfiff meine Leute zusammen.

Mit ein paar Mann marschierte ich bis zur Straße, in der Bombenkrater klafften. Die wilden Hunde bellten und streiften um unsere Waden, wir mussten in die Luft schießen, um sie zu verjagen. Der Asphalt war aufgebrochen wie die Kruste eines Kuchens beim Backen. Aber sonst legte nichts in der Landschaft den Vergleich mit einem solchen Bild nahe, es sah wirklich nach einer Katastrophe aus. Der Campingplatz war von Trümmern übersät, überall standen aufgerissene Wohnwagenwracks, die abgeschlachteten und zerlegten Walen glichen. Weiter hinten ließen die kreuz und quer stehenden Straßenlaternen an menschliche Knochen denken, die ein Koloss vor einer schamanischen Zeremonie schlecht in die Erde gerammt hatte. In der Umgegend gab es nur noch verlassene, ausgestorbene Bauernhöfe; an einer Kreuzung der Landstraße nahmen wir einen Weg, der auf Origènes ehemaliges Anwesen führte.

Keine Hinweise auf den Körper des Verletzten, keine Spur von Hardy. Ich bückte mich, um eventuelle Abdrücke im Schotter zu entdecken. Doch Fran gab mir ein Zeichen: Auf dem ungeteerten Weg wies alles auf einen vorbeigefahrenen Kleintransporter hin; sie waren hier vorbeigekommen.

Fran zitterte. »Wo ist sie?« Er nahm ein paar Männer mit, um die Überreste des Gebäudes zu durchsuchen, solange ich allein in der Mitte des Hofs Wache hielt. Origènes Gehöft war einst ein hübscher, komplett renovierter Wohnsitz mit einer Jugendstil-Veranda gewesen, die bis zur früheren Kornscheune reichte, worin er die kompletten Sammlungen der Schallplatten von Dick Rivers und Eddy Mitchell aufbewahrt und mehrere Modelle einer Jukebox ausgestellt hatte, dazu der funkelnde Dodge im hinteren, als Garage genutzten Raum. Jetzt waren davon nur noch ein Haufen lockerer Steine und verbogener, an die Äste eines kranken Baumes erinnernder Eisengitter übrig, eine Ruine, in Schutt und Asche gelegt von ehemals mit uns alliierten Gruppen, die sich auf die andere Seite der Grenze zurückgezogen und uns allein gelassen hatten. Von seinem Anwesen vertrieben, kommandierte Origène mittlerweile eine Einheit der Miliz, die für den Staat Partei ergriffen hatte. Einige meiner Leute meinten, dass er es war, der in Paris die Bombardierung des Dorfes gefordert hat, weil er an Boden verlor.

Ich lasse mich auf dem Brunnenrand nieder und setze die Flasche an die Lippen. Kein einziger Tropfen mehr. Ich will Wasser schöpfen, aber der Brunnen ist auch trocken. Obwohl es bald Winter wird, ist es morgens bei Sonnenaufgang noch warm, eine ermüdende Wärme für die Wasserläufe wie für den menschlichen Körper. Ich ziehe noch einmal an der Kette des Schöpfbrunnens, etwas Schweres behindert die Mechanik. Aber ich sehe nicht auf den Grund, alles ist schwarz. Ich zünde ein Streichholz an und werfe es in die Öffnung.

Und sehe sie. Ermordet und in den Brunnenschacht geworfen. In der Mitte der steinernen runden Grundplatte, halb aus dem schwarzen Wasser ragend, in der Sekunde, bevor der Lichtschein erlischt, ihr Körper bildet ein V, wahrscheinlich ist ihre Wirbelsäule gebrochen.

Ich versuche, sie hochzuhieven, aber die verrostete Kette bricht. Ich muss meine Hose ausziehen, mich in der Unterhose an einem Seil hinunterlassen, indem ich mich mit der Hand vom kalten und feuchten Brunnenschacht abstoße, und ihren grotesk verrenkten Körper schultern. Der obere Teil und der untere Teil waren beinahe intakt, man hätte jedoch meinen können, die Hand eines ungeschickten oder cholerischen Riesen habe sie in der Absicht, sich an mir zu rächen und mir das Wertvollste zu nehmen, mit Gewalt in entgegengesetzte Richtungen verdreht. In ihrem Gesicht mit den ausgebrochenen Zähnen konnte man die Spuren eines unmenschlichen Schmerzes lesen; es gelang mir nicht, ihr den Mund zu schließen, und ihr Schönheitsfleck auf der Wange beim linken Mundwinkel war durch den Fall abgerissen worden: Die abgezogene Haut entblößte den Muskel und das Fleisch wie in einem Anatomieatlas. Die blonden Haare waren strohig, als stammten sie von einer Kinderpuppe. Um mich herum schwirrten Fliegen, und meine Leute sagten keinen Ton. Sie waren von der Scheune heruntergekommen.

Ich war nicht darauf vorbereitet gewesen, Hardy so schnell zu verlieren. Habe ich gezweifelt? Ja, denn ich liebte sie mehr als alles und ganz gewiss mehr als die Wahrheit. Sie hatte mich die Wahrheit gelehrt: Es gibt etwas am Ende, etwas Größeres als wir. Sie hatte nicht die Kraft gehabt, genauso lange daran zu glauben wie ich, denn für sie war die Unsterblichkeit eine abstrakte Vorstellung, für mich jedoch eine Empfindung. Ich war ihr nicht böse, dass sie mich verlassen hatte. Ich dachte schon an das nächste Leben. Und so erschien mir die, die verrenkt und in den Augen aller anderen wie ein zerstörtes Spielzeug auf dem staubigen Boden zu meinen Füßen lag, eher wie die abgestreifte Haut eines schlangenartigen Wesens oder eines

Proteus, wie die Asche eines weiblichen Phönix, der schon im Begriff war, in der Gestalt eines schlanken blonden und energiegeladenen Mädchens in der Welt von morgen wiedergeboren zu werden. Aber für Fran bedeutete es ein Adieu für immer: Er würde sie nie wiedersehen. Er trauerte, und von dem Tag an verlor er einen Großteil seiner Fähigkeiten. Mein Freund ... Er war nicht mehr bei Sinnen.

Auf dem Rückweg, am Ende des Zuges, zog Fran seine Waffe, ein Kentucky-Gewehr, und fragte mich aufgebracht: »Weißt du, was wir jetzt machen?« Seine Augen glühten fiebrig. »Ich bring dich gleich um. Dann kommt sie wieder.

– Warte! Beruhig dich.«

Frans Hände zitterten, er hätte es nicht einmal geschafft, aus weniger als drei Metern Entfernung richtig auf meinen Kopf zu zielen.

»Wenn du das jetzt tust, wirst du verschwinden, und ich erwache in einer Welt, in der der Feind stärker und wir schwächer sein werden.

– Der Feind? Wer soll das sein?« Er sah sich um. »Ich seh keinen.«

Er wurde ironisch, bitter und boshaft.

»Fran ... Sie wird wiederkommen, ich versprech's dir.«

Fran weinte: »Es nützt ja nichts.«

Seit Hardys Tod war unsere Freundschaft getrübt. Fran war mir ungeheuer böse, und ich ihm auch.

Trotzdem haben wir noch acht Jahre lang durchgehalten.

Und eines Tages steckten sie den Wald in Brand. Der Generalstab behauptete, die Zivilbevölkerung sei umgesiedelt worden, die Zurückgebliebenen seien gewarnt. Die Soldaten versprühten großflächig Entlaubungsmittel und giftige Substanzen mit niedrigem Flammpunkt. Die gegnerischen

Truppen setzten Löschflugzeuge ein, um Benzin über die Tannenwälder zu gießen; dann warfen sie ein brennendes Feuerzeug hinterher. Mehr brauchte es nicht.

Wir lebten in einem überdimensionalen Schlot, der schnell zu einem höllischen Feuerofen wurde. Wir hielten als Brennholz her für die Abfackelung unserer Traumwelt, und die Feinde betrachteten uns mit dem leeren, unerbittlichen Blick von Menschen, die sich an einem offenen Kamin von mehreren Kilometern Breite die Hände wärmen, während sie die Flammen mit ihren Feuerwaffen und Flugzeugen so lange unterhalten, bis sie unsere Asche einsammeln können. Sie hatten den fruchtbaren Boden geopfert, die Höfe der Bauern, alle Siedlungen im Umkreis; es war einmal eine reiche Gegend gewesen, früher. Es hatte Kunstwerke gegeben, mittelalterliche Brücken, Aquädukte, sogar ein paar Ruinen einer befestigten römischen Siedlung.

Alles war den Flammen zum Opfer gefallen.

Die Landschaft leuchtete orange, gelb, glänzte wie Gold, es prasselte, aber es war ein Feuerregen.

Die zugige Lichtung, das Dorf meiner Geburt, der Ahorn- und Espen-Hügel und der Weiler am Ende der Grenzstraße waren im Zentrum des Brandrauchs versunken, es war nichts mehr zu erkennen hinter dem gleißenden Vorhang und dem dicken schwarzen Qualm, der über dem Département wie über einem unsichtbaren Vesuv hing. Von der niedergehenden Asche waren alle grau geworden, die Überlebenden bewegten sich wie Blinde vorwärts, auf der Suche nach Luft zum Atmen, die noch in Blasen in der Nähe von Wasserläufen gespeichert war. Am Horizont erhoben sich in allen Himmelsrichtungen fünfzig Meter hohe rötliche Mauern, sodass selbst diejenigen unserer Begleiter, die sich ergeben wollten, keine Gelegenheit mehr dazu hatten: Die verstreuten Kämpfer saßen in der Falle, von den fortschreitenden Flammen umzingelt.

Das Feuer war überall: Es war das Ende. Wir waren besiegt, vernichtet, verzehrt von etwas, das stärker war als wir.

Zusammen mit Fran beschloss ich, den Fluss zur Flucht zu nutzen, das einzig mögliche Tor, dem Flammenherd zu entkommen. Nachdem wir die heißen, uns auf der Haut klebenden Kleidungsstücke weggeworfen hatten, wateten wir durch ein dünnes Rinnsal, behielten jedoch ein angefeuchtetes Stück Stoff vor dem Gesicht, um nicht zu ersticken. Der Fluss floss noch, silbrig und glucksend, gesäumt von gigantischen Rauchsäulen und Feuerwänden. Manchmal gab es keine andere Möglichkeit, als zu tauchen und unter der Wasseroberfläche weiterzuschwimmen; glühende Äste und brennendes Gestrüpp bildeten Sperren und brachten das Wasser in Ufernähe zum Sieden, Öl- und Benzinpfützen, schwarzer Schaum oder Blasen schwammen obenauf. Ich ermutigte Fran: Wir näherten uns dem Ausgang.

Aber er fiel zurück.

Wahrscheinlich hoffte er, erschossen zu werden und so der Katastrophe zu entrinnen, zu der dieses Leben geworden war.

Ein hoher Baum fiel quer über unseren Weg, und Fran verbrannte bei lebendigem Leib; trotz aller meiner Anstrengungen erlag er seinen Verletzungen, ich ließ seinen Körper auf einem Kieselstrand zurück und setzte meine Flucht allein fort, die Strömung riss mich weiter in meinem Versuch, dem Brandherd zu entkommen. Nachdem ich mehrere Stunden lang durch das glühende Tal gegangen und geschwommen war, erreichte ich schließlich den Rand der Hölle; die Erde wurde grau, dann schwarz, das Holz war verkohlt, die Landschaft verwüstet, alles war abgekühlt; endlich konnte ich den

Fluss verlassen und mich zum Ufer schleppen, wo noch ein paar Büschel Gras wuchsen.

Als ich den Kopf hob, erwarteten mich feindliche Soldaten, die seelenruhig die wenigen Überlebenden einsammelten, wie Fischer oder eher wie Jäger am Ausgang eines ausgeräucherten Kaninchenbaus. Nackt und erschöpft hob ich die Hände über den Kopf und flehte sie an:

»Bitte, tötet mich nicht. Nicht jetzt.«

Ich gab die Hoffnung nie auf.

Ich glaubte immer noch an das, was Hardy versprochen hatte: Es gibt etwas am Ende. Es war absurd, aber ich dachte noch, dass sich der Lauf der Dinge nach der Katastrophe zu unseren Gunsten entwickeln könnte, als sei die Niederlage nur eine zusätzliche Prüfung oder ein schlechter Witz der Geschichte, die behauptet: »So, jetzt ist es zu Ende, alles ist verloren«, um unsere Reaktion zu testen und zu sehen, was wirklich in uns steckt, bevor sie ausruft: »War nur ein Scherz! Alles geht weiter! Ihr seid auf dem rechten Weg! Kämpft weiter!« Ich blieb standhaft.

Wieder gingen ein paar Jahre vorüber. Wie viele? Zu dem Zeitpunkt konnte ich es nicht sagen.

Zuerst wurde ich als politischer Gefangener und Terrorismusverdächtiger im Hochsicherheitstrakt interniert und litt stark unter den Entbehrungen. Doch nicht eine Sekunde lang fühlte ich mich als Verlierer: Hatte ich das falsche Lager gewählt? Es ging um nichts anderes als darum, Geduld zu üben und den gegnerischen Mächten der Geschichte zu widerstehen, damit es mir gelang, die Welt in die richtige Richtung zu lotsen.

Ich erinnere mich nicht, vor Gericht ausgesagt zu haben, aber ich wurde oft verhört. Folter? Nur am Anfang. Alles dauerte extrem lange oder ging extrem schnell, mein Zeitgefühl war durcheinandergekommen. Ich hatte keine Ahnung, was draußen vorging. Ich wusste nur, dass Frieden war. Trotz vereinzelter Widerstandsgrüppchen hier und da hatte der Fall meiner Region das Ende des Konflikts und der revolutionären Hoffnungen eingeläutet; der französische Staat war wiederhergestellt. Ich hatte versagt, doch die Dinge waren schon dabei, sich zu ändern, ich hatte einen aberwitzigen, langen und verschlungenen Weg eingeschlagen, dessen Ende ich nicht absah und den ich nicht zurückgehen konnte, denn nach jedem meiner Schritte verschwand er im Nichts. Dennoch tappte ich nicht völlig im Dunkeln.

Es gab ein paar Indizien. Ich bekam besseres Essen. Die Gefängniswärter waren glatt rasiert, verwendeten eine gepflegtere Sprache, die Ausbildung musste sich geändert haben; im Übrigen wurde das gesamte Vollzugsüberwachungssystem vollständig auf EDV umgestellt, und ich erkannte keine der elektronischen Spielereien des Personals wieder.

Dann bekam ich die Erlaubnis, Zeitungen zu lesen. Es waren keine gedruckten Tageszeitungen: Mir wurde ein stark begrenzter und kontrollierter Zugang zu ein paar Webseiten im Internet gewährt, und so entdeckte ich nach und nach, dass Frankreich seit dem Ende des Bürgerkriegs ein Land im Wiederaufbau war, ein florierender, dynamischer und vielversprechender Staat. Jedenfalls aus Sicht der besitzenden Klasse, der Investoren, aber nicht nur.

Ich hätte mir gewünscht, dass Hardy das noch sieht. Sie war es, die mich bis hierher geführt hat. Nichts von dem, was ich ehemals auf die rechte Seite unseres alten roten Spiralhefts geschrieben hatte, stimmte noch mit der Wirklichkeit überein; allein durch den Willen von uns dreien hatten sich die Lebensbedingungen im Land verbessert und dank eines Nachahmungseffekts auch fast in ganz Europa. Ich hatte das wunderbare Gefühl, aus einem Albtraum zu erwachen und die Augen zu Recht nicht zu früh wieder aufgeschlagen zu haben; ich hatte gesehen, wie eine Nation untergeht und wiedererstehst, wie ein ganzes Land in einen bodenlosen Abgrund stürzt und sich dann neu aufrichtet, der Zukunft zugewandt; ich hatte zerfallende Gebäude, eine bornierte Stadtplanung, ein dahinsiechendes Ökosystem gekannt und fand nun Neubauten, offene Städte und eine regenerierte Umwelt vor; die Kinder der resignierten, zurückgezogenen und verbitterten Menschen, die ich gekannt hatte, waren enthusiastisch, großzügig und voller Ideen.

Bisweilen sprach man vom europäischen Frühling. Die neue Wirtschaft, angeführt von Design, intelligenten Objekten, 3D-Druckern, erweiterter Realität, Animation und allen Spitzentechnologien, die nun kostengünstig auf dem alten Kontinent produziert wurden, führte in der allgemeinen Begeisterung einen Neuaufschwung in der Textilindustrie, der Werkzeugmaschinenherstellung und im Baugewerbe herbei, denn nach den Kriegsverwüstungen mussten die Städte und Straßen wieder aufgebaut und die gesamte Raumordnung neu gedacht werden; auf den Nachrichtenseiten wurden Neuigkeiten vorgestellt, von denen ich nicht die geringste Ahnung hatte. In der Medizin hatte es auch Fortschritte gegeben, die konnte ich wegen meiner früheren Kompetenzen immerhin beurteilen: Der Krebs war besiegt (beim vorigen Mal hatte ich einfach meine eigenen Recherchen nicht lange genug in eine bestimmte Richtung verfolgt: Es hatte mir damals ein bisschen an Hartnäckigkeit gefehlt), die Lebenserwartung war um zehn Jahre gestiegen, und es gab nun eine expandierende Wirtschaft des »aktiven und nachhaltigen Alterns«.

Selbstverständlich zeichnete sich der Siegerstaat durch Härte und Autorität aus; Wissen, Kultur und Bildung unterstanden seiner Kontrolle. Die Meinungen von Minderheiten waren streng reglementiert, wenn nicht verboten. Alle Schulkinder trugen Uniform. Im öffentlichen Raum durften keine religiösen Überzeugungen sichtbar sein. Sexualität war ausschließlich der Privatsphäre der Individuen vorbehalten, und alles, was darüber hinausging, wurde als Pornographie eingestuft. So sah die Kehrseite der Expansion einer florierenden Nation aus; die überwiegende Mehrheit der Firmen aus Amerika, China und dem indischen Subkontinent gründeten Niederlassungen in Europa, wo sie ideale Bedingungen für ihre Entwicklung vorfanden, was zur Erhöhung des Lohnniveaus, zum Wiederaufbau eines vorteilhaften Gesundheits- und Rentensystems und einem beträchtlichen Anstieg der Geburtenrate führte.

Natürlich konnte sich die Jugend der Zwangsjacke in einem derartigen System nicht fügen. Lauthals forderte sie Freiheit ein, brachte ihre Vorbehalte gegen Lohnarbeit, institutionalisierte Verdummung und allgemeine Entfremdung zum Ausdruck, durch ihre aufkommenden Forderungen knüpfte sie wieder an den Kern unserer Parolen von vor gut dreißig Jahren an. Unsere Flugblätter, unsere alten Streitschriften und obsoleten Pamphlete wurden neu aufgelegt. Die Töchter und Söhne derer, die uns besiegt hatten, entdeckten uns wieder, und durch eine amüsante Umkehrung der Geschichte, wie sie manchmal vorkommt, schrieben sie uns den Sieg *in extremis* zu.

Ich erfuhr, dass in den Zimmern pubertierender Jungs Retro-Poster mit meinem Porträt an der Wand hingen.

Es kursierten Chansons über mich und über Hardy, die ein

Vorbild für die emanzipierten Mädchen war. Wir bildeten so etwas wie ein romantisches Heldentrio, um das sich Geschichten rankten. Alles war bekannt, von der Kommune in Pantin bis zum großen Brand, aber sie waren von Büchern und Filmen stark beschönigt worden. Ich kam darin als Kämpfer für Freiheit und Emanzipation vor, als Märtyrer der Repression, den die offizielle Geschichtsschreibung unterschlagen hatte. In Paris kam es zu Demonstrationen, die erst einen gerechten Prozess, später einfach nur noch meine Freilassung forderten.

Ein paar Monate später gab die Regierung nach, und ich kam frei.

Ich war fünfzig Jahre alt, ich war ramponiert, bärtig, ich hinkte. Um meine Gesundheit stand es schlecht. Die Jugend betete mich an. Langhaarige junge Leute kamen zu mir und baten um Rat. Man hielt mir Mikrofone hin, hob mich auf Rednertribünen. Gelegentlich konnte es vorkommen, dass ich vor mich hin murmelte, als würde ich zu Fran sprechen, der zu schnell der Mutlosigkeit nachgegeben hatte: »Siehst du? Hardy hatte Recht. Es gibt etwas am Ende von dem allen.« Es war offensichtlich, dass die Gesellschaft eine Stufe vorangekommen war und dass die Jugend sie auf das nächste Level heben würde: Reichtum war vorhanden, es fehlte an Gerechtigkeit, Autonomie und Gleichheit. Doch ich hatte nicht mehr die Kraft, diesen Kampf zu führen.

Man brachte mich in mein Heimatdorf. Alles dort war wieder aufgebaut worden. Man hatte den Wald aufgeforstet und Baumgruppen angeordnet, charmante kleine Wäldchen, in deren Mitte sich mit Efeu bewachsene Gehöfte aus Glas für die reichen Landwirte der Gemeinde befanden; die Häuser waren stattlich, die Straßen schienen einen Belag zu haben, der nach dem Darüberfahren der Fahrzeuge die Farbe und

Beschaffenheit von Erde und Gras annahm und sich so der Landschaft anpasste. Die kleine Brücke hatte man dank des Metzgerssohns, der nach der Amnestie Bürgermeister geworden war, wieder der alten nachgebaut. Plötzlich kam es mir wie vielen alten Menschen so vor, als lebe ich nicht mehr im Jetzt, sondern innerlich in meinen Erinnerungen und äußerlich in einem Antizipationsroman: Der Großteil von dem, womit die Jugendlichen sich beschäftigten, schien mir einer Art spekulativer Fiktion anzugehören. Die Welt hatte eine ganz andere Wendung genommen. Wenn ich mir den Vergleich erlaubte, stellte ich fest, wie sehr sich die Dinge zum Guten hin gewandelt hatten. Es war möglich, die Welt schöner zu machen und das Schicksal der Menschen zu verändern. Einige der Leute, die ich von früher kannte, begrüßten mich gerührt. Der Sohn des Tabakwarenhändlers, der nach dem Krieg weiterstudiert hatte, war Ingenieur geworden: Er konzipierte Staudämme und Wasserkraftwerke auf der anderen Seite der Grenze. Maries Schwester war in einem Labor für experimentelle und kollektive Agronomie am Ende der Grenzstraße mit der Wiederaufforstung der Demarkationslinie beschäftigt, jedenfalls soweit ich es verstehen konnte (diese neue Welt war mir genauso fremd, wie es die République einem Mann des Ancien Régime sein musste, der ein Jahrhundert geschlafen hatte und erst nach der französischen Revolution wieder erwachte). Und der große Rothaarige war glücklich, hatte vier Kinder bekommen, von denen drei bereits ausgezogen waren, um ihr Studium im Ausland zu beenden. Der Jüngste liebte es, zum Wildbach zu rennen, Felswände hochzuklettern: Er war ein Draufgänger. Sein Vater hatte ihm meinen Vornamen gegeben.

»Was will er später einmal machen?

– Frag mich mal ... Revolution!«

Dort, wo früher die Bar *Au Rendez-vous des copains* war, stand jetzt ein Hotel. Die Gegend hatte sich zu einem Touristengebiet entwickelt.

Meine nostalgische Reise führte mich auf den Dorffriedhof, der sich nun an der Stelle meines Elternhauses befand, wo ich die Gräber meiner Eltern, meiner Kinder, meiner Frau und meines Freundes besuchte (die Überreste des Verletzten mit dem Sprachfehler waren nie gefunden worden). Ich wohnte bei meinen jungen Anhängern in dem mir vertrauten Gebäude von Saint-Erme, das ich ihnen vorgeschlagen und mir bei meiner Entlassung aus dem Gefängnis als Wohnort gewünscht hatte, um wieder zu Kräften zu kommen. Kraft besaß ich keine mehr, aber ich fühlte keinen Kummer. Auch gut. Ich empfand die Zufriedenheit nach einer vollendeten Aufgabe und dachte mit Liebe und Dankbarkeit an die Kameraden, die vor mir gegangen waren. Ich wusste nun, dass der Kampf seine Früchte von einem Leben ins nächste weiterträgt, und holte ohne zu zögern Frans alten Long-Rifle-Karabiner über dem Buffet herunter, der dort als Erinnerungsstück an den Krieg und als Trophäe meiner schwärmerischen neuen Begleiter hing, öffnete die Schublade des Möbels, suchte eine scharfe Patrone unter der alten Munition heraus, lud das Gewehr, entsperrte die Sicherung und hielt immerhin einen Augenblick inne; durch die Mousseline-Gardinen vor dem Fenster betrachtete ich im Hof von Saint-Erme den Wind in den Bäumen und ein paar Jugendliche in der Ferne, die rauchten und beim Diskutieren gestikulierten, ich hatte die Gewissheit, dass die ganze Welt besser geworden war, es gab kein ruhigeres und mächtigeres menschliches Gefühl als meines, glücklich wie ich war, den Kampf wiederaufzunehmen, als ich die

Waffe gegen mich richtete, mir den kalten Lauf in den Mund schob, bevor ich mich nach vorne lehnte und abdrückte.

Das Vierte

Mein Erwachen ließ nicht auf sich warten: Abgesehen von meinem Gedächtnis hatte sich nichts verändert. Wie konnte das sein? Die Welt war wieder in ihre schlechten Gewohnheiten zurückgefallen. Benommen und sehr enttäuscht verbrachte ich die Tage nach meiner Geburt damit, meine Umgebung nach den leisesten Anzeichen einer Verbesserung oder notfalls auch Verschlechterung der Wirklichkeit abzusuchen; die Gesellschaft schien wieder dieselbe Bühne zu sein, mit denselben Schauspielern, die bis aufs Wort genau ihren abgeschmackten Text herunterrasselten. Nichts hatte sich bewegt, Krieg und Revolution waren nur ein Schlag ins Wasser des unveränderten und gleichgültigen Sees der Geschichte gewesen.

Beschränkt auf meinen äußeren Zustand als Säugling nahm ich aufmerksam alles, was meine Eltern, Doktor Origène, die Dorfbewohner und sonst wer sagten oder sonst wie ausdrückten, unter die Lupe; meine Befürchtungen bestätigten sich: Es war alles beim Alten.

In den ersten Tagen glaubte ich, kleine Abweichungen zu erkennen, und machte mir Hoffnungen, aber es lag wohl an meiner undeutlichen Wahrnehmung als Neugeborenes; je größer ich wurde, desto öfter musste ich feststellen, dass sich alles wiederholte, weder besser noch schlechter war.

Wozu war die Revolution gut gewesen?

Natürlich hoffte ich, dass das Universum über das Dorf und die Region hinweg wenigstens ein bisschen aufgerüttelt worden war und von dem unabänderlichen Loop meiner Singularität abdriften konnte, der jedes Mal, wenn ich abtrat, identisch ablief.

Sobald ich laufen konnte, zog ich los, um ringsum nach Anzeichen zu suchen. Ich tastete mich vor und fragte: Was ist anders? Und die Welt antwortete: Nichts. Es musste doch irgendwo einen Hinweis geben; ich hatte mich so sehr für die Zukunft eingesetzt, was war davon übrig? Ich forderte ja nicht viel: einen kleinen Einschnitt, einen Kratzer im Leder der lästigen Wiederholung, zum Beispiel ein Objekt an einem anderen Platz, irgendetwas Schiefes, eine kaum merkliche Verschiebung, ein Ereignis, das nur um eine Sekunde zu früh oder zu spät kam, etwas, was mir bewies, dass es einen Spielraum gab und sich alles zum Besseren entwickelte. Im Alter von drei Jahren schnappte ich mir die Regionalzeitungen, die meine Eltern abonniert hatten, und überflog alles, sobald sie mir den Rücken kehrten. Ich hörte französisches und ausländisches Radio (wir wohnten nahe der Grenze), während meine Mutter mir zu essen gab – immer wieder der gleiche Krieg, der gleiche Frieden, Ungerechtigkeit und Gerechtigkeit unterschieden sich keinen Deut voneinander, weder verhältnismäßig noch absolut gesehen. Auf meinem Hochstuhl schluckte ich den faden Roggenbrei und lauschte den Nachrichten. Wenn mein Vater nach Hause kam, wiederholte er immer die gleichen beunruhigenden Phrasen über die aktuelle Lage: »Dieses Land ist krank.« Meine Mutter nickte still. Und alles ging weiter wie zuvor. Ich begriff, dass es wieder einmal so weit war, das Ganze in die Hand zu nehmen, mich an die Arbeit zu machen und die Dinge erneut zu ändern. Zu ändern, ja ... Am Ende, selbst wenn ich die Revolution machte, würde letztlich doch wieder alles auf null zurückgesetzt.

Das Universum litt an Gedächtnisschwund, und es gab keinerlei Aussicht auf Fortschritt. Das war die Wahrheit.

Sonntags kam Origène zum Essen, er sprach vom Freiheitscamp und seiner Auffassung von Frankreichs Zukunft: düster, mit ein wenig Hoffnung in der Jugend. Dabei betrachtete er mich.

Im Laufe meines individuellen Lebens konnte ich natürlich einen Grundstein dafür legen, die Gesellschaft zu verbessern, daran arbeiten, bessere Lebensbedingungen für die Menschen zu schaffen und Ungleichheiten einzuebnen, meine Mitmenschen auf der Baustelle der Gesellschaft anleiten, doch am Ende würde alles, was ich tagsüber geduldig aufgebaut hätte, während der Nacht abgerissen, und am nächsten Morgen sähe der Ort genauso aus wie zuvor; wieso sollte ich mich also abmühen? Von außen gesehen war ich immer noch ein Kleinkind. Ich machte mein Bäuerchen. Es war Zeit für den Mittagsschlaf. Je kräftiger ich wurde, desto weiter schritt die Ernüchterung fort: Ich war vier, dann fünf, und ich hatte keine Ideen mehr, was ich mir in diesem Leben vornehmen sollte. Ich wusste im Voraus, wie anstrengend es werden würde, im Frühling nach Paris zu fahren, Mitstreiter zu finden, die Flamme Tag für Tag und Jahr um Jahr aufrechtzuerhalten, uns abzustimmen, gemeinsam Pamphlete zu verfassen, die es schon gab, das Gebäude in Pantin zu besetzen, im Schnee zu demonstrieren, nach den Ausschreitungen im Januar ein erstes Mal zu scheitern, uns in der Kälte zurückzuziehen, die Matratzen in der Scheune auf den blanken Boden zu legen, in der größten Hitze Holz zu hacken, auf die Bombenabwürfe zu warten oder ihnen vielleicht zuvorzukommen, zu versuchen, unsere Kinder in Sicherheit zu bringen, im Herbst zu den Waffen zu greifen, zu kämpfen, zu töten, Krieg zu führen, Hardy zur Vernunft zu bringen, sie jedoch verrenkt am Grund des Brunnens zu finden, mitzuerleben, wie das ganze Land verbrennt und Fran mit ihm, zu verlieren, inhaftiert, gefoltert zu werden, und nach all dem dann doch zu siegen, zuzusehen, wie die Welt sich ändert. Um wieder dieselbe zu werden. Ich hatte einfach nicht die Kraft dazu, das alles noch einmal zu machen, vergeblich.

Diese Gedanken fraßen sich mir unschuldigem Kind wie ein Wurm durchs Gehirn.

Am Ufer des aus dem Wald kommenden bezaubernden kristallklaren Flusses cremte mich meine Mutter liebevoll und geduldig mit Sonnencreme ein, um langfristigen Hautschäden vorzubeugen, während ich mit meinem unförmigen Sonnenhut wimmernd und jammernd versuchte, ihr zu entwischen, vielleicht ein im Laufe der vorigen Ereignisse erlernter Reflex, um dem Wald erneut durch den Fluss zu entkommen; sie hielten mich zurück.

»Himmel, was für ein zappeliges Kind!«

Kleinlaut fragte ich mich, was ich wohl dieses Mal mit meinem Leben anstellen sollte. Die Dinge änderten sich nie. Dabei war ich erst bei meiner dritten Wiedergeburt. Es würde eine weitere geben, eine fünfte, eine sechste … eine tausendste. Und eine milliardenfache. Eines Tages würde ich also der Hüter des Gedächtnisses einer Milliarde mehr oder weniger interessanter Existenzen sein und mich unweigerlich am Ufer dieses glucksenden klaren Flusses einfinden, mit denselben Plastiksandalen an den Füßen, von Stechmücken und Rinderbremsen umschwirrt neben meiner Mutter sitzend und meinem Vater in seiner mithilfe von Wäscheklammern aufgekrempelten Hose beim Flusskrebsangeln zusehen, wenn er ausruft:

»Ich werde schon noch einen kriegen!«

Er würde keinen fangen.

»Du musst klatschen! Mach Papa Mut!«, forderte mich meine Mutter auf. Und ich klatschte halbherzig und gelangweilt in die Hände. Ein bisschen Rotz rann mir aus der Nase. Ich war drei. Ich spürte und wusste, dass dieser helle flüssige Rotz mir eines Tages, im Alter von tausend Millionen Milliarden Jahren wieder aus der Nase rinnen würde, und Tränen liefen mir über die Wangen.

»Schatz, was hat er? Ob es von der Sonne kommt?

– Ach was.

– Ich hab dir doch gesagt, dass sie runterknallt.

– Reg dich nicht auf.«

Manchmal bekam ich regelrechte Tobsuchtsanfälle, und mehr als einmal spielte ich mit dem Gedanken, mich umzubringen, mich aus der Dachluke zu stürzen, am Querbalken der Scheune zu erhängen oder mich vor Origènes Dodge zu werfen, wenn dieser ehemalige oder zukünftige Schurke (ich wusste es nicht mehr genau) die Höchstgeschwindigkeit seines amerikanischen Schlittens auf der kurvigen Straße hinter der ehemaligen Scheune seines renovierten Gehöfts testete, in der er alte Vinylschallplatten, amerikanische *Diner*-Jukeboxen und Pin-up-Poster sammelte. Aber der Gedanke daran, gleich wieder auf die Welt zu kommen, die Geburt durchzustehen, eingequetscht, das Schreien, die Gewalt des ersten Atemzugs, wenn die Luft in die Lunge schießt, das monatelange Warten bis zum Sprechen – um was zu sagen? – schreckte mich ab.

Origène untersuchte mich oft. »Es ist ein sehr sensibles Kind.« Er kümmerte sich gut um mich und gab mir immer einen kleinen freundschaftlichen Klaps auf die Wange. Er hatte meine Eltern verraten, meine Kinder und meine Frau umbringen lassen, und jetzt behandelte er fürsorglich meinen Husten und Schnupfen, während er mit meiner Mutter scherzte.

Was war der Sinn des Ganzen?

Später gewöhnte ich mir an, morgens allein bis zum Wildbach hinunter zu gehen. Ich vermied den Umgang mit meinen früheren Kameraden, dem Metzgerssohn, dem großen Rotschopf oder dem Kerl mit dem Sprachfehler: üble Erinnerungen. Sie kletterten die Felswand hoch, während ich unten blieb. Ins Wasser zu sehen beruhigte mich nach einer Weile. Das Fließen, das Blau und Weiß, der glasklare Wasserfall, der große elefantenförmige Felsen, der ihm den Weg versperrte und das Wasser zwang, um ihn herumzufließen; alles in mir kam zur Ruhe, genauso wie der Juckreiz von entzündetem Gewebe nachlässt, weil man aufhört zu kratzen, ohne jedoch ganz zu verschwinden. Ich begann, die Dinge zu akzeptieren, wie sie sind, die Frustration war noch da, aber sie nahm ab.

Es half nicht herumzuhampeln.

»Der Junge ist auf einmal so verträumt«, sagte mein Vater, wenn er von der Arbeit heimkam und mich, den Kopf aufgestützt, im Korbstuhl in der Küche vorfand. »Er hat keine Freunde.«

Nachmittags legte ich mich auf den Stapel der Rundstämme, die man als Trittleiter benutzen konnte, um über die Einzäunung unseres Futterklee-Felds zu klettern: Weiter traute ich mich nicht. Weil ich wusste, dass ich noch für einige Jahre in diesem kleinen Körper mit seinen unbeholfenen Bewegungen eingesperrt sein würde und weit weg von Paris, legte ich mit fünf eine stoische Gelassenheit an den Tag, die meine Eltern verwunderte. Ich war weise geworden, wie eingesperrte Tiere, die stundenlang auf das Käfiggitter losgehen, sich abmühen und verletzen, bis sie verstehen, dass sie nicht hinauskommen werden, sich hinlegen, ihre Wunden lecken, sich umsehen, schließlich das Maul auf die Pfoten legen und warten, ohne jegliche Hoffnung.

Als der Vogel aus dem Nest fiel, am Fuß des knorrigen Baums, kümmerte ich mich um ihn, bettete ihn in die Streichholzschachtel, die ich absichtlich in Reichweite des schwarzen Hunds legte. Sobald ich den toten Vogel fand, beerdigte ich ihn schweigend.

Als ich schulreif wurde, ließ ich meine Nase einfach laufen. Ich wollte mich gegen nichts mehr auflehnen, ich wollte keinen Krieg mehr führen, mich nicht mehr für die Veränderung dieser Welt einsetzen. Ich ließ den Dingen ihren Lauf. In Begleitung meiner Mutter trat ich die Reise nach Paris an; liebevoll und mit einem permanenten Lächeln im Gesicht hörte ich mir ihre immergleichen Sorgen um mich und meine Zukunft an und beruhigte sie, zumindest für dieses Leben. Hinter dem Abteilfenster die Bahngleise, die Betonklötze, die vollgesprühten Wände; wie in einem sich immerfort drehenden Karussell zogen die Kulissen vorbei und tauchten wieder auf. Eigentlich war es fast schon tröstlich. Als Fran in den weiß gekachelten Raum im Val-de-Grâce mit seinem »Hallo, alter Junge« hereinkam, sah ich ihm direkt in die Augen, fasste seine Hand und brach zusammen.

»Ich halt's nicht mehr aus.

– Bist du der, der blutet?

– Mach's kurz. Ich weiß alles, du auch. Es hat nicht funktioniert. So eine Scheiße.

– Beim wievielten bist du?« Ich streckte die Finger aus: vier.
»Hast du versucht, die Dinge zu ändern?
– Wir haben es gemeinsam versucht. Nichts.
– Alles ist gleich geblieben?
– Ganz genau gleich.«
Fran nickte, holte ein lauwarmes Bier hinter dem Kühlschrank vor und zündete mir eine Kippe an.
»Nein, danke.
– Trotzdem, ich fass es nicht: Du bist es! Du stirbst und wirst wiedergeboren. Du bist …
– Spar dir den Rest. Frag nicht.«
Er war genauso enthusiastisch wie am ersten Tag. Ich setzte mich auf den Labortisch und ließ den Kopf nach hinten fallen.
»Allmächtiger! Ich würde so gerne sterben.
– Aber du kannst nicht.
– Ich weiß. Ich steh das nicht durch. Es muss unbedingt aufhören.
– No way.
– Ich weiß. Ich hab's ja selbst bewiesen.
– Bewiesen?
– Lass gut sein.«
Ohne weiterzureden, blieben wir eine Weile beieinander. Er beobachtete mich aus dem Augenwinkel. Er hatte sich nicht verändert. Immer und ewig derselbe hellhäutige und aufrechte Fran. Er brannte darauf, zum Leutnant einer großen Persönlichkeit zu werden. Er wollte dienen, er hatte auf mich gewartet. Aber er hatte erraten, dass es mir nicht recht war, wenn er seine Zeit und seine Spucke damit verschwendete, alles auszuspeien, was er mir zu sagen hatte, denn er hatte es mir ja schon erzählt, auch wenn er es nicht wusste. Dann drückte er seine Kippe im Kaffeebecher aus.

»Mach dich bereit.
– Jep, kenn ich schon. Her mit der Phiole.
– Nein, ich nehm dich mit.
– Wohin?«

Er lachte. »Haha, das hatten wir noch nicht, was? Ich hab noch ein paar Tricks auf Lager.« Er nahm mich in seine Arme, wie ein Vater, dann schubste er mich im Flur der Abteilung für Hämatologie vor sich her. »Beeil dich.« Er hatte seinen großen braunen pelzgefütterten Parka angezogen.

»Wir hauen ab.
– Aber das bringt doch nichts …«

Er öffnete die Beifahrertür seiner Klapperkiste, hieß mich einsteigen, setzte sich hinters Steuer und grinste: »Komm schon, erzähl mir die vorigen Episoden, sonst blamiere ich mich noch.« Dann fuhr er los.

Er war der perfekte Kumpel: Er hatte ein offenes Ohr und starke Schultern zum Anlehnen. Ich murmelte nur, dass nichts zähle, dass alles austauschbar sei, komme und gehe und dass man im Grunde sowieso nichts machen könne.

»Ich habe nicht gesagt, dass wir was machen.« Er fuhr im Regen, rieb seine Wangen, die er eben nach Ende seines Bereitschaftsdiensts rasiert hatte, und fragte mich, ob ich wisse, wie diese Stelle unterhalb der Mundwinkel heiße, wo Männer manchmal keinen Bartwuchs haben, ich bejahte und bat ihn inständig, er solle bitte nicht versuchen, mir irgendwas beizubringen. Er schwieg und suchte trotzdem weiter nach etwas, was mir entgangen sein könnte, er wollte mich Musik hören lassen, aber ich wehrte ab, es sei immer derselbe Krach, seit Jahrhunderten, und so brachte er mich in aller Stille weit weg von Paris.

Ich ruhte mich aus.

Zwei Tage darauf kam uns die erste Salve von Vermisstenmeldungen zu Ohren, weil meine Eltern zur Polizei gegangen waren.

»Was machen wir jetzt?

– Wir bleiben zusammen.

– Aber wozu?«

Er zuckte mit den Schultern. »Den Coup haben wir noch nie versucht, oder? Du willst, dass es ein Ende hat? Du wirst schon eine Lösung finden.

– Es gibt keine.«

Bei der erstbesten Raststätte stieg er aus, um mir ein Bier, Pommes und einen Kaffee zu bringen. Er redete nicht viel, ich auch nicht. Das war gut so. Mein Vorrat an unschuldigen Worten war aufgebraucht, das spürte er; deshalb ließ er mich lieber in Frieden und meinen Gedanken nachhängen.

Ziellos streiften wir auf Frankreichs Straßen umher; von einer Region zur anderen, wir kamen durch halbverlassene Gegenden, aus denen sich die Zentralmacht im Gezeitenwechsel der Geschichte zurückgezogen hatte, wovon die übrig gebliebenen Skelette der Ungleichheit, Fossilien von Identitäten und der Sand der Minderheiten, Ergebnisse der Erosion des ganzen Menschen zeugten; hier und da waren nur noch Drittel oder Hälften einer angeschlagenen und schwindenden Menschheit übrig. Um der groß angelegten Suche zu entgehen, die vom Staatsanwalt und dem Präfekten gestartet worden war, lebten wir dank meiner Erinnerungen an unsere militante Existenz ein oder zwei Jahre an den Rändern der Republik. Wer uns ernährt hat? Ein Greis im Altenheim, der mit Pflanzen sprach, eine geschiedene Frau mit drei Kindern, die mit allen Mitteln jung bleiben wollte, sich samstagabends in einem Tanzclub vergnügte, wo sie uns auf dem Parkplatz auflas, Leute, die ihr ganzes Leben noch nicht gearbeitet hatten, denen wir in einem Internetcafé oder am Taxistand begegneten, Unfähige, eine Handvoll Typen auf Müllhalden, die die Zeit mit Komasaufen totschlugen.

Ich fragte mich, wie ich endlich wirklich sterben konnte. Entweder ich handelte, und alles lief wieder auf dasselbe hinaus, oder ich handelte nicht, und alles blieb sich gleich. Tolle Alternative.

Wenn Fran gefragt wurde, wer ich sei, antwortete er: »Mein Sohn.

– Ihr Kind sieht aber traurig aus.«

Und dann bestellte Fran einen Milchkaffee oder einen Likör, um mein Leben zu erzählen. »Er ist jetzt zum vierten Mal auf der Welt. Er kann nicht sterben. Sie müssen ihn verstehen, alles, was wir erleben, hat er schon erlebt.« Meistens lachten die Leute, machten sich über uns lustig. Manchmal hörten sie auch weiter zu. Ich warf meinem Freund vorwurfsvolle Blicke zu: Was quatschst du da? Es war ihm egal: Er könne genauso gut die Wahrheit sagen.

Die Leute lieben Geschichten. Zwar glaubte keiner daran, aber alle freuten sich, meine zu hören. Halbwegs ernst fragten sie mich: »Na, Kleiner, gibt es bald Krieg? Kennst du mich? Wie viel Zeit zu leben bleibt mir noch?«

Ich antwortete nicht darauf.

Manche wollten mich anfassen. Ich mochte ihre Berührungen nicht: Meistens waren sie fettig, feucht und lauwarm. Aber es gelang mir, Empfindungen in ihnen zu wecken, ohne etwas zu tun – einfach, indem ich zuließ, dass sie nach meiner Hand griffen und sie auf ihre Wangen, Schultern oder Oberschenkel legten.

Von Zeit zu Zeit weinten sie. Ich übte auf ausgeschlossene

Menschen eine beruhigende Wirkung aus: auf Roma, Muslime, Christen, Homosexuelle vom Land, auf die entwürdigten kleinen weißen Leute, die mehr schlecht als recht von Sozialhilfe und dubiosen Geschäften lebten, auf gut ausgebildete Dreißiger, die ihre Tage vor dem Computer verbrachten und sich Fußballmeisterschaften irgendwelcher unteren Ligen, von Mannschaften aus Schottland, der Ukraine oder Bulgarien ansahen.

Wir aßen an ihren Tischen – in baufälligen Wohnungen, in den ersten Eigenheimen der Marke »Maisons Phénix«, wo die Eltern mittlerweile ihre arbeitslosen Kinder versorgten, in undichten Wohnwagen –, sie erzählten von Depression und Trauer.

Allmählich bekam ich den Mund auf und unterhielt mich mit ihnen. »Sei ehrlich, du kannst die Wahrheit sagen, ermahnte mich Fran immer wieder. Versuch nicht, die Dinge ändern zu wollen, hör ihnen zu, sprich, sag's ihnen.«

Meistens ließ ich es bei der simplen Idee bewenden, dass alles verschwindet und alles wiederkommt. Es kam nicht in Frage, auf die große wissenschaftliche Beweisführung einzugehen. Das beruhigte die Leute natürlich. Durch die vielen Gespräche wurde »das Kind, das von der Ewigkeit spricht« zu einem Phänomen. Auf dem Land waren wir keine Unbekannten mehr. Um uns zu versorgen, brauchte Fran Geld, aber in meinem Alter hatte ich die Ergebnisse von Sportwetten oder die Lottozahlen noch nicht im Kopf, mit denen wir über die Runden hätten kommen können. Außerdem wurde er gesucht.

Damit wir uns über Wasser halten und zusammenbleiben konnten, tat ich so, als könne ich aus der Hand lesen, Tarot-Karten legen und als habe ich Eingebungen, Visionen;

dabei hatte ich keine bestimmte Technik, sondern gaukelte es nur vor. Allerdings kannte ich die Zukunft wirklich und war im Laufe meiner mehr als drei Leben schon so vielen Leuten begegnet, dass ich vermutlich in der Hälfte aller Fälle tatsächlich die Wahrheit sagte. Was die großen Ereignisse anging, hatte ich immer Recht. Im Grunde genommen beruhte mein Charisma weniger auf diesen Vorhersagen als auf dem Erscheinungsbild eines achtjährigen Chorknaben mit halblangen Haaren und Engelsgesicht in einem ziemlich dreckigen billigen Kapuzenshirt, der wie einer redet, der schon zwei Jahrhunderte erlebt hat, aus der Vergangenheit oder von noch weiter her kommt.

Ich erzählte, dass alles schon einmal stattgefunden habe und wieder stattfinden werde. Wenn jemand die Hand hob, um mich zu fragen: »Was kann man da machen?«, antwortete ich: »Nichts. – Aber wenn man die Dinge ändern will? – Man ändert nichts. Es gibt keinen Gott hinter all dem, es gibt kein Gesetz und keinen Fortschritt, es ist, wie es ist.«

Unser erstes Netzwerk waren die Erleuchteten. Sie fühlten sich von der haarsträubenden Geschichte meiner Wiederauferstehung angezogen. Aber sie waren nur eine Sprosse auf unserer Leiter. Wir stiegen weiter auf. Ein Grüppchen hyperaktiver Kerle, die in den Handel mit Safran eingestiegen waren, dann ein Apotheker aus der Gemeinde La Souterraine und ehemalige Anhänger der Ufologie-Bewegung in der Mitte Frankreichs luden mich zu Begegnungen hinter verschlossenen Türen und später in die Buchhandlung der Rosenkreuzer ein, um über den *Guru* und Initiation zu diskutieren. Der hochgewachsene, dünne, aber imposante Fran begleitete und beschützte mich und sprach selbst so wenig wie möglich. Mit meinem Engelsgesicht machte ich sogar auf die Alchemisten und andere Sektierer Eindruck. Als die Gendarmerie mitbekam, dass ich in diesen Milieus verkehre, mussten wir ein Jahr lang abtauchen: Nicht selten übernachteten wir in Betonröhren auf verwaisten Baustellen von Ferienanlagen am Atlantik oder am Mittelmeer, die wegen der *subprimes* nie fertiggestellt worden waren; die kalte Jahreszeit verbrachten wir in Wintersportanlagen. Als Saisonarbeiter verdiente Fran ein paar Scheinchen in Pommes- oder Hotdog-Buden oder als Gepäckträger in Fünf-Sterne-Hotels in den Alpen. Sobald es wieder warm wurde, verkaufte er Eis am Strand von Biarritz.

Meistens blieb ich allein im klimatisierten Zimmer, ich las nicht, ich saß da und wartete; die Zeit verging langsam. So fing ich an zu meditieren. Ich strebte nicht mehr danach, irgendwas zu wissen noch die Gesellschaft zu verändern, ich versuchte, mich allmählich auszulöschen.

»Na?«, fragte Fran, wenn er von der Arbeit kam, bevor er im Bad verschwand, um sich zu waschen.

»Nichts.

– Super.«

Aber er brachte mir jeden Morgen geflissentlich den nach Frittiertem und Meeresfrüchten stinkenden Teil »Wirtschaft und Finanzen« des *Figaro* mit, den er aus den Mülleimern des Hotels fischte, und zwang mich, die Kurse der wichtigsten Aktien und die Schwankungen des Börsenindex auswendig zu lernen. »Das ist wichtig, das wird dir später mal helfen.

– Wieso?

– Damit ich mich beim nächsten Mal nicht mehr abrackern muss wie ein Esel, um ein bisschen Kohle aufzutreiben.

– Ah, beim nächsten Mal ...« Ich streckte mich auf dem Bett der billigen Pension aus und verzog das Gesicht. »Werd ich das alles noch mal machen müssen?

– Das oder was anderes. Egal.«

Schon bald hatte ich auf überhaupt nichts mehr Lust und verließ kaum noch das Bett. Fran fing an, sich Sorgen zu machen.

»Erzähl mir was von Hardy.

– Nein, ich werd ihr wieder begegnen, sie verführen müssen. Ich kann's nicht.

– War sie ein glückliches Kind?

– Ganz und gar nicht.

– Dann komm.« Fran warf die zerknitterte Bettwäsche auf den Boden und zog mich aus dem Bett. Ich wehrte mich. Er verließ die Arbeiterpension, ohne zu zahlen. Wohl oder übel musste ich ihm folgen: Mir war nicht danach, von den Pensionsleuten gefunden, der Polizei ausgeliefert, den Eltern zurückgegeben zu werden, um im Jugendknast oder in einer »geschlossenen Erziehungseinrichtung«, wie es jetzt so schön hieß, zu landen. Fran wusste das sehr gut, er wartete am Steuer seiner Klapperkiste auf mich.

»Alter, du nervst. Wir fahren nirgendwohin«, zischte ich.

Schon von Weitem sah man in der Pariser Banlieue die Wohnsilos in die Höhe streben, auf den Balkonen hing Wäsche, aber ein heftiger Regen setzte ein, und wir sahen Menschen, die sie hastig reinholten. Es donnerte.

»Welche Adresse?

– Vergiss es, gab ich zurück, während ich meine Kippe im Aschenbecher ausdrückte, sie ist neun, genauso alt wie ich.«

Mit viel Geduld entlockte er mir die Adresse, machte seinen Parka zu, stieg aus und ging auf ein tristes graues Gebäude inmitten eines guten Dutzends quasi identischer zu. Wir flüchteten uns vor dem starken Regen in die Eingangshalle. Ich sah alles ringsumher genau an, um mir vorzustellen, wo sie aufgewachsen war: Ich hatte sie schon einmal besucht, etwa zwölf Jahre später. Es war eine Welt aus Gips und Beton, von ein paar Sanierungsmaßnahmen aufgehübscht, die gleich wieder zugetaggt wurden, im Eingang roch es nach Kohl, Desinfektionsmittel, Insektenspray, wir fanden den Briefkastenblock mit an die hundert, zumeist beschädigten Aluschildchen und eine völlig unpassende Grünpflanze. Ein Hund bellte.

»Schnauze!« Der Hausmeister des Wohnblocks debattierte mit einem Bewohner.

Der Aufzug war kaputt. Wir nahmen die Wendeltreppe aus Beton, die in einem gläsernen Käfig nach oben führte, gegen den die Hagelkörner prasselten. Beim Hochgehen knöpfte Fran seinen Parka auf und kämmte sich sorgfältig. »Sie ist ein kleines Mädchen, wir dürfen sie nicht erschrecken. Sehe ich auch nicht wie ein Kinderschänder aus?« Er lachte und drehte sich zu mir um. Er war immer noch schön, aber das unstete Leben hatte Spuren hinterlassen.

»Geht so.«

Wie zwei Zeugen Jehovas stellten Fran und ich uns vor der Tür von Hardys Mutter und Tante auf. Es gab keine Klingel, also klopften wir.

Und eine feine Kinderstimme übertönte das Radio, in dem ein alter amerikanischer Hit lief:

»Ja? Wer ist da?«

Dann kam ihr Gesicht durch den Türspalt zum Vorschein, ihre erstaunten Augen waren genau auf der Höhe der Sicherheitskette. Sie war dünn und groß, schon jetzt. »Hardy?

– Das bin ich.« Lange blonde Zöpfe. Ein schlecht gekleidetes Mädchen, viel zu weite, von Familie und Nachbarn geerbte Klamotten oder Spenden der Kleidersammlung.

»Geht's dir gut?«

Es war Blödsinn, so etwas zu fragen. Doch als ich sie das letzte Mal, im Krieg, gesehen hatte, lag sie tot, mit gebrochener Wirbelsäule, am Grund eines Brunnens.

»Ja.« Sie antwortete leise, hin- und hergerissen zwischen ihrer Neugierde und dem Respekt vor der üblichen elterlichen Warnung, sich nicht von Fremden ansprechen zu lassen.

Ich war glücklich, ihr wieder zu begegnen, und Fran war zufrieden, mich wieder lachen zu sehen.

»Ist deine Mutter da?
– Nein.
– Deine Tante?
– Nein.
– Bist du ganz allein?
– Ja.
– Hast du Lust, mit uns zu kommen?«

Sie zögerte. Daraufhin räusperte sich Fran und gab mir ein Zeichen, dass ich sie beruhigen und diesen familiären Ton, den ich sonst so gut drauf hatte, anschlagen solle; mit Hardy war es etwas anderes. Natürlich kannte ich ihre Kindergedanken, ich wusste, zu wem und für wen sie jeden Abend vor dem Schlafengehen betete, wie sie sich die Rückkehr ihres Vaters vorstellte, wie sehr sie sich wünschte, dass alle sich wieder verstünden, ich kannte ihren Lieblingssong, wusste, was sie auf die Rückseite der Krankenscheine ihrer Tante mit Lineal und Filzstift zeichnete, bevor sie der allgemeinen Krankenkasse geschickt wurden, wie der Junge hieß, der ihr wie ein kleiner Ritter diente und seit dem Kindergarten ihren Schulranzen trug; und mit meinem Kleine-Jungen-Gesicht, die Zigarette im Mundwinkel, aber der Stimme und den Worten eines Mannes, sagte ich ihr alles über sie, was nur sie allein und der liebe Gott von ihr wissen konnten.

Es hätte sie erschrecken können, aber ich kannte Hardy, ich wusste, dass sie stolz und furchtlos war.

Durch den Türspalt legte sie ihre sanfte, feine und warme Hand in meine und fragte: »Bist du Jesus?«

Ich sagte nicht Nein.

Unter seinem dicken Parka schwitzend fuhr sich Fran mit den Fingern durch die vom Regen triefnassen Haare und warf einen Blick auf seine Armbanduhr, damit ich mich beeilte. Er fürchtete, die Erwachsenen könnten zurückkommen und uns überraschen. »Hast du Lust, mit uns wegzufahren?«

Hardy zögerte noch.

Ich drückte ihre Hand, suchte am Rand ihrer Wange und ihres Lächelns den Schönheitsfleck als Anhaltspunkt und hatte Mühe, ihn zu finden. Aber er war schon da. Ich kannte ihr Gesicht in- und auswendig, entdeckte es hier noch im Werden und erriet darin die ersten Anzeichen für alles, was ich in einigen Jahren irrsinnig lieben würde. Ich brauchte sie.

»Bitte«, flehte ich sie an.

Sie bat uns, ihr fünf Minuten Zeit zu lassen, um ihren Schulranzen zu packen, ein paar frisch gewaschene und gebügelte Oberteile einzustecken, ihr Lieblingsbuch und auch ihr Kuscheltier. Sie war bereit. Das Mädchen schaltete das Radio aus, löschte das Licht, schloss sorgfältig die Eingangstür, dann fasste sie Fran an der linken und mich an der rechten Hand, ging bangend und selig zugleich in unserer Mitte auf die Treppe zu, als wäre es ihre Pflicht, die Stufen von fünfzehn Stockwerken eines Banlieue-Wohnturms hinunterzusteigen, um eines Tages vielleicht einmal in den Himmel zu kommen.

Sie hatte keine Kapuze, es goss in Strömen, Fran zog seinen Parka aus und breitete ihn wie einen Baldachin über den Kopf der kleinen Prinzessin.

Wir beschützten sie, gaben ihr zu essen, und sie gewann uns lieb. Ihr zukünftiges Wesen war schon wie in einer Knospe angelegt, und es war schön, sie von Tag zu Tag und von Monat zu Monat aufblühen zu sehen: Hardy stellte andauernd Fragen, war sehr zuvorkommend; wenn sie keinen Hunger mehr hatte, hob sie ihr Essen fürs nächste Mal auf, sie wollte nichts wegwerfen, verschwenden, alles teilen. Die Reste verfütterte sie an Spatzen, herumstreunende Katzen. Und sie sang oft im Auto, mit zaghafter Stimme.

Seit sie bei uns war, hatte ich wieder Energie und Lebensmut; sie hielt mich für Jesus Christus, und das gab mir ein wenig das Gefühl, ich sei es tatsächlich.

Hardy nahm mit Fran und mir zusammen an den Veranstaltungen teil, bei denen ich als wunderwirkende Erscheinung auftrat. Sie beteiligte sich wie eine Art Messdienerin in unserer merkwürdigen Truppe. Sie erfuhr, dass ich schon drei Leben gelebt habe, dass dies das vierte sei, dass alles sterbe, vergehe, verschwinde und exakt am Tag meiner Geburt identisch wiederkomme, dass die Welt fortan ein unendlicher Kreislauf sei und dass sich nie etwas ändere. Aber sie fand das nicht sonderlich beängstigend.

»Denn du wirst dich ja dran erinnern«, merkte Hardy an. Für schlechtes Wetter hatten wir ein Cape mit Kapuze für sie gefunden, und unsere Gastgeber schenkten uns oft Kleider, aus denen ihre Kinder herausgewachsen waren; dank solcher Spenden trug sie zum Beispiel helllila Gummistiefel, die sie über alles liebte. Da sie eine makellose Haut besaß und Fran ihre beiden geflochtenen Zöpfe über den Ohren zu Schnecken aufrollte, hätte man sie für eine Märchenfigur halten können. Ich erinnere mich noch an einen grauen Novembertag im Wald, wo uns ein Bauer einen Monat lang in einer

Blockhütte wohnen ließ. Um sich von dem kühlen feuchten Nebel abzulenken, der unter die Kleider kroch, fragte sie mich über meine Singularität aus.

»Es stimmt, dass ich mich erinnere. Aber das ändert nichts, weißt du.

– Doch. Dann erinnerst du dich nämlich an immer mehr.

– Ich werd mich an alles erinnern, und dann wird mein Kopf explodieren.« Ich scherzte: »Du musst mich beruhigen, Hardy.

– Du wirst schon sehen, es hört auf. Dein Kopf wird nicht explodieren. Du wirst dich nur an alles erinnern, alles wird gut.«

Sie war ein kleines Mädchen. Sie spielte noch mit Puppen, sie wollte eine Prinzessin sein und ein Happy End haben.

Nur mit ihr konnte ich diskutieren. Wir waren beide (dem Anschein nach) neun Jahre alt, und sie gab mir die Hand. Hardy vermisste weder ihre Mutter noch ihre ungeliebte Tante, und wir ersetzten ihr die Familie. Ehrlich und schweigsam, mit der Strickmütze auf seinen Fieselhaaren, sorgte Fran für uns; er hackte Holz, handelte unnachgiebig das Honorar für meine Auftritte in den umliegenden Dörfern aus. Er hielt uns Unverschämte, Übergeschnappte und solche, die mich zu Demonstrationszwecken töten wollten, vom Hals. In Buchhandlungen kaufte oder stibitzte er Bücher für Hardy, die gerne *Harry Potter* und die Geschichten von der Comtesse de Ségur las. Er beschaffte ihr auch eine Gitarre. Sie kletterte auf seinen Schoß, als sei er ein Riese, und gab ihm einen Kuss auf die Nase.

»Danke, Fran.«

Hardy quasselte schon jetzt sehr viel, und während ich Warzen heilte, Brandwunden kurierte oder die Zukunft vorhersagte, erzählte dieses entzückende, zuvorkommende und geistreiche blonde Mädchen (das Fran als seine Tochter und meine Schwester ausgab) den Leuten, dass ich unsterblich sei, schon drei Mal gelebt habe und mich erinnere, dass sich nie etwas ändere, ich mich jedoch selbst weiterentwickele.

»Im Ernst? Wohin entwickelt er sich denn?
– Er wird gerade zu einem Gott.« Sie lachte. »So was dauert lang.«

In Wirklichkeit dachte ich darüber nach, wie ich alles anhalten könnte.

Im Poitou, in der Vendée, in den Pyrenäen, von Dorf zu Dorf und auf jedem Bauernhof, im Eingang der Läden mit indischen Heilpendeln, in Bernstein-Boutiquen oder bei Gastwirten warben Fran und Hardy für mich. Daraufhin wurden mir ein paar Fragen gestellt.

Schließlich begann ich zu erwägen, dass Hardy Recht haben könnte, und formulierte meine erste Doktrin: Jedes Leben war eine Prüfung, Fran war dazu da, mir zu helfen, und sie ebenfalls, sie gingen und kamen wieder, ich aber blieb, ich konnte Trübsal blasen, mich immer tiefer fallen lassen, mich für verdammt halten, unzählige Male ziellos leben zu müssen, oder ich konnte mich weiterentwickeln. Es gab so etwas wie geistige Stufen, einen Pfad, der zu etwas führt, das größer ist als ich selbst. Meine Standhaftigkeit wurde auf die Probe gestellt: Ich musste die Wiederkunft alles Existierenden annehmen, um zur Erleuchtung zu gelangen. Ich war auf dem Weg und stieg empor. Fran und Hardy hielten mich an den Händen, und durch sie würde ich dem Ziel näherkommen.

Mit der Zeit bemühte ich mich, daran zu glauben; ich war zu der Überzeugung gelangt, dass alles an dem Tag ein Ende finden wird, an dem ich mein Bewusstsein bis zur Absolutheit erweitert haben würde. Nunmehr erahnte ich diese Absolutheit von ferne.

Es waren die schönsten Jahre der »Sekte«, wie die anderen es nannten. Wir drei flitzten in Frans Lada über sämtliche Straßen des Landes, das wir schon bald gut kannten. Himmel, was waren wir glücklich! Was wir die ganze Zeit gemacht haben? Na ja, Karten spielen, würfeln, ein verletztes Tier auf der Straße retten, sonntags Äpfel an Marktständen klauen, die Wachsamkeit der Kassierer im Supermarkt umgehen, unter freiem Himmel im Weizenfeld schlafen, auf Bäume klettern und ein Militärzelt fürs Wanderpredigen aufbauen genügte uns zu unserem Glück. Als munterer, praktisch veranlagter Kerl um die dreißig war Fran gewissermaßen der Regisseur unserer kleinen Truppe.

Ich hatte beide sehr lieb. Hardy vor allem, ich entdeckte sie in ihrer ganzen Lebendigkeit fast an der Quelle, so als nähme ich von dem breiten Strom, den ich dem Meer zufließen gesehen hatte, zum ersten Mal den Wildbach der Anfänge wahr; dasselbe Wasser, das eines Tages ihre Intelligenz, ihre undinenhafte Schlauheit, ihre kristallklare Schönheit und ihren temperamentvollen Charakter aufquellen lassen würde, floss schon in ihr; genauso wie die Unschuld. Naiv glaubte sie an Gerechtigkeit; sie sah in mir eine Art Wahrheit auf zwei Beinen, die zur Beglückung der Menschen auf Frankreichs Straßen wandelte.

In mir waren Groll und Unruhe einer stillschweigenden Akzeptanz meines Schicksals gewichen. Im Jugendalter gelangte ich zur Formulierung meiner zweiten Doktrin: Alles geht und alles kommt zurück, *ich jedoch erinnere mich*. Folglich erweitert sich mein Bewusstsein. Ich erreiche allmählich den Zustand, wo alles aufhören und aufbewahrt sein wird;

durch mich wird die Totalität vielleicht in eine andere spirituelle Phase eintreten. Diese Phase wird sich genau in dem Augenblick offenbaren, in dem das Universum vom Zeitpunkt meines Todes an wiederentsteht, und nicht mehr von dem meiner Geburt an. Auf dem Gipfel meiner höchsten Bewusstseinsintensität werde ich wirklich sterben, für immer, und das wird der Anfang des Universums sein. Ich bin der Gott, der lernen muss zu sterben, um den Kosmos erblühen zu lassen.

In flüchtigen Visionen bekam ich eine Ahnung von dem Licht, vom Sinn des Ganzen. Es gab keinen verborgenen Willen, keine Absicht, die entziffert werden musste, sondern ein Ziel: Ich selbst war dieses Ziel, ich war der Gott auf Durchreise, im Begriff, mich zu ereignen.

Mithilfe von Frans Geduld und Hardys Begeisterung bastelte ich mir nach und nach eine Religion meiner selbst, und ich sah, wie dumm es gewesen war, erst zu zögern, dann zu wissen und schließlich zu handeln; es waren jedoch notwendige Stufen bis hin zum vierten Leben, dem Leben aller Leben, das ich jetzt durchlebte.

Gewiss hatten alle Weisen, Sokrates, Konfuzius, Lao-Tse, Mengzi, Jesus, Buddha oder Mahomet drei Mal gelebt, bevor sie zur Erleuchtung gelangten. Das vierte war das eigentliche.

Möglicherweise.

Und dann erinnerte ich mich, dass ich alle vorigen Male auch an etwas geglaubt hatte, mit ebenso viel, wenn nicht noch mehr Kraft und Gewissheit. Vergebens. Immer wieder befielen mich Zweifel und Mutlosigkeit, dann klangen meine Worte hohl.

Bei Brive machten wir die Bekanntschaft mit einer Sekte und ihrem Meister, den die Begegnung mit dem merkwürdigen jungen Mann, der ich war, so aufrüttelte, dass er mich einlud, an einem Abend den ganzen Schnickschnack meiner Doktrin zu predigen. Im hintersten Teil eines ehemaligen Schweinestalls, der zum »Noviziat« umfunktioniert worden war, hielt ich vor ungefähr dreißig Anhängern meine erste, noch recht zaghafte Rede:

»Ich bin der Vierte, und ich bin der Erste.

Ich bin gekommen, zu verkünden, dass ich euch schon vor diesem Leben gekannt habe und hernach erneut kennen werde. Ich werde wiederkehren, ich kehre ewig wieder. Ich bin vorher und ich bin nachher. Ich bin mehr als eure Eltern und mehr als eure Kinder. Ich bin der Vater eurer Väter, ich bin der Sohn eurer Söhne. Eure Taten sind sinnlos. Alles beginnt von Neuem, ich aber komme zurück. Ich komme wieder und behalte alles im Gedächtnis, alles, was ihr seid, alles, was ihr tut.

Ich bin die Ewigkeit, die sich entwickelt.«

Sie klatschten Beifall, zu meinem großen Erstaunen.

Anschließend lieferte ich »Beweise« meines Wissens; ich konnte manche Ereignisse vorhersagen, die sich von einem Leben zum anderen wiederholten. Ich hatte keine Angst vor dem Tod, und als ein Psychopath mich am Ende meiner Predigt erstechen wollte, verbot ich den anderen, mich zu beschützen: Lasst ihn machen. Er brach vor mir zusammen, flehte mich an, ihm zu vergeben. Ich hob ihn auf und vergab ihm. »Du kannst mich töten, doch du übergibst mich nicht dem Tod. Du hältst nur die Ewigkeit auf.«

Alle weinten.

Ich war ein kleiner Provinzchristus.

Ich machte mir nichts vor: Es würde nichts bringen. Die Leute würden sterben und wieder leben. Sie würden denselben Blödsinn und dieselben Wahrheiten verkünden, dieselben Heldentaten vollbringen und dieselben Schäden anrichten.

Auf den sonntäglichen Marktständen waren schon Ramschfigürchen zu finden, sorgfältig zusammengeheftete Vervielfältigungen meiner Maximen und Sprüche, an die ich selbst nicht glaubte, oder nur halbherzig, aber ich will hier nicht den Eindruck eines zynischen Propheten hinterlassen. Manchmal kam es mir vor, als hätten Hardy und die Gläubigen mich zu Recht gegen meinen Willen auserwählt, und so gelang es mir beim Betrachten eines dieser Fetische, einer dieser Puppen aus Holz, Plastik und billigem Stoff, mich auf ihren Glauben einzulassen, mein Schicksal anzunehmen, mir einzureden, ich entwickele mich weiter und sähe das Ziel in der Ferne. Bald gab es ein regelrechtes Merchandising rund um meine Person: Hologramm-Porträts, mp3-Aufnahmen zum Download aufs Smartphone, Raubkopien von Videos, kleine Gebetsbücher und Erzählungen meiner mutmaßlichen tausend früheren Leben. Auf den Postern der fliegenden Händler war ich mit glitzernden Umhängen aus Strass und falschen Diamanten abgebildet. Das Land war arm. Ein paar unterprivilegierte Pseudochristen[2] sahen in mir zur großen Überraschung der offiziellen kirchlichen Instanzen den Herrgott und entweihten die Altäre der Kapellen oder die Wegkreuze, indem sie meinen Namen in den Stein ritzten. Es kamen Ikonenbilder in Umlauf, auf denen mein Gesicht mit dem Leib Christi verschmolz; das und ähnliche Kitschobjekte überzeugten mich schließlich, dass alles aus einem bestimmten Grund wiederkehre und ich ohne mein Zutun zum Boten geworden sei. Manche wurden sogar ins Gefängnis gesteckt, weil sie für mich eintraten. Ich konnte sie unmöglich im Stich lassen.

Jede radikale Idee findet ihre Anhänger. Ich hatte immer mehr: Wo der Staat den Leuten nicht mehr unter die Arme griff, nahm ich sie bei der Hand. In der Pubertät dunkelten meine Haare stark nach, aber ich trug sie immer noch lang, mir wuchs noch kein Bart, mein hochgewachsener, schlanker Körper steckte in einem Trainingsanzug von Tacchini, ich war schön geworden, ich gefiel Männern und Frauen. Ausstaffiert wie ein Arbeitsloser, war ich wie sie selbst angezogen, und trotzdem identifizierten sie mich mit den glitzernden, in eine weiße, mit falschen Diamanten besetzte Gangsta-Rapper-Tunika drapierten Heiligenfiguren, die lächelnd die Hand hoben. Schließlich imitierte ich diese hochtrabende Geste mit der ihnen zugewandten Handfläche, die sie von mir erwarteten.

Hinter den Kulissen übernahm Fran die Kontrolle über die Parallelwirtschaft mit den Plastik-Ikonen, schickte ein paar harte Burschen in die illegalen Werkstätten, wo Heiligenbilder von mir produziert wurden, damit sie die Lizenzgebühren zahlten. So verschaffte er uns eine finanzielle Absicherung und kaufte Saint-Erme auf.

Zuweilen lief meine Nase noch, ich ließ das Blut als Reinigungsritual fließen. Erst nach einer Woche unregelmäßiger Blutungen nahm ich Frans Phiole zur Hand. Hier und da hatte ich ganze Liter meines Hämoglobins in der Humusschicht, auf dem Boden oder auf Fels hinterlassen, und sofort wurden diese Orte zu neuen Wallfahrtsstätten der Gläubigen. Manchmal veröffentlichten Zeitungen spöttische Artikel über mich, also besuchte ich meine Eltern, um ihnen alles zu erklären, ihnen zu vergeben und von ihnen Vergebung für mein Weggehen zu erhalten. Meine Mutter, die sehr fromm war, wollte gerne an mich glauben und meine Geburt fortan als »Wunder« betrachten. Doch unter Origènes Einfluss sahen sie in mir einen Schwindler, einen manipulierenden und manipulierten Jahrmarkts-Guru, sie hatten nichts begriffen, ihre Anwälte wandten sich an die Enquête-Kommission für die

Sektenproblematik der Assemblée nationale, sie verklagten Fran wegen Entführung Minderjähriger, denn ich war noch nicht achtzehn, und so musste ich mich wieder auf den Weg machen.

Mein erster Mäzen, weit weg von Paris, wo die kulturellen und politischen Eliten in mir einen kleinen Scharlatan für geistig Minderbemittelte sahen, war ein reicher Landwirt in der Vendée; seine Frau, die ein Kind verloren hatte, als es noch klein war, himmelte mich an und kämpfte leidenschaftlich für die Anerkennung meiner Glaubensrichtung. Während einer illegalen Versammlung wurde sie eines der ersten Opfer der Staatsgewalt; ihr Ehemann forderte Rache, und auf Druck der Öffentlichkeit erhielt unsere Sekte schließlich ihre offizielle Anerkennung. Wir stellten unsere Zelte im freien Gelände auf, sangen Hymnen auf die Musik populärer französischer Chansons von Jean-Jacques Goldman, Francis Cabrel oder Michel Fugain. Es war ziemlich geschmacklos, aber es förderte die Gemeinschaft.

Nach meinem siebzehnten Geburtstag war die Sache über mich hinausgewachsen und zu einer richtigen Kirche geworden, die den Anspruch hatte, die alte, blutleere, komplizierte und dem täglichen Leben entfremdete Kirche Roms zu ersetzen.

Ich hingegen war da. Man konnte mich hören und anfassen. Ich sagte nicht viel, aber Fran und Hardy redeten jetzt an meiner Stelle, und die Leuten weinten zuhauf. Es hieß, ich sei der Junge, der wiederaufersteht, der sich an jeden erinnert; die einfachen Leute kamen zu mir, damit ich sie sehe und anhöre. Sie brauchten jemanden, der ihnen zuhörte, sie litten darunter, dass man sie vergessen hatte. Sie würden sterben, aber ich nicht, und so blieben sie in meinem Geist, von einem Leben zum anderen. Zuweilen wollten sie mir eine Nachricht in eigener Sache fürs nächste Leben hinterlassen, um nicht wieder dieselben Dummheiten oder Fehler zu machen, um sich selbst zu verzeihen oder einer verstorbenen Person mitzuteilen, dass sie sie noch liebten. Die Eltern, deren Kind verunglückt war, bezahlten mich dafür, im nächsten Leben einzugreifen und es vor einem Autounfall zu bewahren oder daran zu hindern, am Freitag, 17. März, um 15:48 Uhr in den Schulbus einzusteigen. Ich musste hochheilig versprechen dazwischenzufunken.

Ich wusste genauso wie sie, dass das in diesem Leben nichts änderte und dass alles im nächsten und übernächsten wieder identisch wäre, aber allein der Gedanke, dass sich wenigstens jemand erinnerte, war für sie eine Erleichterung.

Ich machte mir deswegen keinen Kopf. Ich ließ sie sagen, glauben, hoffen.

Ich fühlte die Vergeblichkeit all dessen; dennoch lernte ich, es zu lieben. Ich liebte alles und alle, meine Liebe wurde immer stärker.

Beim Anbruch der Nacht kam Hardy, die inzwischen lange Haare hatte, zu mir aufs frische weiche Gras des Grundstücks der Arztwitwe, die uns gerade beherbergte. Sie hatte ihre Gitarre dabei. »Kann ich dir ein Lied vorsingen?

– Ja.«

Ich setzte mich, hörte ihr zu. Es gab nur sie und mich. Hier draußen auf dem Land durchdrangen die Sterne die Dunkelheit der schwarzen Materie des Himmels. Hardy hatte gerade ihren siebzehnten Geburtstag gefeiert. Sie war wieder die geworden, der ich in meinen vorigen Existenzen begegnet war. Auf die Melodie des alten Ohrwurms »*Walking Backwards*« sang sie eine schlichte Liebeserklärung, woraufhin sie in Tränen ausbrach.

»Warum weinst du?
– Weil du mich nicht liebst.
– Ich liebe dich.
– Du liebst mich nicht mehr als irgendjemanden sonst. Du liebst uns alle ohne Unterschied. Du *musst* uns alle gleichermaßen lieben, du kannst gar nichts anders. Du bist Gott. Du musst dich an uns erinnern, für das andere Leben. Du gibst nicht mehr acht auf mich als auf ihn«, und sie zeigte mit dem Finger auf einen Wagen, der in der Ferne, zwischen den Feldern, fuhr.

»Ich liebe dich ganz *besonders*.
– Liebst du mich mehr als die vorige?
– Du meinst, als dich im vorigen Leben?
– Ja.
– Das warst du.
– Liebst du mich jetzt mehr?
– Ich werde dich ewig lieben, eine nach der anderen.«

Sie legte sich neben mich und nahm meine Hand. Ihre blonden Haare lagen im Gras, und ich sah, wie ihr Atem ihre jugendliche Brust in der Dunkelheit hob und senkte. Als sei ich bei ihrer wirklichen Geburt dabei, betrachtete ich, wie sie genau in dem Augenblick zu der Frau wurde, die ich bei den vorigen Malen entdeckt und geliebt hatte, am Ufer des Kanals im Norden von Paris.

»Wir werden uns immer mehr voneinander entfernen.
– Warum?
– Weil du auf immer höhere Bewusstseinsstufen gelangen wirst (sie verwendete meine esoterischen Lieblingsbegriffe) und ich immer wieder zurückkommen werde, immer dieselbe, dieselbe Idiotin.« Sie heulte vor Wut.

»Ich glaube, dass wir uns am Ende wiederfinden werden.

– Und welche Ausgabe von mir wirst du am Ende lieben? Alle in einer, stimmt's?«

Ich antwortete nicht: Sie war schon fort, aufgefressen von ihrer Eifersucht auf sich selbst.

Im Herbst fing sie etwas mit Fran an, der siebzehn Jahre älter war als sie. Er fühlte sich schlecht deswegen und wollte es mir beichten, eines Abends nach der Predigt; ich segnete ihre Verbindung. Ein letztes Mal dachte ich an die Anordnung ihrer Muttermale auf dem Oberschenkel, an ihre nach Cidre und Zimtkeks duftende Vulva, an die Form ihrer Brüste mit zwanzig, dreißig, vierzig Jahren; aber ich hatte dieses Glück schon genossen, es existierte, es war nicht verloren, es würde wiederkommen – und ich verzichtete darauf.

Da begriff ich, dass ich mein letztes Leben angetreten hatte. Ich hatte die Bedingungen meines Seins angenommen und bereitete mich darauf vor, davon erlöst zu werden.

Meine Freunde bekamen mehrere Kinder. Hardy war mir wie eine Tochter und ihre Kinder wie meine Enkel. Ich war … wie alt? Bald dreihundert Jahre.

Schließlich kam ich auf meine, wie ich sagen würde, letzte Doktrin, die ich für mich behielt: Alles geht und alles kommt zurück, ich erinnere mich, *aber es nützt nichts*. Es würde weder Erleuchtung noch Absolutheit noch allgemeine Versöhnung geben. Ich konnte mein Bewusstsein erweitern bis zur Unendlichkeit, ich konnte alles vergessen, ich konnte handeln, passiv bleiben, Gutes oder Schlechtes tun, es käme wieder aufs Selbe heraus. Es fiel mir schwer, diesen Zustand in Worte zu fassen und mir vorzustellen, doch mehr und mehr nahm die Vision einer absoluten weiten Ebene für mich Gestalt an.

Die Leute glaubten weiterhin an mich. Das war nicht schlimm: Es blieb folgenlos.

Ich kam ein paar Jahre wegen illegaler Finanzierung, Hinterziehung und Anstiftung zum Suizid (die Tochter des Großgrundbesitzers in der Vendée) ins Gefängnis. Vergebliche Mühe: Mit jedem Jahr wuchs die Zahl meiner Anhänger, obwohl ich nirgends auftrat. Die letzte Doktrin tat ihre Wirkung in mir: Es gab kein Ende, kein Ziel. Selbst wenn ich die höchste Weisheit erlangte, mit mir selbst in völligem Einklang, würde alles wiederkommen. Fortan nährte ich weder Groll noch Verzweiflung. Ich wusste, ich würde unendlich viele Leben leben, ruhelos, dieses und jenes tun und wieder tun, ohne jegliche Konsequenzen – ich hatte einen Zustand erreicht, wo Verneinung gleichbedeutend mit Bejahung war.

In den USA wurde ich sogar dank des unermüdlichen Einsatzes von Fran, Hardy und allen anderen zu einem wichtigen Guru. Ich nahm diese Rolle nicht an, aber ich lehnte sie auch nicht ab.

Denn ich war nur noch eines: der lebendige Gott. Ja, einmal im Leben war ich Gott.

Der vollendete Gott. Ich habe es gefühlt, und ich habe kein anderes Wort, es zu beschreiben: Alle Religionen hatten es über Jahrhunderte hinweg so genannt, und nun war ich es leibhaftig. Ich liebte. Ich liebte über alle Maßen.

Als Fran starb, kam Hardy ins Kloster Saint-Erme, um bei mir zu wohnen. Wir führten lange metaphysische Gespräche, sie schrieb Bücher über die Ewige Wiederkunft. Als alles gesagt war, schwiegen wir. Wir verstanden uns. Und als Hardy ebenfalls verstarb (wann? wie? einerlei: Sie war schon tot, sie würde wieder sterben), blieben ihre Kinder bei mir. Und als sie eines nach dem anderen auszogen, sah ich die Kinder ihrer Kinder aufwachsen. Ich aß wenig, trank keinen Alkohol, rauchte nicht mehr, ich lebte nicht exzessiv, ich meditierte fast den ganzen Tag. In diesem Leben war ich schon einhundertzwanzig Jahre alt. Aber eigentlich waren es mehr als dreihundert. Auf dem Bett meiner Mönchszelle in der Nähe der Kapelle ausgestreckt oder beim vorsichtigen Gehen bis zum Obstgarten, sobald meine zwar stabile, aber kritische Gesundheit es erlaubte, widmete ich mich ganz meinem letzten Zustand: dem Gleichmut. Tiere, unbelebte Dinge, Gegenstände oder Teile von Gegenständen, Wörter, Widersprüche, Fiktionen, flüchtige Eindrücke, Ideen, Personen, Personenhälften, Mengen, beiläufige Assoziationen, Wahrheiten, Falschheiten, gut, böse, unnütz, wichtig oder nicht, lächerlich, erhebend: Nichts ist nichts, aber alles ist. Alles kreist, alles tönt. Besucher kamen, um mir Fragen zu stellen, und ich empfing sie einmal im Monat im Pfauenhof, vor der Kapelle in Saint-Erme. Zusammengesunken und reglos in einem Korbsessel sitzend, hörte ich zu: Wo beginnt und wo endet das Leben? Erinnern Sie sich an mich? An *mich* persönlich? Werden Sie sich ewig daran erinnern?

Mit dem Alter verschmolzen die verschiedenen Gesichter zu einem einzigen Menschengesicht, und mein grenzenloses Gedächtnis wurde nur noch von einem müden Organismus unterstützt. Ich redete nicht mehr. Ich bewegte mich kaum. Mein vergänglicher und sichtbarer Körper wurde in einer Sänfte hier- und dorthin verfrachtet. Von Zeit zu Zeit lächelte ich noch. Meine Hautzellen wurden gleichsam zu Schuppen, die Schuppen zu Baumrinde und der Baum zum Fossil. Mein Denken verlangsamte sich, bis zu einer Geschwindigkeit nahe null.

Manche der Menschen um mich her glaubten, ich hätte den idealen Zustand erreicht. Vor mir hatte es so etwas noch nie in diesem Universum gegeben: Meine letzte Geburt lag hundertdreißig Jahre zurück – schon. Seit des Aufkommens der Singularität war dies die älteste aller Welten. Eine Heldentat.

Meine endgültige Empfindung hatte ich seit Langem erreicht: Ich fühlte Frieden, die größtmögliche Akzeptanz aller Dinge und ihres ewigen Kreislaufs. Etwas Besseres konnte ich weder denken noch spüren: Angenommen, ich wäre ein Berg, hätte ich mich selbst erklettert. Allein auf dem Gipfel erwartete ich nichts mehr, und nichts mehr in mir lehnte sich gegen das Geringste auf. In der Begleitung von zwei Jüngern, die mich wie üblich zweimal im Jahr ins Freie brachten und meine Sänfte auf einer Lichtung im Wald von Saint-Erme abstellten, sah ich einen Hirsch und eine Hirschkuh aus einer Quelle trinken. Mein Metabolismus war so schwach, dass ich pro Stunde nur noch einmal einatmete und in der folgenden ausatmete. Mein Puls war unfühlbar geworden. Ich spürte die Absolutheit nahen. Sie war da. Habe ich die Arme ausgebreitet?

Da hörte ich den jüngeren der beiden Anhänger ein Streichholz anzünden und sich leise fragen, ob

Das Fünfte

Ich erwache mit einem ordentlichen Kater. Ich erinnere mich: Ich bin gestorben, ich bin wiedergekommen. Die Singularität! Fuck ... Das Absolute und so, von wegen. Nichts ist *anders*: blutige Geburt, zwischen den Beinen meiner Mutter, der Vater ist wieder da, Haus, Wald, Wildbäche, Larven, Tümpel, Futter, essen, trinken, scheißen, laufen, sprechen lernen, Origènes Dodge, die kleine Brücke und der schwarze Hund. Ich? Gedächtnis. Die Heiligkeit verkraftet man nur einmal, beim nächsten Mal wird dir speiübel davon. Als müder alter Haudegen wird mir klar, dass das Absolute keine Verspätung hat; wenn es nicht bereits gekommen ist, wird es nie kommen. Ich habe es verfehlt, es hat mich verfehlt, was macht das schon. Im Alter von drei Jahren finde ich nicht die Kraft dazu, *erneut* zum kleinen Gott zu werden. So eine Trance geht vorüber. Ich bin nicht das Spielzeug irgendeiner höheren Macht: Der Glaube ist eine Strategie beim Glücksspiel, die nur einmal aufgeht. Heute müsste ich wirklich ein Heuchler sein, um daran zu glauben. Allein die Vorstellung, ein Heiliger werden zu müssen vor all diesen Einfaltspinseln! Die religiös Verzückten, die politischen Affen, die gelehrten Fachidioten. Wieder jahrelang diese Rolle zu spielen, wie ein Schauspieler auf Tournee. Wertes Publikum! Die Erlösung! Scheiße ... Noch einmal dieses Königskind sein, das das Leid der Welt wie Schaum an der Erdoberfläche abschöpft, und ich sehe mich Fran wiederbegegnen, mit ihm im Auto auf den Straßen des Königreichs umherfahren, den faselnden Alten zuhören, den bemitleidenswerten Frauen, den Ausgegrenzten, die universelle Kirche gründen, bedingungslos lieben, immer neu: kein Wunder, dass Christus nicht zweimal vom Tod auferstand. Als er die Augen wieder aufschlug, im Himmel, fand er die Idee, wiedergeboren zu werden, zu predigen, die nächste Magdalena vom Boden aufzuheben, vom nächsten Judas verraten zu werden und noch einmal das Kreuz tragen zu müssen, unerträglich.

Ich jedenfalls ertrug es nicht.

Ich hatte mich aufgespielt mit der ganzen Heiligkeit und Barmherzigkeit, aber ich konnte unmöglich wieder von vorn beginnen. Das ist ja das Drama: wieder von vorn beginnen. Das Absolute beginnt nicht wieder von vorn, ich aber wohl. Ich hätte wieder eine Krise durchmachen, im seichten Bach plantschen, Zeitungen lesen, Radio hören und am Ende verzweifelt feststellen müssen, dass sich nichts geändert hatte, also dieselbe Komödie von Sinnfrage, Zweifel, Vergebung und Glauben spielen müssen. Nein, danke. Als Kind blieb ich im Bett liegen und masturbierte: Aus meiner Eichel kam noch kein Tropfen, die Pubertät war noch weit.

Den Blick durchs Fenster auf den Baum mit den Hexenkrallen und den Vögeln hatte ich wirklich satt. Es war nicht zum Aushalten. Was für ein Elend. Mit der Steinschleuder erwischte ich einen und warf ihn dem Hund vor. Ich hockte barfuß in der weichen Erde, um von Nahem zu sehen, wie er ihm den Garaus machte. Das hatte nichts Perverses, ich hatte einfach Lust dazu und war neugierig, denn ich wollte auch *sterben*. Aber es war mir verboten.

Wieder einmal musste ich mit dem geschmacklosesten Sonnenhut auf dem Kopf meinen Vater am Bach beim Flusskrebsangeln erleben und ihn zusammen mit dem Mischling ohne Beute heimtrotten sehen. Ich war verflucht. Es kam nicht in Frage, noch einmal nach einer Ausgangstür zu suchen, es gab keine. Was blieb mir also übrig?

Dieses Leben zählt nicht, sagte ich mir: Es braucht ein bisschen Abwechslung. Ich verlange nichts anderes als Ferien. Nach so viel Ernsthaftigkeit will ich auch mal vom Leben profitieren, ohne irgendein Ziel erreichen zu müssen. Ich erhoffe mir Spaß und pfeife auf den Rest.

Anstatt Fran zu suchen, will ich es mir lieber gut gehen lassen. Um das erste Blut an meinem siebten Geburtstag zu feiern, das ich vor meinen Eltern geheim hielt, weil ich es mit der Flüssigkeit in der Phiole stoppen konnte, die ich im Schnapsbrenner des Alten destilliert hatte, stattete ich der Dorfprostituierten einen Besuch ab. Nachdem ich bei Anbruch der Dunkelheit durch die Dachluke geklettert war, rutschte ich auf dem Hosenboden über die Ziegel des Giebeldachs, weiter an der Dachrinne hinunter, einen Finger vor dem Mund, damit der schwarze Hund nicht bellte, in der Tasche Geld, das ich meiner Mutter entwendet hatte, die ihre bescheidenen Ersparnisse immer im Steinguttopf auf dem Kaminsims aufbewahrte.

Am Dorfeingang, hinter einer Wellblechtür mit einem Schild davor, das entweder »frei« oder »besetzt« zeigte, wohnte diese Person, die ich mich nie anzusehen getraut hatte. Den Frauen in der Gegend war sie verhasst, während die Männer sie respektvoll mit zwei Fingern an der Hutkrempe grüßten, sobald ihre Gattinnen nicht zu sehen waren; ich war mir sicher, dass Origène zu ihr ging, mein Vater vielleicht auch.

Sie war eine große brünette Dame mit südlichem Akzent, frei, geschieden, nicht besonders hübsch, aber verführerisch, die Taftkleider trug, um den Ophelias der Präraphaeliten zu ähneln. Sie war um die vierzig. An jenem Abend zeigte das Schild »frei«, und ich klopfte dreimal.

Als sie die Tür öffnete, glaubte sie, ich hätte mich verlaufen. »Ich bringe dich zu deinem Vater.« Doch ich zündete den Zigarettenstummel an, den ich in der Tasche hatte, und zog ein paar Scheine heraus, die vom Gummibund der Hose zerknittert waren.

»Ich will ficken.«

Der Brünetten war es peinlich. Mich kümmerte das nicht. Ich war gekommen, um meinen Spaß zu haben.

»Du willst mich auf den Arm nehmen.

– Würdest du's mit einem Zwerg treiben? Stell dir vor, ich bin ein Zwerg. Kommt doch aufs Gleiche raus.

– Ich mach's nicht mit Kindern, Schätzchen.

– Ich zahl dir das Doppelte. Und ich garantier dir, dass ich kein Kind bin. Du wirst nicht in die Hölle kommen. Es gibt nämlich gar keine Hölle.«

Die Brünette zögerte lange. »Ich glaube nicht an die Hölle, Süßer, aber ich mag so was nicht.« Ich jedoch kokettierte und scherzte wie ein Mann mit ihr, bis sie schließlich nachgab.

Sieben Jahre lang hatte ich mich zurückgehalten. Ich sah ihr zu, wie sie ihr schönes Kleid und ihre Unterröcke vor dem ovalen Spiegel in ihrem Liebesnest auszog, das sie wie eine Pralinenschachtel ausstaffiert hatte.

»Setz dich auf mich.« Nackt und mit einem kleinen, aber besonders harten Penis erwartete ich sie. Sie wagte nicht, mich anzusehen, und steckte ihn halb in sich rein, woraufhin ich schwungvoll zustieß. Ich wusste natürlich, wie man es einer

Frau besorgt, aber die Brünette wollte mich nicht machen lassen, sie flehte mich an aufzuhören und bedeckte leise schluchzend ihre nackten Brüste mit den Armen, sie schämte sich. Ihre Schminke war verschmiert und ließ sie alt aussehen. Ich wollte zum Ende kommen, aber leider war ich noch ein kleiner Junge und hatte keinen Saft für den Orgasmus. Ich war frustriert, unglücklich; ich hätte sie gerne getröstet, ein wenig mit ihr geredet, aber was hätte ich sagen sollen? Sie bat mich zu gehen.

Nach so viel Abstinenz und Tugend verlangte ich nicht mehr als ein bisschen Genuss; ich würde wohl noch warten müssen. Mit dem Essen lief es genauso mies: Ich bekam nur Kinderfraß. Früher hatte ich in guten Restaurants gespeist, in Paris, in Mornay, in den USA. Sehen Sie mich jetzt an: Mir hingen Buchstabensuppe, Maisbrei und schwartenloser Hinterschinken zum Hals heraus.

Die ersten Jahre waren immer die schlimmsten. Ich war abhängig, den Erwachsenen komplett ausgeliefert. Dieses Mal gab es keinen Hämatologie-Spezialisten, ich war nicht in die Hauptstadt gefahren, ich wollte Fran nicht treffen. Mir fehlte die Kraft, erneut über die Sache zu reden: Es gab nichts darüber zu sagen. Es kam nicht in Frage, wieder mit dem ewig gleichen Kumpel kreuz und quer über Frankreichs Straßen zu fahren und zu diskutieren. Also blieb ich allein, bis ich erwachsen war. Unter den Freunden des großen Rotschopfs oder des Sohns vom Tabakwarenhändler waren nur die üblichen kleinen Loser, die Gras rauchten, mit dem Roller in die Stadt brausten, um zu saufen und stark geschminkte Mädchen anzumachen; Maries Schwester oder ihre Cousine gefielen mir auch nicht mehr. Vulgär und abgehakt.

Mein Vater fand mich hartherzig; er hatte wohl Recht, ich versuchte überhaupt nicht zu gefallen. Ich hatte mich zu lange bei allem zurückgehalten. Ich wusste, dass alle wiederkommen würden, und wollte der gleichgültigen Ewigkeit ja nur ein bisschen Daseinsfreude abgewinnen. Im Garten interessierte ich mich ausschließlich für Vergängliches: Eintagsfliegen, Wasserlarven und Teichlibellen. Bald schon machte mir meine sexuelle Frustration zu schaffen, ich wichste unbändig auf dem Bauch liegend und dachte dabei an alle Frauen, die ich je getroffen hatte und die mir wegen meiner blödsinnigen Überzeugungen von Tugend und Wahrheit durch die Lappen gegangen waren; aber ich bildete noch kein Sperma, also erschöpfte ich mich nur, und der Schwanz tat mir weh. Mit sieben entleerte ich mich endlich genussvoll, allerdings durch die Nase. Ich ließ es fließen, mitten auf den Felsen, und während ich in meiner eigenen Entladung badete, war ich glücklich, am Leben zu sein. Ich hielt das Bluten weiter geheim und sparte es mir für meine Ausflüge in die Natur, weit hinter den Hügeln, auf.

Je mehr ich blutete und je mehr Lust ich empfand, desto stärker zog ich auf den Dorfstraßen die Blicke der Mädchen und verheirateten Frauen an.

Bis jetzt hatte ich mich nicht um mein Äußeres gekümmert, doch ich glaube, dass ich sehr schön geworden bin.

Mit sechzehn gehe ich in die Hauptstadt. Zu der Zeit explodiere ich fast vor Lebenskraft, ich lasse es mir gut gehen und verströme eine geradezu spürbare Freude. Ich habe diese Aura eines Genussmenschen, der vorführt, dass alles gut ist, so man Lust darauf hat. Aus mir wird ein geselliger Mensch, witzig, leichtlebig, zu Scherzen aufgelegt, verführerisch und nicht um ein paar Taschenspielertricks verlegen.

Frans vorausschauendem Charakter im vorherigen Leben habe ich es zu verdanken, dass ich mich an alle Börsenkurse, an die europäischen, amerikanischen, japanischen und chinesischen Indizes erinnere; mein großes Mundwerk öffnet mir Tür und Tor als Versicherungsexperte oder später als Börsenmakler bei der Banque Nationale Populaire. So kommt man am leichtesten zu Geld, das ich in dieser Gesellschaft dringend brauche. Ich arbeite schnell und gut, achte besonders darauf, meine vorausschauenden Kenntnisse nicht zu offensichtlich anzuwenden, um keinen Verdacht zu schüren, und im Alter von einundzwanzig Jahren besitze ich genug, um alles tun zu können, wann und wo immer ich will. Doch was will ich eigentlich? Ich bin noch nie auf meinen Vorteil bedacht gewesen. Ich habe mir nie gewünscht, möglichst viele Eroberungen zu machen, Luxusautos oder teure Armbanduhren zu besitzen, in den besten Hotels zu übernachten, die edelsten Speisen zu verzehren oder hochpreisige Jahrgangsweine zu trinken: So einen Lebenswandel habe ich immer vulgär gefunden, zudem war ich der Meinung, dass das, wovon ich profitiere, und sei es auch noch so gering, einem anderen vorenthalten wird. Aber jetzt, wo ich die nötigen Mittel besaß und mir weder Wissen noch Revolution noch Heil erhoffte, fern von Wissenschaft, Politik oder Religion, schien mir nichts begehrenswerter als die Freuden des Fleisches.

Erst amüsierte ich mich maßvoll, dann ließ ich mich gehen und feierte in Saus und Braus. Ich tat niemandem etwas zuleide: Alles, was ich im Augenblick genoss, würde ich beim nächsten Mal wieder verlieren, und auch wenn ich die Armen ausnutzte, beraubte, ausplünderte, würde die Tafel, auf der meine Sünden und Missetaten geschrieben standen, bei meinem Tod wieder abgewischt, wie jedes Mal. Wozu verzichten?

Ich wurde zu einem dieser jungen Menschen, die sich alles erlauben, in der Überzeugung, dass nichts wirklich zählt. Ich habe so richtig die Sau rausgelassen! Zuerst kamen die Frauen, ich war mit allen im Bett, die ich vorher wegen meiner großen Liebe zu Hardy links liegen gelassen hatte. Ich entdeckte die sichtbaren Unterschiede von einem Frauenkörper zum anderen, die Frische schwerer Brüste und die Hitze hoher Brüste, den Geschmack des *mons veneris* der Blonden, der den Duft von Amber verströmt, das manchmal säuerlichere und betörende Vaginalsekret der Rothaarigen, die nach gegerbtem Leder riechende Haut, wenn sie ihre Tage haben, und die Achselhöhlen, die ein fast chloroformartiges Parfüm absondern, den Geruch nach Ziege, wenn die sexuelle Erregung sehr stark ist, Brust- oder Kopfstimme beim Orgasmus, den Bocksgeruch all dieser Tannine vermischt mit ihrem Speichel, wenn man ihn am Ende des Akts wie Wein schlürft, solcherlei Köstlichkeiten für alle fünf Sinne, von denen ich während der anderen Leben nicht das Geringste ahnte; ich interessierte mich auch für Männer, für ihre Schönheit im Schlaf, für ihr ruhendes Glied, für das Eigenleben des männlichen Hinterns und für diese Perle, die nach dem Samenerguss in die Falten der Vorhaut tropft. Ich fand Geschmack daran.

Meine Wahrnehmungen verfeinerten sich. Ich hatte schon immer einen guten Appetit gehabt, nun aber entdeckte ich, dass man mit dem Mund wie mit dem Auge wahrnehmen konnte, vielleicht sogar noch besser: Es war möglich, durch den Mund eine ganze Welt, Landschaft, Farben, Nuancen, Tiefe aufzutun, und anstatt in der Welt zu leben, die man sieht, lebt die Welt, die man isst, im Inneren; ich trank viel. Ich trieb Sport, ich wollte in Form bleiben. Meine Eltern verstanden nicht, was aus mir geworden war, sie waren schockiert von dem, was Origène meinen »Pariser Hedonismus« nannte, aber ich hatte mit ihnen gebrochen und besuchte sie nicht mehr. Nur als ich mir einen Wagen zulegte, wählte ich einen Dodge, um nachzuvollziehen, wie er sich gefühlt hatte, als er damit über die Straßen meines Geburtsorts gerollt war. Ich pfiff auf den guten Geschmack, auf Gerechtigkeit oder das Volk, meine Gelüste waren mein Wegweiser, und ich leistete mir alles, worauf ich Inkarnation für Inkarnation verzichtet hatte. Ich bat wahllos leichte und schwer zu erobernde Mädchen auf meinen Beifahrersitz, Transvestiten, schöne Geheimnisvolle und knackige Bürschchen, und befuhr mit ihnen enge Straßen an der Meeresküste oder Serpentinen in den Bergen, die sich bei Einbruch der Dämmerung violett färbten; am Abend hielten wir an, ich lud sie zum Essen und Trinken ein, wir übernachteten in typischen Luxushotels mit Spa, Pool und Massage, ich schlief mit ihnen, sie hatten Sex untereinander, wenn ich zu müde war, ich schaute ihnen dabei zu, ich sah ihre Kraft, ihre Jugend und ihre Schönheit.

Mit der Zeit jedoch wurde mir langweilig. Beim ersten Mal ist die genüssliche Entladung so gewaltig, dass ich, durchdrungen von etwas, das stärker ist als ich, im Verschwinden begriffen bin; beim zweiten Mal ist es enorm, aber ich fühle die Begrenztheit. Beim dritten rückt das Limit näher, und alles verliert an Intensität. Alles wiederholt sich, ich wiederhole mich auch. Ich suche nach etwas Neuem, und es gibt immer weniger davon.

Alle Frauen sind nach ein paar Jahren ein- und dieselbe. Alle Menschen sind nur ein einziges Tier, von ein paar Kleinigkeiten abgesehen ist es immer dasselbe, und Langeweile macht sich breit. Die Langeweile kennt keinen Vergleich, egal, was man satt hat, sie stellt sich immer identisch ein, von ihr sind weder Nuancen, Färbungen noch Reichtümer zu erwarten.

Durch die Langeweile kommen mir Fran und Hardy wieder in den Sinn, wie die Jugendlieben einem verheirateten Mann. Was wohl ohne mich aus ihnen geworden ist? Fast unbewusst begann ich, mich in der Umgebung des Val-de-Grâce aufzuhalten. Ich fand immer eine Rechtfertigung dafür, mich dem Krankenhaus zu nähern, weil ich einen Kollegen, einen Vorgesetzten, eine erkrankte ehemalige Geliebte besuchen wollte oder einfach im V. Arrondissement spazieren ging, in der Hoffnung, an der nächsten Straßenecke zufällig Fran zu begegnen.

An einem Montagmorgen im April geschah es tatsächlich, im Sportwagen; unter irgendeinem fadenscheinigen Vorwand wollte ich den Dodge in der Rue Saint-Jacques zu schnell in zweiter Reihe parken und fuhr ihn an: Er hatte nicht den Fußgängerüberweg genommen. Beim Aussteigen erkannte ich ihn sofort, er saß völlig benommen auf der Fahrbahn. Er war verändert. Dreizehn Jahre lang hatte er auf mich gewartet, und ich war nie gekommen; natürlich wusste er nicht einmal, dass er auf mich gewartet hatte. Er war gealtert, hatte zu viel getrunken. Ob er immer noch Assistenzarzt war? Er behauptete es. Ich vermute, dass man ihn entlassen hatte und er sich lediglich aus Gewohnheit dort herumtrieb oder weil er nichts Besseres zu tun hatte, wie ich.

Er erkannte mich nicht. Ich bot ihm an, etwas trinken zu gehen, um sich wieder zu sammeln.

»Danke, nett von Ihnen.«

Er war der Fran, den ich gekannt hatte: hochgewachsen, verträumt, mit Fieselhaaren, diensteifrig und treu wie ein Hund. Ich freute mich, den Verlorenen wiederzufinden. Aber weil ich nicht rechtzeitig gekommen war, hatte ich ihm Leid zugefügt. Er war verwirrt, wusste nicht mehr recht, was er glauben oder tun sollte; ich schenkte ihm nach. Er erzählte nicht von einem, der blutet. Sein Glaube hatte sich verändert. Er erwartete eine Art Messias. Er werde kommen. Es müsse da einen geben, irgendwo. Ich hörte ihm zu, wie man einem Besoffenen zuhört, und nickte. Er behauptete weiter, er sei einst ein Herrscher über die ganze Welt, ein Friedensstifter und genialer Erfinder gewesen, habe tausend Mal geheiratet und alles gewusst, das sei jedoch vorbei. Er verwechselte sich mit mir. Ich sagte nichts. Er war auf der Suche nach einem Mann, vielleicht auch einer Frau. Dem Wirt hinter dem Tresen gab ich zu verstehen, dass der Arme den Kopf verloren hatte.

Dann begann Fran, sich für mich zu interessieren. Er war misstrauisch. Er fragte mich, wie und warum ich so jung schon Karriere gemacht habe, weshalb so ein arroganter Schnösel sich damit abgebe, einem armen Schlucker wie ihm zuzuhören. Er hatte Zweifel. Ich begriff, dass es ein Fehler gewesen war, ihn zu treffen, und dass ich mein Problem mit der Ewigkeit erst dann los sein würde, wenn ich ihn um die Ecke gebracht hätte. Stattdessen musste ich diesen komischen Vogel wieder liebgewinnen, ob ich wollte oder nicht.

Ich schenkte ihm eine Zigarette und ließ ihn weiterreden.

Er war ein guter Mensch, ich hatte ihn fallen lassen, und deshalb strampelte er sich nun umsonst ab. Ich glaubte, mich von ihm verabschieden und mein hedonistisches Leben einfach weiterleben zu können. Aber er spürte mich auf. Er kannte meine Adresse und stellte mir nach. Auf meiner Mailbox, im Briefkasten, bei meiner persönlichen Sekretärin in der Bank, auf der Straße, auf meinem Privatparkplatz, immer derselbe Penner, seine wahnsinnigen Schriebe, seine krakelige Schrift. Man riet mir, ihn wegen Belästigung anzuzeigen und hinter Gitter bringen zu lassen. Schließlich willigte ich ein, ihn wiederzusehen.

Meine Eltern waren unlängst gestorben (der Kummer, den meine hochnäsige Haltung ihnen bereitet hatte, musste ihren Tod beschleunigt haben), und ich brachte ihn zu meinem Geburtsort in der Absicht, ihm unser hübsches Haus zu überlassen: Er könnte sich um die Instandhaltung kümmern (ich selbst hatte keine Zeit dafür), so hätte der arme Kerl wenigstens ein Dach über dem Kopf. Ich besichtigte es mit ihm, aber er hatte nur eines im Sinn: seinen Auserwählten. Ach, der Auserwählte … Wir gingen über die kleine Brücke, ich zeigte ihm den paradiesisch klar fließenden Bach, das Wildwasser, das Ufer mit dem grauen Sand und den Kieseln; vielleicht war es falsch, etwas von den glücklichen Erinnerungen an unsere Nächte unterm Sternenhimmel vor mich hin zu murmeln und dann auch vom brennenden Wald und vom lang vergangenen Krieg zu raunen. Ich dachte, er würde es nicht hören.

»Mit wem?«

Ich gab vor, meinen Vater gemeint zu haben, aber Fran hatte verstanden. Aufgeregt brabbelte er in seinen Bart: »Er ist es …« Und er beugte sich zu dem glitzernden Fluss hinunter, um sich zu erfrischen. Mit den Händen schöpfte er ein wenig Wasser, das ihm durch die zitternden Finger rann, noch ehe er es zum Mund führen konnte; in der verzerrten Wasserspiegelung sah ich mich hinter ihm stehen, die Hände in den Taschen zu Fäusten geballt. Hasste oder begehrte ich ihn? Ich hatte Lust, es zu versuchen, ich hielt mich nicht zurück.

Man muss auf den Impuls des Augenblicks hören.

Mithilfe eines schweren flachen Steins schlug ich ihm auf die Schläfe, Fran stöhnte leicht, die letzten Worte blieben ihm im Hals stecken, sein Schädel war offen, weiß, rot, violett, unter dem klaffenden Bruch pulsierte das Gewebe weiter. Ich war neugierig darauf, kaltblütig zu töten: Abgesehen vom Krieg war es das erste Mal. Ich ließ mir Zeit, denn ich schaute ihm genau zu, bis zu dem Moment, wo er kein Lebenszeichen mehr geben würde. Ich wusste, dass er immer ein Messer in seiner Hosentasche hatte, und damit schnitt ich ihm die Kehle durch, ich stach ihn ab wie ein Schwein, das purpurrote und schwarze Blut rann ins Wasser des Flusses, und als schließlich nur noch das Rauschen des Wildbachs weiter oben im Gebirge zu hören war, das Kullern unregelmäßig von der Strömung bewegter Steine, der Wind in den Bäumen, setzte ich mich unter den Ulmen neben die Leiche meines Kameraden und Freunds. So also sah der Tod von außen aus: Ich würde nie zum Kadaver werden und niemand würde mich je auf den Zustand von Aas reduziert sehen. Ich beobachtete seine Haut, das schon geronnene Blut, seinen ausgerenkten Kiefer, die heraushängende zerbissene Zunge und die runden starren Augen. Ich berührte ihn und stellte fest, dass er steif war. Frans Arme waren über und über von schwarzer Tinte bedeckt. Man hätte meinen können, dass sein Körper von einem Leben zum anderen dunkler wird, dass seine versteckten Tätowierungen immer höher in Richtung Brust, Oberkörper und Kopf wandern. War das das Zeichen für eine Veränderung? Ich glaube nicht. Eher war es ein Zeichen dafür, dass ich ihm immer später begegnete.

Ich habe geweint. Trotzdem fühlte ich mich nicht schuldig. Ich wusste, dass es genügte, mich zu töten, damit Fran in der darauffolgenden Sekunde wieder ins Leben kam, ohne irgendwelche Erinnerung. Er würde mir nichts nachtragen, niemals. Was ich ihm Böses getan hatte, existierte nur in mir. Für ihn hatte es keine Bedeutung.

Trotzdem musste ich ihn verstecken, zerstückeln, verbrennen und seine Asche verstreuen. Ich wartete, bis die Nacht kam. Ich hockte mich neben seinen Scheiterhaufen, bis er abgebrannt war, kurz bevor der Morgen graute.

Froh, wieder frei und ihn los zu sein, ging ich in den Straßen umher, fand Gefallen daran, reife Frauen anzusehen, zu beobachten, in welchem Winkel am Kragen ihres dekolletierten Sommerkleids sie ihre Sonnenbrille eingesteckt, welchen Schmuck sie zu ihrer gebräunten Haut gewählt hatten, ich liebte es, die Eleganz in der Vulgarität zu ergründen und umgekehrt, ihre Entscheidung, sich mit vierzig die Haare schneiden zu lassen und den Nacken der Sonne und den Blicken preiszugeben. Für gewöhnlich sprach ich sie dann an.

Alles fließt: Es geschah oft, dass ich während des Akts blutete, und das mochte ich am liebsten. Natürlich bekamen die Frauen Angst vor dem Blutfluss, wie meine Mutter früher, aber ich fühlte mich wohl dabei. Einige Sekunden, manchmal sogar einige Minuten lang erinnerte ich mich an nichts mehr. Alles, was sich in mir weigerte zu sterben, war fort, und ich blieb nackt zurück, hingegeben, in einer Blutlache.

Aber ach ... Sogar dieser Genuss, aus mir herauszufließen, versiegte nach und nach.

Alles Schöne vernichtet etwas anderes; alles hat seinen Preis. Je weiser und älter ich wurde, desto weniger fühlte ich das Leben. Ich war nur eine Abstraktion, eine Art Konzept, das immer mehr an Dynamik einbüßte. Es musste an der versprochenen Ewigkeit liegen: ein Schwinden aller Intensität, eine wüste Ebene der Wahrheit. Woran sollte ich nun noch mein Leben hängen?

Die großen Fragen ignorierte ich: Falls eines Tages eine Idee für mich sterben würde, könnte ich mir eventuell überlegen, auch noch einmal für eine Idee zu sterben. Von jeder Moral wurde mir speiübel (daran hatte ich auch schon einmal geglaubt), und dieser besessene Enthusiasmus der Leute, die mithilfe von Technik und Fortschritt irgendetwas Neues entdecken wollen, ließ sie mir wie verschreckte Tiere erscheinen, die ständig nach mehr verlangen, ohne zu sehen, dass es immer dasselbe, nur neu etikettiert ist. Das Einzige, was zählt, ist das erste Mal – egal auf welchem Gebiet, aber das erste Mal. Beim Ficken, von vorne, von hinten, beim Scheißen, beim Essen, beim Trinken, beim Hören, beim Sehen, beim Tanzen, beim Kinderkriegen ... Sicher gibt es auch den Genuss der Wiederholung, vorläufig. Dann lässt es nach. Ich hatte zu viel gelebt. Längst reichten meine Finger aus, um eventuelle erste Male daran abzuzählen, danach wäre alles zweitrangig.

Viel war es nicht, ein oder zwei Jahre durften dafür reichen.

Je mehr der Genuss schwand, desto öfter stießen mir die vorigen Leben sauer auf, anstatt in süßen Träumen zu erscheinen. Vielleicht waren meine Versuche, ein Ende zu erreichen, fehlgeschlagen, weil das Aufhören der Ewigkeit keine Belohnung darstellte. Ich fragte mich, ob ich nicht ganz im Gegensatz dazu Schuld auf mich laden müsste. Ich war immer zu gut gewesen, hatte geglaubt, den Tod verdienen zu können wie eine Auszeichnung, dabei war er die Strafe.

Was mir noch fehlte, war im Grunde genommen ein bisschen Laster.

Um Strafe herauszufordern, habe ich ein paarmal getötet. Ich härtete mich ab, denn es war nicht gerade meine Lieblingsbeschäftigung. Gleichwohl verstand ich die Kriminellen, die Mörder. Wahrscheinlich waren viele wie ich, müde Männer, die eine Art fünfte Inkarnation erreicht hatten; alles war einerlei, und im Gegensatz zu den anständigen Leuten wussten sie, dass die Opfer wiederkehren würden, wie alles andere auch. Sie hatten versucht, die Wahrheit zu finden, die Dinge zu ändern, gut zu sein. Es blieb ihnen nicht viel anderes zu tun, als zu töten. Und es gehörte ja auch zu den grundlegenden menschlichen Genüssen, das Leben schwinden zu sehen, es war eine richtige Freude, genauso wie essen, scheißen, pissen und vögeln. Es befriedigte mich durchaus, der Existenz eines anderen zumindest für eine gewisse Zeit ein Ende zu setzen.

Aber gelegentliches Töten ist nicht genug.

In den Momenten, in denen ich das Gefühl habe, mich zu verlieren und böse zu werden, denke ich an Hardy. Um ehrlich und gerecht zu sein, habe ich schönere, zartere, härtere, weichere, verdienstvollere Geliebte, intelligentere, partnerschaftlichere, lustigere, ja sogar lebhaftere gekannt, wobei sie das ja ganz besonders war; dennoch denke ich wieder an Hardy. Warum? Ich weiß es nicht.

Im Internet suche ich nach Spuren von der, die ich einst kannte, in Aubervilliers, in Paris, in Mornay, und ich finde nichts. Niemand heißt wie sie. In diesem Leben kennt sie mich nicht: Ist sie Sängerin geworden, Lehrerin, Ärztin oder überhaupt nichts? Sie scheint verschwunden zu sein, sich aufgelöst zu haben. Einen Augenblick lang frage ich mich, ob sie trotzdem existiert, auch wenn sie mich nicht kennt.

Und ohne mir dessen wirklich bewusst zu sein, treibe ich mich wieder in der Gegend von Mornay herum. Allein am Steuer des Dodge fahre ich gelegentlich in dem Viertel herum, in dem wir damals wohnten, und klingele an der Tür der Dame, die unsere kleine Tochter hütete; ich höre dieser Frau gerne zu, besuche sie zum Tee, stelle mich als einen ehemaligen Nachbarn vor, den sie wohl vergessen habe.

»Kennen Sie mich?

– Nein.«

Ich weiß, dass sie nicht genug Geld für diese Hüftprothese hat, die nicht mehr von der Krankenkasse erstattet wird (Hardy hatte mir oft davon erzählt), also bezahle ich sie ihr. Ich könnte sie ermorden, aber mich beflügelt das erhabene Gefühl, ihr einen Gefallen zu tun. In solchen Dingen gibt es keine Regel: Sie sind von Fall zu Fall verschieden.

Wenig später, im Frühling, bringe ich ein sehr berühmtes und unglaublich schönes Model mit nach Mornay, doch sie langweilt sich; ich zeige ihr die ausgetretenen Gehwege, die Eichen- und Platanenalleen, die Fassade des Theaters, und mir läuft ein Film vor den Augen ab, in dem die Orte und alles, was ich damit verband, wieder lebendig werden, ich bin hingerissen, aber sie versteht es nicht. »Dieser Ort ist völlig uninteressant.« Trotzdem erlaube ich mir einen kleinen Abstecher zu dem Backsteinhaus mit dem quadratischen Garten, es scheint verlassen zu sein oder einen nachlässigen Besitzer zu haben, der die Rosen nicht mehr zurückschneidet, die das Tor mit dem abgesplitterten Lack überwuchert haben.

»Warte hier kurz auf mich.«

Während der Motor des Dodge weiterläuft, werfe ich die Fahrertür zu, riskiere einen Blick durch die Efeuranken und die verwilderten Rosen, ich suche einen Namen auf der Klingel, was erwarte ich eigentlich? Eine Hand an der Stirn, versuche ich hinter dem im Schatten liegenden Wohnzimmerfenster eine Gestalt oder eine leichte Bewegung der Vorhänge auszumachen; Fliegen umschwirren mich und künden den Sommer an. Ich klettere am Eisengitter hinauf und springe über das Eingangstor. Entlang der Mauer ist es kühl, und am Ende des Durchgangs sieht man den aufgegebenen Garten im Schatten liegen. Nichts ist abgestorben, alles ist gewachsen, eine üppige und dichte Vegetation hat die Oberhand bekommen, ein Durcheinander von rankenden Pflanzen, Feigen- und Lorbeerbäumen – als plötzlich ein Hund bellt und mich in die Wade beißt. Meine Hose ist zerrissen, ich versuche, mich zu wehren, aber der Hund greift an. Er lässt nicht ab von mir, und als ich ihn wegstoße, entreißt er mir ein Stück Fleisch und Muskel. Mein Gesicht verzerrt sich, ich renne humpelnd zum Tor, das ich nur mit Mühe überwinden kann.

»Alles in Ordnung?«

Hinter der heruntergelassenen Scheibe macht meine neue Freundin sich Sorgen. Ich setze mich wieder ans Steuer und fahre eilig los, ohne die Person zu sehen, die sich vom Hund alarmiert aus dem Fenster gelehnt hat.

»Du blutest.

– Es ist nicht schlimm.«

Aber die Wunde ist tief.

Es wird sich entzünden. Ein paar Kompressen reichen nicht, und in der Apotheke schickt mich eine traurig aussehende Frau zu einer Ärztin, Doktor Laure, nur ein paar Schritte weiter.

»Bleib im Wagen, ich bin gleich wieder da.« Im Wartezimmer sitzt niemand. Ich halte mir die stark blutende Wade, während ich mir auf die Unterlippe beiße, um nicht zu schreien. Ich klopfe an die Tür. »Ist da jemand?

– Ja?«

Doktor Laure öffnet und sieht mich erstaunt an.

Es ist Hardy.

Ich muss ein paar Sekunden ohnmächtig gewesen sein. Ich liege auf der Behandlungsliege, mit aufgekrempelter Hose.

»Das sieht schlimm aus. Wie ist das passiert? Ein Hund?«

Ich bin kreidebleich. Sie hat ihren Namen geändert und

den Vornamen. Aber sie ist es. Hardy hat kurze, lockige Haare. Sie runzelt die Augenbrauen, wie sie es schon immer getan hat. Ohne mich anzusehen, berührt sie mich zart, entfernt die an der Wunde klebenden Kompressen, pfeift durch die Zähne, als sie die üble Bisswunde entdeckt und mustert das aufgerissene Fleisch.

Sie ist verheiratet. Mir fällt sofort der Ehering auf, den sie an der linken Hand trägt.

Bestimmt verschlinge ich sie mit meinem Blick, ich kann nicht anders, denn sie ist es ohne mich, so sieht sie also unberührt von meiner Existenz aus. Trotz der Gummihandschuhe streicht sie sich ständig mit dem Handgelenk übers Gesicht, als wolle sie ihre Kurzhaarfrisur in Ordnung bringen oder sich die Stirn abwischen; am Rand ihres Lächelns und ihrer Wange beginnt der Schönheitsfleck sich zu wölben wie ein kleiner Brustnippel. Ich versuche, sie so anzusehen und zu beurteilen wie eine x-beliebige Frau unter den vielen, mit denen ich zusammen gewesen war. Ihre Haut hat einen kupferfarbenen Ton, sie ist schlank, muskulös, ihre Bewegungen sind lebhaft, geschickt und präzise. Bald schon kommt mein Zeitgefühl durcheinander, und ich bin nicht mehr sicher, ob ich mich hier und jetzt befinde oder in einen vertrackten Augenblick der Vergangenheit zurückfalle.

»Werden Sie zurechtkommen?«

Endlich sah sie mich an und lächelte.

Etwas in ihrem Gesicht hatte sich aufgelöst, und sie zerriss das Rezept und den Behandlungsschein ein bisschen zu energisch, weil ich meine Krankenkassenkarte nicht bei mir hatte. Das Mechanische und übertrieben Selbstsichere ihrer Bewegungen verriet, dass sie nicht so souverän war, wie es den Anschein hatte.

»Ich wechsle Ihnen den Wundschutz noch einmal.«

Nachdem sie einen festen Verband angelegt hatte und mir auf der Schwelle der kleinen Praxis in Mornay die Hand geben wollte, fiel ich beinahe in Ohnmacht. Mir schossen Jahrzehnte gemeinsamen Lebens durch den Kopf, die genauen Temperaturunterschiede zwischen ihrer Armbeuge, ihrem glühenden Bauch und den kühlen Innenseiten ihrer Schenkel; ich wagte nicht einmal, sie anzusehen, und hatte flüchtig das Gefühl, dass es ihr auch so ging. Dabei war sie keine große Schönheit und hatte nichts wirklich Besonderes an sich.

»Ihre Frau wartet auf Sie.

– Wer?«

Die Arme unter der Brust verschränkt, zeigte sie mit dem Kinn in Richtung des Models auf dem Beifahrersitz meines im Schatten geparkten Wagens, die mit ihrem Tablet beschäftigt war und mir von der gegenüberliegenden Straßenseite aus zuwinkte.

Mein Mund fühlte sich pelzig an, und alles hatte wieder den bitter vertrauten Geschmack des Schicksals. Von dem Moment an fand ich an nichts und niemandem mehr Gefallen. Ich verließ das Topmodel auf der Stelle und dachte nur noch an Hardy.

Zwei Wochen später fand ich mich erneut vor der Tür zu Dr. Laures Praxis ein. Ich saß auf den Stufen der Vortreppe zu diesem niedrigen, hässlichen, grau verputzen Haus und blutete aus der Nase bis in die Gosse; obwohl ich es seit Tagen kommen fühlte, hatte ich nicht die Substanz in der Phiole inhaliert und das Blut absichtlich fließen lassen. Als sie die Tür öffnete, denn ich hatte geklingelt, ohne einzutreten, hielt sich Laure, besser gesagt Hardy, beide Hände vor den Mund:

»Was ist Ihnen jetzt schon wieder zugestoßen?«

Sofort stellte ich fest, dass sie mich wiedererkannte; in den zwei Wochen hatte sie mich nicht vergessen. Immerhin.

Ich war blutüberströmt und halb am Ersticken von dem, was mir aus der Nase floss, über meinem dunkel verkrusteten Mund antrocknete, und dem frischen Blut, das schon wieder darüber lief ... Sie hielt mich an den Schultern, ich wankte, und sie führte mich bis zur Behandlungsliege.

Ihre Arme und Hände waren schon befleckt.

Ich war überglücklich, wie sie sich um mich kümmerte. In ihrer Laufbahn als Ärztin waren ihr nie derartige Symptome begegnet. Das Blut hörte nicht auf zu fließen. Es rann auf den Fliesenboden der Praxis. Sie geriet in Panik. »Er stirbt mir hier weg!« Ich hörte, wie aufgeregt sie meinen Fall am Telefon schilderte. Sie rief die Notaufnahme an und beschloss, mich zu begleiten. Während der ganzen Fahrt im Krankenwagen hielt sie meine Hand. Ich fühlte ihren Ehering, das Schlagen ihres Herzens in ihrer Handinnenfläche, etwas Geduldiges wie ein Gift; im Vergleich zu den Frauen und Männern, die ich seit damals geliebt hatte, besaß sie nichts Hervorstechendes, unterschwellig jedoch kam diese geheimnisvolle und betörende Art zur Geltung, die sich zwischen ihren Brüsten, in der Kurve ihrer Wirbelsäule, im Tonfall ihrer Stimme, entlang der Falte ihres Lächelns, in ihrer ganzen Körper- und Geisteshaltung wiederholte, die einzigartig war.

Ich war froh und ganz benommen davon, sie berühren, fast riechen zu können; ich drückte ihre Hand, als hätte ich Schmerzen oder als ob sie mir gehörte.

»Pssst!, flüsterte sie mir zu, wir sind bald da.« Sie war eine aufmerksame, mütterliche Ärztin.

Im Universitätskrankenhaus angekommen, nutzte ich einen unbeobachteten Augenblick, als die Sanitäter mit etwas anderem beschäftigt waren, um die Substanz in der Phiole zu inhalieren, die den Blutfluss sogleich stoppte. Selbstverständlich musste ich eine ganze Reihe von Untersuchungen über mich ergehen lassen, und Hardy blieb den ganzen Tag zwischen Wartezimmern und Routinetests an meiner Seite, nachdem sie ihrem Mann mitgeteilt hatte, dass sie wegen eines Notfalls später heimkommen würde.

Man wollte mich zu Beobachtungszwecken dort behalten, aber ich lehnte ab. Ich entwischte den Krankenschwestern und fand Hardy wieder, die mit übereinandergeschlagenen Beinen ein Boulevardblatt las, gähnte und nervös mit dem Fuß auf die Fliesen im Schachbrettmuster tippte. Ich betrachtete sie lange: Sie blätterte die Seiten um, ohne sie zu lesen, sah flüchtig die Fotos an, und die Bewegung ihrer Handgelenke übte auf mich dieselbe Faszination aus wie immer.

»Ah, da sind Sie!« Sie hatte aufgeblickt.

Ich bedankte mich sehr höflich bei ihr und schlug vor, gelegentlich zusammen etwas trinken zu gehen. Auf ein Stück Papier kritzelte ich meine Nummer, die sie mit besorgtem Blick las.

An der kurzen Stille, bevor sie mit viel Feingefühl scherzend, aber entschieden ablehnte, erkannte ich, dass ich zu forsch gewesen und ihr zu nahe getreten war. Sie nahm sich in acht und mochte keine Männer wie mich. Dennoch fuhr sie mich bis zu dem Parkplatz, auf dem mein Auto stand, und ich zügelte mein Temperament.

Am nächsten Tag hatte ich auf meiner Mailbox eine Nachricht von Doktor Laure, die sich mit tonloser Stimme entschuldigte und mich zu sich nach Hause zum Essen einlud. Sie wohnte am Ortsausgang von Lèrves, einem beschaulichen kleinen Dorf nicht weit entfernt von der Gegend, wo wir einst das Backsteinhaus mit dem quadratischen Garten gekauft hatten. Ich zögerte, die Einladung anzunehmen. Ich ahnte, dass ich ihr wehtun würde und sie mir: ich, weil ich wusste, und sie, weil sie nicht wusste. Aber es war schon zu spät: Ich fand kein Vergnügen mehr bei anderen Frauen, die bloße Erinnerung an sie überdeckte alle Gesichter. Ich hatte keine andere Wahl. An einem Samstagabend stand ich also mit einer Vinylplatte und einer Flasche Champagner zu zweihundert Euro unter dem Arm vor ihrem Hauseingang. Mit leichtem Schrecken stellte sie fest, dass ich ihr Lieblingsalbum ausgesucht hatte, obwohl wir nie über Musik geredet hatten, und bedankte sich kühl, mit einem fast unwirschen und verzweifelten Handschlag. Ihr Mann, Beamter bei der Präfektur von Mornay, empfing mich herzlich; er war ein offener Mensch, großzügig, jovial, ihr gegenüber aufmerksam, vielleicht sogar zu sehr, und er neigte nicht zu Eifersucht. Ziemlich schnell, sobald sie sich in die Küche zurückzog, um das Abendessen vorzubereiten, weihte er mich in ihre extreme Verletzlichkeit ein; er entwarf vor meinen Augen das verliebte Porträt einer Frau, die lebhaft, aber sensibel ist, abwechselnd Phasen wahnwitziger Hochstimmung und tiefer Depression durchlebt. Als sie sich am Ende ihres Studiums in Paris kennenlernten, hatte sie gerade eine Therapie hinter sich, die sie begonnen hatte, weil sie sich doppelt fühlte. Anschließend änderte sie ihren Namen und Vornamen. Er vertraute mir an, dass Laure eigentlich Hardy heiße: »Ein merkwürdiger Vorname für ein Mädchen, bemerkte er, aber er passt gut zu ihr.«

Sie hatten noch kein Kind, weil sie sich noch nicht bereit dafür fühlte.

»Schicken Sie sie auf Reisen, schlug ich vor, versuchen Sie es mit den USA. Oder Asien.«

Hardy kam mit dem Essen zurück, einem Schweinebraten mit Fenchel. Es war köstlich. In scherzhaftem Ton flüsterte ich dem Ehemann zu: »Sollten Sie sich jemals scheiden lassen, rufen Sie mich bitte an.« Er brach in Lachen aus, schenkte mir von dem Wein nach, den er beim Feinkosthändler in Mornay ausgewählt hatte, von dem ich ihm einiges erzählen könnte. Ich verstand mich sehr gut mit ihm, wie immer mit Hardys Geliebten; sie sagte kaum etwas, aß wenig und warf ihr Weinglas um, als er hinausging, um die Teller in die Spülmaschine zu räumen, und wir uns allein im Wohnzimmer gegenübersaßen, das entfernt an das unseres ersten Ehelebens erinnerte. Sie wusste nicht, was sie sagen sollte. Ich wischte den Fleck auf der Tischdecke mit dem asiatischen Muster weg, sah sie an und fühlte in mir ein heftiges Begehren für sie wachsen, das nicht Liebe war, sondern genauso gut Schmerz und Kummer bedeuten konnte.

»Sie haben uns nicht viel von sich erzählt«, sagte sie als freundliche Gastgeberin.

Ich zögerte. »Ich glaube, ich verkörpere ungefähr alles, was Ihnen verhasst ist.

– Woher wollen Sie das wissen?«

Ich zuckte die Schultern. »Ich habe entschieden, eine Karikatur zu sein, schere mich nie um andere, ich tue, was mir gefällt, und ich bin glücklich. Das Leben ist für mich ein einziger Urlaub.«

Hardy verzog das Gesicht. Sie flüsterte: »Ich weiß, was Sie für die alte Dame getan haben, die Katzenliebhaberin. Sie ist Patientin bei mir.« Sie versicherte sich, dass ihr Mann immer noch in der Küche zu tun hatte, und lächelte, als würde sie mich durchschauen. »Im Grunde Ihres Herzen sind Sie ein guter Mensch.«

Bloß das nicht, dachte ich. Ich wollte nicht, dass sie mich für einen *heimlichen* Heiligen hält. Sie tat mir leid.

Drei Tage später rief sie mich an, um sich für mein Kommen zu bedanken. Sie litt bei jeder Silbe, wagte nicht, den Satz auszusprechen, von dem sie hoffte, dass ich ihn vor ihr sagen würde, und ich ließ sie zappeln. Nach fünf qualvollen Minuten fragte sie mich schließlich, ob ich Lust hätte, mit ihr etwas trinken zu gehen, in ein Café, aber nicht in Mornay, weil alle sich dort kannten, gegen Ende der Woche.

»Gerne.«

Auf der Terrasse dieser direkt an der Landstraße gelegenen Bar beobachtete ich, wie sie die Hände rang, es ging ihr nicht gut.

»Sagen Sie mir, was Sie auf dem Herzen haben.«

Sie wollte nicht, dass ich mir Hoffnungen mache. »Es gibt eine große Leere in meinem Leben.« Ich erfuhr, dass sie Antidepressiva einnahm. Ich ließ sie über ihn reden: Natürlich war er nett, aber … Ich wurde eine Art Vertrauter für sie, ein guter Freund. Ihr Mann machte sich nichts aus Musik, also gingen wir zusammen zu Konzerten von Gruppen, die wir als Jugendliche geliebt hatten; einmal trank Hardy am Schluss ein Glas Bier über den Durst, stellte sich auf Zehenspitzen, um meinen Kragen zu fassen zu bekommen, und küsste mich mit geschlossenen Augen auf die Lippen. Aber ich stieß sie zurück. Sie erbleichte, eine Hand vor dem Mund, und ich drohte ihr damit, aus ihrem Leben zu verschwinden, wenn sie sich je in mich verliebte. Ich wollte nicht, dass sie zu einer unter vielen würde. Sie versprach es, ihr Gesicht verfinsterte sich, und sie meldete sich zwei Wochen lang nicht mehr, danach schlug sie vor, dass wir uns wieder treffen sollten, aber im Beisein anderer Freunde. Sie stellte mich sogar einer guten Freundin vor, die Zahnärztin in Mornay und Single war, aber ich lachte ihr ins Gesicht. Wie naiv. Mir fehlte nichts, es war nett von ihr. Ihrem Mann lieferte ich alle Garantien des verlässlichen Kumpels, dem es nie einfallen würde, seiner Frau zu nahe zu kommen, abgesehen davon, dass sie ihn gar nicht interessiere (»Ein Mann wie Sie verkehrt in höheren Kreisen«, sagte er eines Abends im Spaß). Ich stellte ihnen drei oder vier Begleiterinnen aus dem Mannequin- oder TV-Milieu hintereinander vor, die jeweils nur eine Saison aktuell waren und deren Namen und Gesichter ich mittlerweile vergessen oder mehr oder weniger in einen Topf mit den vorigen geworfen hatte; es war nur, um eine gute Figur abzugeben.

Nichts bereitete mir nun noch Vergnügen, weder essen, trinken, leben oder vögeln. Ich liebte Hardy, wie immer, aber es war eine wiederholte Liebe, die mich nur noch befriedigte, solange sie platonisch und unerwidert blieb. Hätte ich ihr nachgegeben, wäre Hardy binnen weniger Stunden in der Sonne geschmolzen und hätte sich zwischen allen anderen in der unförmigen Lache aufgelöst, die einmal meine Begierde war und die jetzt vor Überdruss in der großen Hitze vor sich hin faulte.

Entsetzt stellte ich fest, dass ich dazu fähig war, ihr Böses zu wollen. Nach und nach malte ich mir die beste Methode meiner Grausamkeit aus. Das war immerhin ein neues, aufregendes Gefühl.

Laure, die mit Hardy unterzeichnete, schrieb mir einen langen Brief, in dem sie mir ihre Liebe gestand. Wir schickten uns weder Mails noch Kurznachrichten. Nachdem ich den Brief gelesen hatte, schlug ich vor, uns nicht mehr zu sehen. Ein Abenteuer kam nicht in Frage: Darüber waren wir uns beide einig gewesen. Niemals. Kaum einen Monat später kam sie mich in Paris besuchen, weil sie die Trennung nicht aushielt. Sie war schlank, dünn, abgemagert. Sie trug weiße Damenkleider, um mir zu gefallen (so angezogen fand ich sie nicht attraktiv, es sah zu kleinbürgerlich aus), wusste jedoch, dass ich außerordentlich schöne Frauen frequentierte, und versprach hoch und heilig, nichts von mir zu erwarten. Ich führte sie in ein gutes Restaurant aus, wo sie sich unwohl fühlte. Während ich aß, rührte sie keinen Bissen an. Ihre Finger waren so mager, dass sie an die Handknochen von Skeletten erinnerten. Sie hatte ihren Ehering ändern lassen müssen, damit er ihr nicht vom Finger glitt. Hardy trug ihre Haare halblang, zurückgebunden, und es kostete mich höchste Anstrengung, sie nicht zu lieben; in mir hatte sich ein böser Trieb breitgemacht, anderen durch die Zufügung von Schmerz nahezukommen, der mir einen seltenen Genuss verschaffte, den ich in den fünf bisherigen Leben nicht gekannt hatte.

Die Frau, die ich geliebt hatte, war zu einem passiven Objekt geworden, zum alleinigen Opfer.

Als der Ober mir Wein einschenkte, erzählte ich Hardy mit unbeteiligter Stimme, dass sich die Frauen seit einiger Zeit wieder die Schamhaare über den Schlitz wachsen ließen, und während die Bedienungen uns Meeresfrüchte servierten und abräumten – sie hatte die Vorspeise nicht angerührt –, redete ich über die Körperformen und Koketterien der Frauen, mit denen ich verkehrte. Ich wollte sie eifersüchtig machen. Ganz unvermittelt, vielleicht auch, weil der Alkohol seine Wirkung tat, sagte ich ihr, dass sie sich dort nie rasiert hatte.

Sie blinzelte und sah mich lange an, widersprach jedoch nicht.

Ich kannte die Größe ihrer fünf Muttermale auf dem rechten Oberschenkel und ihre Anordnung wie beim Sternbild des Schwans auf der Höhe der Klitoris zum Zeitpunkt ihres jetzigen Alters in- und auswendig. Und ihr Geschlecht beschrieb ich ihr ruhig und gefühlvoll: die Form der Schamlippen, den Geschmack nach Cidre und Zimt, die perfekte und straffe Vulva und dann das Innere. Ich fügte Details über den Wuchs der Schamhaare von vorne und hinten, vom Damm bis zum Anus hinzu. Ich erzählte ihr, wie sie es gerne machte und mit welchem Finger.

Sie errötete und blickte sich um, als ob hier in Paris im Restaurant mögliche Patienten, Kollegen oder Freunde aus Mornay sein könnten; der Ober brachte uns den Rinderbraten in Trüffelsoße. Ich nahm keine Notiz von ihm. Hardy war nie prüde gewesen. Sie atmete tief ein, schnitt ihr Fleisch und aß es mit Appetit. Sie sah mich immer noch an.

Ich sagte ihr, dass ich heute Abend mit einer anderen schlafen und dabei ganz fest an sie denken würde. Hardy antwortete prompt, während sie die Hälfte ihrer Wörter verschluckte, sie werde es mit ihrem Mann genauso machen, noch am selben Abend. Daraufhin trank sie ihr Glas Wein aus, lächelte und forderte mich auf zu bezahlen, da ich ja die Mittel dazu habe: Sie werde weder Nachtisch noch Kaffee nehmen. Sie erhob sich.

Benommen fragte ich mich, was ich gerade getan hatte. Mir machte es Spaß, ein Schwein zu sein.

Woche um Woche vernachlässigte sie ihre Praxis, tischte Lügen auf, schützte Kolloquien, Fortbildungen der Pharmaindustrie in La Défense vor und ging mit mir essen. »Ich kann nicht ohne dich leben. Ich hasse alles, wofür du stehst, die Finanzwelt und die Verachtung. Ich hasse dich. Ich begehre dich. Ich habe den Eindruck, dich schon einmal gekannt zu haben, schon immer, du bist wie mein Gegenteil und mein Gegenstück.« Hardy war aufgekratzt wie nie zuvor, sie machte mir Angst.

Sie bat mich: »Erzähl, wie du mich vögeln würdest.«
Ich antwortete: »Ich hab's schon getan.«
Sie triumphierte: »Wusste ich's doch!
– Ich hab dich schon oft gefickt, überall.«

Manchmal hörte sie mir konzentriert zu, hielt die ganze Zeit über die Schenkel zusammengepresst, während ich ihr bis in alle Einzelheiten erzählte, wie es war, die Falte auf der Stirn, ihre Hände, Handgelenke und ihre Art zu weinen kurz vor dem Orgasmus. Ich dachte, sie würde in Ohnmacht fallen. Ob sie glaubte, ich erfinde alles? Und es sei nur ein erotisches Spiel zwischen uns?

Nach und nach erwähnte ich auch ihre Kindheit, ihre Mutter und ihre Tante, die Chansons, die sie als Siebenjährige gern im Radio gehört hatte, welchen Refrain genau, die Erinnerungen und die intimen Gedanken, die Träume, die sie mir so oft beschrieben hatte.

Ich weiß nicht, was Hardy sich zusammenreimte. Meinetwegen verlor sie mit der Zeit völlig den Verstand. Ich wollte sie nicht mehr sehen, sie rannte mir nach. Auf meiner Mailbox waren nur noch Nachrichten von ihr, poetische und zusammenhanglose. Schließlich verließ sie ihren Mann, ihre Familie, und tauchte mit einem einfachen Lederkoffer bei mir in Paris auf. Zur Abschreckung sagte ich ihr, dass sie die Einzige sei, die ich niemals lieben würde. Alle anderen ja, aber nicht sie, nicht dieses Mal. Zum ersten Mal würde ich sie nicht lieben. Einfach so. Zum Ausprobieren. Sie weinte, wie ein Teenager. Ich würde sie nie anfassen, da brauche sie sich nichts vorzumachen, ich begehrte sie nicht. Sie bot sich an, wollte sich nackt zeigen, zog ungeschickt ihr Sommerkleid und ihre weiße Unterhose aus, und ich ließ sie allein, die Arme vor den Brüsten verschränkt. Ich rief ihren Mann an, teilte ihm mit, dass ich nicht wisse, was ich machen solle, dass es ihr nicht gut gehe, also kam Hardy in die Psychiatrie.

Am Anfang verhielt ich mich kühl; in Anfällen von Wahn musste ich mir eingeredet haben, dass man mich dafür zum Tode verurteilen würde. Und ich führte meine Aufgabe aus, als sei es eine Art transzendentale Mission.

Mittlerweile verspürte ich eine intensive und freimütige Lust, sie leiden zu sehen, und begriff den eigentlichen Sinn der Perversität. Alle perversen Menschen waren an dem Punkt angelangt, an dem ich mich jetzt befand. Von mir ungeliebt, schien Hardy selbst zu akzeptieren, dass ich sie so quälte. Den Ärzten, die ihrem Mann erklärten, sie glaube, mich in anderen Leben, anderen Inkarnationen schon einmal gekannt und mir als Frau gedient zu haben, antwortete ich scheinbar niedergeschlagen, dass ich mit all dem, was Laure sich einbilde, überhaupt nichts anfangen könne; dass ich niemals auch nur das geringste, verführerisch interpretierbare Zeichen gegeben, sie sich jedoch Geschichten ausgedacht habe, die ihr zu Kopfe gestiegen seien. Sie beteuerte, ich habe ihr sehr wohl aus früheren Leben erzählt, was ich vehement bestritt. Der Ehemann versicherte mir, dass ihm dieses ganze Drama leidtue, für das ich nichts könne, dass Hardys anfälliges Gemüt sich an den kleinsten Widerhaken der Wirklichkeit aufhänge, um ohne Vorwarnung tief klaffende Abgründe darunter aufzureißen. Es sei nicht das erste Mal. Schlimmer: Ich sei nicht der erste Mann, bei dem sie so reagieren würde. Am Abend blieb ich noch lange bei ihm, wir tranken den schlechten Wein seines geschätzten Feinkosthändlers, ihm kamen die Tränen, wenn er über sie redete, und ich tröstete ihn, so gut es ging.

Einmal nahm ich seine Bitte an, Laure zu besuchen. In einem kleinen weißen und sauberen Raum saß sie an einem Resopal-Tisch mit abgerundeten Ecken, sie trug ein zu weites Karo-Hemd und eine Schleife im Haar, hatte trockene Lippen, hervorstehende Wangenknochen, man hätte sie für eine Gefangene halten können, obwohl sie in einer passablen Einrichtung untergebracht war. Sie trank ein Glas Wasser und entschuldigte sich, mir so hässlich unter die Augen zu treten.

»Du bist sehr schön. So hatte ich dich noch nie gesehen.
– Du brauchst dich nicht schuldig zu fühlen, flüsterte sie.
– Weshalb?
– Mir das anzutun. Ich verstehe dich.«
Ich sagte nichts weiter. Ich stellte mich dumm.
»Macht nichts. Du hast mich vorher geliebt, du wirst mich nachher lieben. Ich freue mich, dich zu sehen.
– Ich mich auch.«
Sie verlangte nach einem weiteren Glas Wasser, wie ein kleines Mädchen.

Dann beugte ich mich zu ihr. »Du irrst dich. Ich habe dich nie gekannt.«

Sie lächelte. »Das gehört zum Spiel dazu. Was du mir sagst, ist ein Teil davon.«

Daraufhin beobachtete ich sie und sah, dass sie dennoch ihre Zweifel hatte. Ihr linkes Auge zuckte nervös, nur ganz leicht, aber der nervöse Tick an ihr war mir unbekannt. Ich litt unter ihren Qualen, weil sie Hardy war, und gleichzeitig empfand ich Lust. Ich sagte ihr, ich hätte gelogen, aus Freude am Spiel. Sie wippte mit dem Bein auf und ab, die Hände aufs Knie gelegt.

»Erzähl's mir.
– Da gibt's nichts zu erzählen. Ich kenne dich nicht.«

Hardy geriet in Panik. »Das sagst du absichtlich. Hör auf.«
Ich setzte die ernste Miene des Erwachsenen auf, wenn er mit einem Kind spricht. »Ich habe dich nie geliebt. Es gibt kein anderes Leben.«

Hardy wollte mich zum Schweigen bringen: »Jetzt hör endlich auf!«, sie erhob sich, zerbrach das Glas, ballte die Hände zu Fäusten und schrie, stieß den Tisch um, bis das Personal sie ruhigstellte.

»Hör auf!«

Am Ausgang fragte der Ehemann, wie es ihr gehe, und ich antwortete, dass es Laure nicht sehr gut gehe, ich jedoch hoffe, dass es sich mit der Zeit legen werde. In den folgenden Monaten verschlechterte sich ihr Zustand natürlich, und Hardy wurde wirklich geisteskrank: Ich hatte sie kaputt gemacht, in zwei Teile gebrochen. Ich liebte diese Frau so sehr, dass ich alles ohne Ausnahme an ihr liebte, auch ihr Leiden, ihren Verfall, ihre Zerstörung, und jedes Mal, wenn ich daran dachte, spürte ich selbst mitten in Konzerten und Defilees, die ich in Paris besuchte, ein erregendes Kribbeln in den Fingerspitzen, sobald ich mir ihren unerträglichen Schmerz vor Augen führte; doch weil ich sie wirklich liebte, bereitete mir meine Lust umgekehrt proportional schreckliche Qualen, die ich nur mithilfe von Medikamenten aushielt, die mich benebelten.

Es war mir gelungen, ein böser Mensch zu werden.

Nach sechs Monaten Behandlung, während derer ich mich fernhielt, bekam ich eines Morgens einen Anruf, dass es Laure besser gehe; ich wusste, dass sie simulierte, aber der Ehemann war erleichtert. Sie werde noch am selben Wochenende entlassen und könne wieder nach Hause, um sich wieder an den Alltag zu gewöhnen. Laure war nur noch ein Zombie, glaube ich. Ihr Gesicht war gezeichnet, durch die Medikamente hatte sie zugenommen, sie sprach mit belegter Stimme und schlief die meiste Zeit. Ich versicherte dem Gatten, dass ich mich über die Genesung sehr freue, aber leider nicht kommen könne, da ich am Wochenende zum Haus meiner Eltern fahren müsse. Warum ich das präzisierte? In meinem eigenen Wahn erwartete ich seelenruhig, für meine Taten bestraft zu werden. Ich gab ihm die Adresse und hoffte, er oder ein anderer werde kommen und mir den Garaus machen. Der Gatte wollte sich unbedingt noch schriftlich bei mir bedanken. Und so steuerte ich meinen Dodge voller Melancholie auf das Haus meiner Kindheit zu; ich spazierte am Bach entlang bis zum Wasserfall, danach lief ich querfeldein weiter, bis ich zum Teich und dem Plätzchen mit den Flusskrebsen kam. Ich ließ ein paar Steine auf der glatten Wasseroberfläche hüpfen und kauerte mich schließlich in einer Mischung aus Genugtuung und Schmerz nieder. Ich dachte inbrünstig an Hardy, malte mir ihr Martyrium aus, stellte sie mir hässlich vor, aufgeschwemmt wie ein fettes Weib und kaum mehr wiederzuerkennen. Ich war kein besonders sinnlicher Mann, und meine Lebensfreude war eine erstaunliche Entdeckung gewesen, genauso wie die Fähigkeit zur Perversion; doch ich verstand die Perversen nun besser; da es nicht meine eigentliche Natur war, hatte ich fünf Leben gebraucht, um bis zu ihren tiefen Beweggründen vorzudringen. Jetzt wusste ich. Ich hatte alles wenigstens einmal gemacht, von nun an konnte es nur noch Wiederholungen geben. Und die Lust würde abnehmen, mich verlassen, mir blieb nichts weiter übrig, als zu akzeptieren, dass ich ewig lebte, mit immer weniger von dieser reinen Freude, die ich entdeckt hatte, denn alles, was ich erleben würde, geschähe zum zweiten und dann zum dritten Mal, so wie das Bild eines Bilds, ein bis zur Unendlichkeit verblassendes Abbild von dem, was ursprünglich Freude gewesen war. Zum Glück hatte ich zerstört, was ich am meisten liebte. Ich hatte den höchsten Punkt der Lust erreicht, ihre Umkehrung und Vollendung.

Natürlich wäre es mir lieber gewesen, endgültig als Gott zu sterben, aber ich wollte, dass der ganze Zirkus ein Ende hat, also konnte ich genausogut als Bösewicht enden. Ich freute mich darauf. Ich hatte Hardy bis zu ihrer Auslöschung geliebt. Der Kreis hatte sich geschlossen.

Als es Abend wurde, glaubte ich, von Norden her auf der Landstraße eine schwerfällige Gestalt zu erkennen, die, nachdem sie ihren Wagen geparkt hatte, über die römische Brücke auf mich zukam. Sie näherte sich wie ein schwarzer Streifen, der heller und länger wurde, in weiten Hosen und unförmigem Hemd, sie ging entschlossen, in der Dunkelheit hörte man das Klicken der Schnallenstiefel, es war Hardy, sie war den ganzen Tag gefahren, man hätte sie für eine Entflohene aus der Anstalt halten können, ich hatte meine Zigarette noch nicht zu Ende geraucht, da streckte sie schon den rechten Arm aus, zielte ein erstes Mal auf den Bauch und schoss.

Ich betrachtete sie, dann senkte ich den Blick und sah, dass viel Blut aus meinen Eingeweiden floss. Aber sie hatte die lebenswichtigen Organe verfehlt. Es tat höllisch weh, und meine Zigarette war in den Kies gefallen. Ich brachte kein Wort mehr heraus.

Ich rechnete damit, dass sie schrie: »Stirb, du Scheusal!« Und ich hätte es verdient.

Doch Hardy sagte sehr sanft: »Ich tu's für dich.«

Dann sah ich nichts mehr, sie musste auf den Kopf gezielt haben.

Das Sechste

Sie können es sich schon denken: Es hat nicht geklappt. Es gab keine Bestrafung. Diese Idee war die Ausgeburt eines kranken Geists. Wie hatte ich mir einbilden können, man (wer denn?) würde mich dafür verurteilen, Vergnügen daran gefunden zu haben, einer geliebten Person Böses zu tun? Ich alterte und war nicht mehr sehr hellsichtig. In Wirklichkeit hätte ich Hardy genauso gut schikanieren, erniedrigen, vergewaltigen oder gar umbringen können, ohne jegliche Konsequenzen. Alles war folgenlos. Nun ja, eine Auswirkung gab es schon: Mein Geist litt darunter, weil er sich daran erinnerte und meine perversen Handlungen sich ihm eingravierten und ihn nach und nach verdarben. Hier lag die Wurzel meines übertriebenen und lächerlichen Hangs zur Ästhetik. Aber die restliche Welt urteilte nicht über mich. Ich kam scheinbar unversehrt zurück, nur meine Seele war vielleicht beschädigt, angeschlagen, rissig. Nach außen hin hatte sich nichts verändert. Die Singularität bestand fort, stieg empor und fiel wieder in mir zusammen, und das Gute oder Schlechte, das ich glaubte getan zu haben, war wie ungeschehen. Alles hatte wieder seinen unveränderlichen Lauf genommen. Doch der menschliche Geist ist nicht stark genug, um so lange zu währen und allein zu bleiben, ich war halb verrückt geworden und hatte Hardy mit hineingezogen; nun begann ein sechstes Leben, und ich musste mir wieder Klarheit verschaffen. Es gab keine Gerechtigkeit, es war ein blinder Mechanismus. Schon wurde wieder von mir erwartet, dass ich weine, brav mein Bäuerchen mache und mit einem Spielzeug herumfuchtle.

Ich konzentrierte mich also darauf.

Ich bin schon bei vollem Bewusstsein, als ich aus dem Bauch meiner Mutter komme: Ich sehe, ich fühle, ich erkenne, und ich weiß. Als Säugling stoße ich meinen ersten Schrei aus, und meine Eltern sind glücklich, ich spiele das Spiel, ich habe ja nichts Besseres zu tun. Vielleicht, weil ich mutig bin, oder vielleicht aus Feigheit, versuche ich nicht mehr, mir Genuss oder Vorteil zu verschaffen. In meinem Kopf gehe ich aufs Geratewohl die Möglichkeiten durch, die mir noch bleiben, doch ich weiß nicht, in welche Richtung ich meine Kräfte bündeln soll, ich weine, ich lasse mich wiegen, ich schlafe durch. Mich umbringen? Nicht noch einmal, nicht gleich.

Was habe ich getan? Es ekelt mich nicht einmal. Noch als Baby erhasche ich meinen Blick im Spiegel; ich erinnere mich an Fran und an Hardy. Die Schuld müsste mir ins Gesicht geschrieben stehen, doch ich bin harmlos wie am ersten Tag.

»Was für ein hübsches Kind!« Meine Mutter wiegt mich in den Armen, während sie mich betrachtet. »Und es hat einen ruhigen Schlaf.

– Den Schlaf der Gerechten«, ergänzt mein Vater.

Dieses Mal habe ich keine Ahnung, wie es weitergehen wird. Was soll ich erfinden, um zu leben oder zu überleben? Ich weiß nicht, wonach ich suchen soll. Wenn ich schon nicht aus Überzeugung weitermachen kann, so tue ich es wenigstens vorübergehend aus moralischen Gründen. Aber meine Babyhände und -füße gehorchen nicht, mein Nervensystem ist noch nicht fertig entwickelt, und mein Gehirn ist zu klein. Ich versuche trotzdem verzweifelt, die Hand meiner Mutter zu fassen zu bekommen, ich greife nur knapp daneben, erwische einen Finger. »Bravo, Kleiner!« Ich würde gerne lächeln, aber leider reagieren die Gesichtsmuskeln nicht so, wie ich will. Das bringt sie zum Lachen.

Ich bin in meiner Wiege gefangen, und ich warte. Ich öffne die Augen, nehme Licht und Farbtupfer wahr, und ich weine, während ich an Hardy denke. Noch vor einigen Wochen war sie da, direkt vor mir, und jetzt ist sie verschwunden, sie kommt gerade wieder auf die Welt, auf der Entbindungsstation im Pariser Vorort: Sie ist nichts als ein kleiner, rot angelaufener, hoffnungsvoller Fleischklumpen, der in den Armen ihrer Mutter schläft, die sie nicht gewollt hat. Es wird Jahre dauern, bis sie zu der Frau werden wird, die ich geliebt habe und mit der ich gerne ewig spielen würde.

Ich komme mir vor, als kröche ich unentwegt in meinem eigenen Geist umher, der keinen Ausgang hat. Ganz am Ende meines Bewusstseins finde ich dann doch so etwas wie eine Tür, durch die ich wieder zur Sorglosigkeit gelange; es genügt, mich zu bewegen, zu brabbeln, sprechen wie laufen zu lernen und, völlig benommen von der Regressionsanstrengung, werde ich erneut zu einer Art Kind.

Ich strebe nach nichts anderem mehr, als ungefähr alles, was ich beim ersten Mal geschafft habe, zu reproduzieren.

Was? Flüsse, Wasserfälle, Teiche, der Baum und der Vogel, der schwarze Hund, der Mischling, an meiner Seite. Silbriges Gefieder? Verarztet, getötet, Blutlache. Meinem Vater hinter der Glastür auflauern, ertappt, überrascht, ich lache; ich helfe meiner Mutter, das Essen vorzubereiten. Die Brücke, der Dodge. Im Winter ist es kalt, im Sommer ist es heiß.

Und so weiter.

Ich bin ein fröhlicher, kreischender kleiner Junge; den Genuss kannte ich ja schon; ich liebe es, mich in den Matsch zu setzen und Insekten zwischen den hohen Gräsern zu verfolgen. Wenn ich über die kleine Brücke gehe und im Dorf einen Rundgang mache, drehe ich den Kopf und schenke der brünetten Dame im Taftkleid ein Lächeln, die mich schon erwartet und von ihrem Korbstuhl aus würdevoll mit dem Fächer winkt. »Guten Tag, mein Junge.

– Guten Tag, Madame.«

Die Hände in den Hosentaschen, gehe ich wieder den Pfad bis zu unserem Haus mit dem Giebeldach hinauf, den schwarzen Hund bei mir. Ich entscheide nichts mehr. Ich lasse mich treiben: Wenn es sein muss, werfe ich Steine, die mir im Weg liegen, ins Wasser.

Der Fluss fließt, ich feure meinen Vater beim Flusskrebsangeln an; er fängt nie welche, ich bohre trotz allem mit den Fingern in der Nase, er tätschelt mir über den unförmigen Sonnenhut. »Junge, irgendwann ziehst du dir noch das Gehirn dabei raus.« Es ist heiß, die Sonne sticht, ich lache, ich weine. Manchmal bin ich völlig erledigt. Ich denke wieder an das, was unweigerlich eintreten wird. Doch Hardys Gedanken unterstützen mich. Sie wird wiederkommen, sie ist schon da, hoch oben in ihrem Wohnturm in Aubervilliers, mit ihren blonden Zöpfen in der Küche des Apartments hört sie wahrscheinlich Radio. Den Kopf in die Hand gestützt, höre ich auch Radio. Manchmal bastle ich ihr Halsketten aus Obstkernen. »Für wen ist das?«, fragt meine Mutter. Ich erröte. »Oh! Der Kleine hat eine Geliebte.«

Ich renne viel, barfuß im Wildbach schreie ich gegen mein von den Felswänden widerhallendes Echo an.

In der Grundschule habe ich große Angst, wieder auf die Gleichaltrigen wie den Bruder des großen Rotschopfs zu treffen. Deshalb bin ich schüchtern. Ich will verhindern, dass mir ein Wort zu viel herausrutscht: Ich hoffe, unbemerkt zu bleiben. Sprechen muss man aber. »Ein menschliches Wesen spricht, das unterscheidet es von den anderen Tieren«, wiederholt der Klassenlehrer beharrlich. Der wackere Mann, ein Freund von Origène, der im Krieg Geiseln exekutiert hat, wenn ich mich recht erinnere, will, dass ich den Mund aufmache, aber ich bleibe scheu. Ich beantworte seine Fragen nicht. Ich weiß alles, klar, aber ich zeige es nicht. Meine Haare dunkeln nach, ich langweile mich an meinem Pult, ich warte und denke an Hardy. Jetzt will ich ihr nichts Böses mehr. Ich möchte sie fest an mich drücken und sie bis ans Ende beschützen.

Als ich die Amsel vor dem Fenster meines Zimmers singen höre, weiß ich, dass das Blut bald kommen wird, es läuft – mein Herz hämmert wie wild, und mich überkommt das Lampenfieber des Schauspielers bei der Generalprobe. Das Blut fließt, ich sehe es sich zu meinen Füßen ausbreiten. Ich versuche, meine Rolle ordentlich zu spielen. Meine Mutter wringt es in ein Gefäß aus, es ist immer noch dieselbe Zinkwanne. Ich liebe meine Eltern: Ich betrachte und begreife ihre Angst und Sorge in allen Einzelheiten; wie von einer friedlichen Zitadelle in der Ferne aus sehe ich sie zittern, überlegen und über mein Schicksal entscheiden. Man wird bei diesem berühmten Arzt, den Origène in den höchsten Tönen lobt, um einen Termin bitten müssen: Der Vater meines Vaters hatte ihn gekannt, und mir wird bewusst, wie schwer es meinem Vater fällt, sein kleines Beziehungsnetz zugunsten meiner Gesundheit auszunutzen. Er überwindet seinen Stolz.

Bald schon sehe ich die Wohntürme, die Graffiti, die Banlieue, die Gleise wiederkommen; Hand in Hand mit meiner Mutter entdecke ich die Stadt. Durchs Abteilfenster halte ich fieberhaft Ausschau nach den Hochhäusern von Aubervilliers, ich hoffe, einen Blick auf das Stockwerk zu erhaschen, wo sie wohnt, aber alles geht zu schnell.

Im Val-de-Grâce wird mir das Warten lang. Ich habe ein diffuses Schuldgefühl, weil ich ihn doch getötet habe. Ich würde es ihm gerne gestehen, aber wozu? Der gute alte Fran, den ich durch das gläserne Rechteck der Tür näher kommen sehe ... Er kann es kaum fassen, dass ich da bin, lehnt sich an den Inox-Labortisch, zittert, denn er weiß, dass ich es bin. Er sagt zu mir: »Du wirst weder dieses Mal sterben noch das nächste Mal.« Ich weiß, ich weiß. Daraufhin sieht er mich an, ich scheine nicht erstaunt genug zu sein. Also setze ich eine erstaunte Miene auf. »Du weißt wirklich nichts? – Wovon reden Sie, Monsieur?« Und dann erklärt er es mir, geduldig wie er ist. Ich tue so, als sei es das erste Mal. »Vertraust du mir?« Der Mann hat schwarze Hände. Ich frage ihn danach. »Ach, das ist nichts, das sind Tätowierungen von früher, meine ganzen Jugendsünden, die ich überdeckt habe.

– Hast du so viele begangen?«

Er lacht. »Ja, viele.« Daraufhin zeigt er mir das tiefe Schwarz, das seine Beine, seine lange magere Brust, seinen Rundrücken, Arme und Hände bedeckt. »Aber für die Arbeit ist es kein Problem: Die Tinte hört unterm Hals auf, und ich habe ja den Kittel an. Für die Hände gibt es Handschuhe.« Waren seine Hände beim ersten Mal schwarz? Ich weiß es nicht. Vielleicht habe ich es nicht bemerkt, obwohl diese Annahme ziemlich unwahrscheinlich ist. Oder waren es nur die Beine? Möglicherweise hat sich die Erinnerung beim Erzählen über all die Jahre, Jahrhunderte hin verschoben. Es ist zu weit weg. In der Unmenge der Einzelheiten vermischen sich alle Frans der vorhergehenden Leben miteinander.

Er kommt mich im Dorf besuchen, und sein Auto riecht nach abgestandenem Rauch. Gelegentlich erzählt er mir erstaunliche Anekdoten, die mir komplett entfallen sind, aber meistens habe ich alles präsent. »Wie heißt diese Stelle unterhalb der Mundwinkel, wo Männer oft keinen Bartwuchs haben?

– Keine Ahnung.«

Ich lüge, und er nimmt mich in den Arm, immer noch mit derselben Begeisterung. »Ach, alter Junge! Ewig, stell dir vor, was du noch alles vor dir hast! Das Leben! Was sage ich? Tausend Leben! Du wirst vielleicht Dinge erleben!« Er raucht, macht sich ein Bier auf, wenn wir unter freiem Himmel campen, in der Nähe des Gebirgsbachs, an der Stelle, an der ich ihn erschlagen habe, er watet im Wasser und zeigt mir, wie man sich um verletzte Tiere kümmert, zum Beispiel um den Fuchs, dessen Vorderpfote von einem Wagen, womöglich dem Dodge des Doktors, auf der unten vorbeiführenden Landstraße zerquetscht wurde; meinen Eltern habe ich erzählt, ich würde eine Wanderung mit einem Kumpel machen. Sie waren glücklich, dass ich endlich einen Freund gefunden habe, denn Origène zufolge bin ich kontaktscheu und hypersensibel.

Trotz allem werde ich ein guter Schüler: Ich besitze alle notwendigen Fähigkeiten und beginne vielleicht zu vergessen, wohl wegen der Anstrengung, die es mich kostet, einen bestimmten Satz oder eine Formel wiederzufinden. Es braucht großen Mut, sich immer wieder an die Arbeit zu machen, doch Fran unterstützt mich. »Hörst du mir zu? – Ja, ja.« Mit seiner Hilfe finde ich die meisten meiner intellektuellen

Reflexe wieder und habe ein akzeptables Niveau in den Naturwissenschaften.

Dann wird es Zeit für Paris. Soll ich der Einladung meines Zimmergenossen, eines borniertgen Mathefreaks, folgen und an diesem Frühlingsabend in den Parc de la Villette gehen? Seit siebzehn Jahren warte ich auf nichts anderes. Ich zittere und schaffe es nicht, in die Métro zu steigen, ohne vorher eine Beruhigungspille genommen zu haben. Doch mir ist schwindlig, und ich weiß nicht mehr genau, an welcher Stelle im Park, wo genau am Kanalufer Hardy in Begleitung ihrer Freunde immer gespielt hat.

»Bist du durchsichtig oder was?« höre ich hinter mir.

Es ist ihre Stimme.

Ganz benebelt von dem starken Medikament wage ich kaum, sie anzusehen, ich bekomme weiche Knie und setze mich auf den Boden ins junge, von Dutzenden Studenten niedergetrampelte Gras, um ihr zuzuhören. Sie spielt einen Song der Breeders.

Wir lernen uns kennen. »Hallo, wie geht's?« Hardy schenkt mir eine Zigarette, aber das ist das letzte Mal, denn sie macht nie Jungs an. Meine Reaktion ist langsam und vorsichtig, ich hänge den Gedanken nach, Hardy hat mir einiges an Schnelligkeit voraus, redet instinktiv, sie quasselt, und ich zögere. Ich betrachte sie, ich erinnere mich an sie als Kind mit ihren über den Ohren zu Schnecken aufgerollten Zöpfen. Oder ich sehe sie abgemagert an dem kalten weißen Tisch mit den abgerundeten Ecken in der psychiatrischen Klinik vor mir. Sie redet und redet, begeistert und energiegeladen, und mir schwindelt. Sie hat Humor. Ich hatte vergessen, wie witzig sie in Gesellschaft sein konnte. Sie dehnt sich in ihrer weiten Hose und stellt gleich klar, dass sie unbedingt frei bleiben will. »Männer? Für die bist du nichts als ein Schmetterling zum Aufspießen in ihrer Sammlung.«

Könnte sie mir doch verzeihen! Ich erhoffe mir so viel. Ich versuche, derselbe zu bleiben, aber was hatte ich ihr noch gleich beim ersten Mal geantwortet? Ich muss mich um jeden Preis wiederholen. Ich weiß nicht mehr, ob ich daran gedacht habe, mein Hemd zu bügeln oder nicht, es ist dunkel. »Begleitest du mich nach Hause?«

Hardy, schon ein komischer Vorname für ein Mädchen. War ich es, der die Bemerkung gemacht hatte, oder ihr Mann, ich erinnere mich nicht.

»Na, weil ich mutig bin. Und du?«

Mein Name ... An und für sich hat er keine besondere Bedeutung.

Jungs sind ihr egal, sie wird nicht nach einem Ehemann Ausschau halten, aber Kinder will sie trotzdem haben, zwei, denn eines ist nicht genug, drei schon wieder zu viel, und ich verliebe mich sofort erneut in sie. In welche? In die erste oder in die hier oder in alle anderen auf einmal? ... Ich kann es nicht richtig sagen. Aber ich liebe sie, das steht fest. Hardy trägt ihre Gitarre in einer schwarzen Umhängetasche, es ist ein angenehmer Abend, wir spazieren am schlecht beleuchteten Kanalufer entlang, bis es Zeit für die letzte Métro wird: »Hörst du mir zu?

– Ja?

– Was habe ich gerade gesagt?

– Ich war mit den Gedanken woanders. Entschuldige.

– Sag's ruhig, wenn ich dich langweile.

– Nein.« Ich küsse sie, oder zumindest streife ich ihre Lippen. Manchmal handle ich wie aus einer plötzlichen Laune heraus nicht genau wie bei unserem ersten Mal. Die einzelnen

Begebenheiten interferieren, manchmal kommen sie früher, manchmal später, auch wenn das Wesentliche gleich bleibt. Hardy ist überrascht und verlegen, sie richtet sich die Haare, fährt sich leicht mit dem Handrücken über den Mund, räuspert sich und steigt die Treppen zur grell erleuchteten Métro hinunter, als sei nichts geschehen. Sie wird diesen Kuss nie erwähnen, eigentlich existiert er gar nicht. Bei unserem Wiedersehen eine Woche später bekommt sie wieder die Oberhand, sie regt sich auf über die Börsenmakler, die Reichen und die Arroganten, über diejenigen, die mit einem silbernen Löffel im Mund zur Welt kommen; für uns beide werde das nicht so ablaufen. Sie fragt mich, was ich gerade lese, und schenkt mir eine Zigarette.

»Wollen wir ins Kino gehen?«

Ich hatte ja schon zig Filme gesehen, von denen mir jedoch kaum etwas im Gedächtnis geblieben war: die Mimik eines bestimmten Schauspielers vielleicht, ein Dialog, wenn's hochkommt. Im dunklen Kinosaal des Multiplex an der Place d'Italie (ich war mir sicher, den Abriss des Gebäudes gesehen zu haben, in einem anderen Leben) fasst sie nach meiner Hand, sobald sie Angst hat. Wir gehen miteinander, wir fühlen uns wohl.

Mit Fran hingegen tausche ich mich nicht mehr so gerne aus. Ich beantworte seine Anrufe oder Nachrichten auf meinem veralteten oder futuristischen Smartphone immer seltener, ich weiß nicht mehr genau. Im Übrigen glaubt er nicht genauso an mich wie früher; ob er etwas ahnt? Ich fühle mich unwohl in seiner Gegenwart. Ich hätte ihn nicht töten, in Stücke hacken und verbrennen dürfen. Manchmal sehe ich in Gedanken seine überbelichtete Leiche in dem blassen und arglosen Gesicht, das er in diesem Leben wiedergefunden hat.

Fran hat mich schon immer durchschaut, ihm entgeht nicht die kleinste meiner Regungen. Zwischen uns muss sich ein Band gelöst haben, er entfernt sich, oder vielleicht bin ich es, der davontreibt. Seitdem ich sozusagen Ferien von der Ewigkeit gemacht habe, ist mein Gedächtnis für frühere Ereignisse nicht mehr so verlässlich. Etwas ist im Begriff zu zerfallen, Unordnung zu erzeugen, oder Lärm.

Wieder nackt im Bett mit Hardy, hat sie diese Falte über der Stirn, als sie mich zum ersten Mal wie ein ganz junges Mädchen vögelt, gewissenhaft und konzentriert, ich betrachte sie von oben bis unten, und mir kommen die Tränen, die ich hinter geballten Fäusten verberge. Der Geruch ihres Geschlechts nach Cidre und Zimt schnürt mir die Kehle zu. Die von ihrem Bauchnabel ausgehende Wärme, die straffe Haut, die Anflüge ihrer noch kaum sichtbaren Schönheitsflecken. »Entschuldige.« Sie war mir wiedergegeben. Trotz aller meiner Gemeinheiten beim vorigen Mal. Ich bebe und weine vor Dankbarkeit, kann nicht mehr aufhören zu schluchzen. Lächelnd, sanft und leicht spöttisch setzt sie sich neben mich, greift nach einem Kissen, stützt sich auf den Ellbogen, zieht mich nah an sich, legt meinen Kopf auf ihren Schoß und streichelt mir über den Kopf. »Liebster ... Ich liebe dich.« Sie glaubt, sie sagt es zum allerersten Mal. Und denkt, dass es daran liegt, dass ich nicht aufhören kann zu weinen.

Tatsächlich ist mir gerade bewusst geworden, dass das erste Leben das beste war und dass ich eigentlich nur versuchen muss, so gut wie möglich wieder daran anzuknüpfen; der Gedanke, ihm bis auf geringfügige Abweichungen ewig zu folgen, macht mich glücklich.

In manchen entscheidenden Augenblicken habe ich Schwierigkeiten, dasselbe Leben minutiös zu wiederholen:

Wir gehen auf den Straßen in Paris, es beginnt in dicken Flocken zu schneien, und wir steuern auf die Avenue de la République zu, wo die große Studentendemonstration stattfindet; ich habe keine Angst wie an jenem weit entfernten Tag, an dem alles begonnen hatte, und ich blute nicht aus der Nase, jedenfalls nicht so plötzlich; ich kann das Fließen nicht auf Kommando auslösen, dennoch sollte ich jetzt bluten. Der richtige Moment ist schon vorbei. Direkt vor uns gibt es drei Tote während der Schießerei, die wie ein Feuerwerk losgegangen war und vor der Hardy und ich uns in einen Hauseingang geflüchtet hatten. Anschließend waren wir mit der panischen Menschenmenge zurück auf den Platz gelaufen, und ich kann nur daran denken, dass ich gewissermaßen zu spät dran bin. Ich blute nicht, und wenn ich nicht blute, kann ich sie nicht bitten, Fran von meinem Mobiltelefon aus anzurufen, was bedeutet, dass sie ihm nicht begegnen wird, in diesem kleinen kalten schäbigen China-Restaurant. Es ist mir noch gut im Gedächtnis. Ich habe keine Lust, ein neues Leben auszuprobieren, ich möchte einfach nur das hier richtig wiederaufnehmen. Aber wie soll ich es anstellen?

»Oh Gott, was ist denn los?«

Vor lauter Angst und Sorge wegen der größeren Zeitverschiebung zwischen damals und heute habe ich nicht einmal bemerkt, dass ich stark blute. Es fließt wie aus einem angestochenen Fass Wein.

Ich fühle mich, als hätte ich den Zug noch in letzter Sekunde erwischt, und drücke Hardys Hand.

»Mach dir keine Sorgen. Ruf einen Freund unter der Nummer hier an.«

Es kam, wie es kommen musste. »Was ist das denn für ein Typ?« Und Fran ist tatsächlich komisch, neben der Kappe.

Hatte er auch beim ersten Mal schon so einen schlechten Eindruck gemacht? Ich finde ihn nervös, aggressiv. Hardy hasste ihn.

»Er soll dein Freund sein?«

Wir gehen ins Ausland. Kurz vor der Abreise machen wir bei meinen Eltern Halt, und auf der Anhöhe eines Hügels vertraue ich Hardy an, dass ich unsterblich bin: Das ist unmöglich, sagt sie. Ist das wahr? Ich weine. Natürlich ist es unmöglich. Und ich begreife, dass es falsch sein muss. Ich kann nicht unsterblich sein, bestimmt irre ich mich. Sie tröstet mich: Du bist sterblich, und ich liebe dich. Ich versuche es ihr zu erklären; aber dazu müsste ich die genaue Formel meiner Beweisführung in sieben Punkten wiederfinden. Es hatte eine Phase in dem ausufernden Sammelsurium der Vergangenheit gegeben, während der ich sie aus dem Gedächtnis aufsagen konnte. Doch ich erinnere mich zwar an viele Dinge, aber nicht in der richtigen Reihenfolge. Ich schiebe den Fehler auf Fran: Seinetwegen hatte ich daran geglaubt. Ich muss mich zwischen ihr und ihm entscheiden; also fällt meine Wahl auf sie.

Fran und seine schwarzen Hände, ich will ihn nicht mehr sehen. Unausweichlich kommt am Ende der Reise dieser triste Kastanienwald wieder, in dem er versucht, mich umzubringen. Mir scheint, er ist nachtragend und weiß um das Böse, das ich ihm im vorigen Leben angetan habe. Vielleicht bilde ich mir das auch nur ein. Was war noch gleich der Grund, ihn zu töten, am Ufer des klaren, kühlen Flusses? Was war mir durch den Kopf gegangen? Manchmal erschrecke ich vor mir selbst. Es gelingt mir nicht, mir meine Motive in allen Einzelheiten aufzurufen, meine Gedanken aus der Zeit, wo ich von Lust und Schmerz aufgestachelt war, schlüssig nachzuvollziehen. Die Erinnerungen bleiben vage.

Mit Sicherheit wollte Fran sich rächen. Er kommt mir wirklich verändert vor; er hat sein liebenswertes, freundliches Lächeln, seine warme Stimme und diesen träumerischen Ausdruck nicht mehr, den ich so an ihm mochte. Dazu diese entsetzlichen schwarzen Tätowierungen, die mich verfolgen. Und als er mir die Klinge seines Messers, des immergleichen Messers, in den Bauch sticht, habe ich das Gefühl, erneut zu sterben; er ist nicht zimperlich, der Schuft. Er wird sein Ziel nicht verfehlen, er schlachtet mich tatsächlich ab, wie ein Schwein. Immerhin wirft er das Messer schließlich in die Fahrrinne des Waldwegs, entschuldigt sich, fällt auf die Knie, schubst Hardy zur Seite, die um Hilfe ruft, die schreit, weil sie Angst hat, mich zu verlieren. Als Arzt weiß er immer noch, was zu tun ist, stoppt die Blutung, so gut es geht, er rettet mich, und ich behalte auf der rechten Seite eine Narbe zurück und diesen stechenden Schmerz, der an Regentagen im Herbst zurückkommt, außerdem humple ich, wenn auch kaum merklich.

Soll er mich doch in Ruhe lassen und im Gefängnis enden.

Von nun an habe ich Angst, und Hardy ebenso. Aber ich noch mehr, ich bin mir bewusst, was alles passieren kann, weiß um die verborgenen Fallstricke, die Gabelungen von einem Leben zum anderen, aufgrund von Details, die ich nie ganz in den Griff bekommen habe. Ich kenne den exakten Grund für solche Abweichungen nicht. Doch ich erinnere mich an den Krieg; an jede noch so kleine meiner Gesten, tue ich einen falschen Schritt, halte ich nicht entschlossen an der Linie des ersten Lebens fest, kann der Krieg ausbrechen (ich weiß nicht mehr, was damals, im dritten, der Auslöser dafür war) oder noch etwas Schlimmeres, wer weiß? Wir ziehen von Le Plessis nach Mornay. Ich würde gerne ganz von einem häuslichen Glück profitieren, das beim ersten Mal von Zweifeln und unaufhörlichen Ängsten überschattet war, und mich von dieser quälenden Sorge der vorigen Existenzen befreien, doch sie lauern mir in einem Winkel meines Geistes auf, und damit sie verschwinden, genauso wie man einen Ohrwurm laut und entschlossen singt, der einem ständig im Kopf herumgeht, um ihn zu verscheuchen, erzähle ich Hardy davon und gebe vor, sie von A bis Z erfunden zu haben. Natürlich gehe ich damit das Risiko ein, vom Szenario des ersten Lebens abzuweichen, wenn auch nur geringfügig, aber mir bleibt keine andere Wahl: Mein Gedächtnis plagt und hindert mich daran, ganz unbedarft an meinen ursprünglichen Zustand anzuknüpfen. Bisweilen gebe ich vor, mich für den Buddhismus, für Samsara und den immerwährenden Zyklus des Seins zu interessieren, ich versuche zaghaft, eine Hypothese von einem orientalischen Rad der Existenzen aufzustellen. Hoffentlich hat sie meine Hintergedanken nicht erraten, aber Hardy ist nicht blöd. »Du bist ein guter Geschichtenerzähler. Man könnte meinen, du hättest es wirklich erlebt«, neckt sie mich. Sie amüsiert sich über die ganzen freizügigen Frauen, die ich im Laufe der Ausschmückung meines fünften Lebens verführt haben will. »Aber, aber, was für ein Casanova!« Ich präsentiere ihr die groben Züge in Form von immer wiederkehrenden Träumen oder als Idee zu einem Drehbuch, das ich während meiner langweiligen Büroarbeit ausgesponnen hätte. »Dabei würde ja eine seltsame Fernsehserie rauskommen.« Zugegeben, diese Vergangenheit lastet schwer auf meinem Geist und erstickt ihn, während ich mich eigentlich hier und jetzt auf Aktenstapel von Einwanderern konzentrieren sollte, auf Anträge für ein Visum bei der Präfektur von Indre-en-l'Hombre, wo mir mein Vater zu einem Posten verholfen hat, obwohl es ihm eigentlich widerstrebt, seine Beziehungen spielen zu lassen. Wie in einem Druckkochtopf brodeln die Ereignisse von früher in mir und drohen, mich hochgehen zu lassen. Ich suche noch nach einem Ventil, durch das die Geschichten, die mir auf der Seele brennen, entweichen können und mich wieder zu jemandem wie dem ersten Menschen werden lassen, der ich war: ein gewöhnlicher Mensch, das entspricht meiner Neigung, meiner Natur. Ich bin gern gewöhnlich. Ursprünglich bin ich ein eher guter Mensch, der ein Zuhause, eine geregelte Existenz, eine einfache Form für sein Leben anstrebt. Aber die Singularität hat mich davon abgebracht, sie hat mich immer weiter von meinem Wesen entfernt, und ich will einfach wieder derselbe werden. Ich liebe meine Frau, ich finde für sie ein Haus aus Backsteinen mit einem kleinen quadratischen Garten. Hardy fängt an, in der Apotheke zu arbeiten, und wird schwanger.

Das einzige Glücksrezept besteht darin, zu wissen und zu vergessen.

Im Großen und Ganzen lebte ich, indem ich ein Leben nachspielte, das schon vor mir gelebt worden war, ich versuchte nicht, mir irgendetwas Neues auszudenken, sondern übernahm die Existenz eines Vorgängers und war sehr zufrieden damit.

Was es zu tun gab? Die Rosenstöcke zurückschneiden, die den Zugang zum eisernen Gartentor behinderten, den Feigenbaum düngen, die Oleanderbüsche stutzen und mir am verrosteten Wasserhahn beim Geräteschuppen die Hände waschen, das Zwischengeschoss fertig ausbauen (hatte ich das beim ersten Mal auch gemacht, mit denselben Holzbrettern? – ich weiß es nicht), anschließend Zigaretten kaufen gehen. Während dieser seltenen Augenblicke der Muße, wenn ich zügig zum Tabakladen marschierte, erinnerte ich mich immer mit phänomenaler Klarheit an alles, was geschehen war. Hardy, und mit der Zeit auch meiner Tochter, hatte ich es zu verdanken, dass ich mit dem Rauchen aufhörte. Von da an hatte ich mitunter hellsichtige Momente, am Steuer (das war gefährlich), beim Filmschauen auf dem Ledersofa im Wohnzimmer, dann bekam ich plötzliche Angstattacken, entschuldigte mich, rannte zur Toilette, ich schrieb all das heimlich in Hefte, was mir wieder von meiner Studienzeit an der École normale supérieure, von Kalifornien, vom Nobelpreis, von der revolutionären Gruppe und vom Krieg oder von der Sekte, von den Männern und Frauen, die ich geliebt hatte, und auch von meinen Schandtaten einfiel. Es waren fast vollkommen geschwärzte, wahnwitzige, in einem einzigen Zug gekritzelte, nie wieder gelesene Seiten, mit fliegender Hand so schnell geschrieben, dass der Geist kaum hinterherkam, in enger, nach vorne geneigter Schrift, wie ein Läufer beim Start, kurz bevor er sich wieder aufrichtet; und dann riss es ab, weil ich nicht zu lange allein sein konnte. Sobald es herausgebrochen war (fünf Minuten genügten), war der Dampf aus dem Geist entwichen, wie durch einen Schlot in meinem Schädeldach, und ich fand zu einem erträglichen nervlichen Zustand zurück; dann konnte ich meine Tochter zum Ballett in der Nähe der Stiftskirche bringen. Am Steuer unseres R5-Gebrauchtwagens (weder Hardy noch ich hatten besonderes Interesse an Autos und derartigen »äußeren Zeichen von Reichtum«) wartete ich immer, bis der Kurs der Kleinen um war, und betrachtete derweil die Passanten auf dem Pflaster meines Provinzstädtchens. Sie waren schon einmal hier vorübergegangen, vor langer Zeit, und würden noch oft vorübergehen. Aber ich liebte diesen Fluss der Bewegungen, der mich an die Strömungen des Wildwassers meiner Kindheit erinnerte. Die alte Frau? Ich hörte ihr oft zu, wenn sie mir Dinge aus ihrem langen, sehr langen Leben erzählte, von ihrem im Zweiten Weltkrieg gefallenen Ehemann, dem sie bis heute treu geblieben war, von ihrer Arbeit als Schneiderin, die sie das Augenlicht gekostet hatte, und von den ausgesetzten Tieren. Im Theater auf dem Grand Cours in Mornay sahen Hardy und ich uns gemeinsam mit Freunden Stücke aus dem Repertoire an, die ich kannte, was beruhigend war, weil alle sie ebenso gut kannten wie ich: Euripides, Racine, Molière, Shakespeare, Brecht; wenn jedoch einmal pro Jahr eine Uraufführung von Dario Fo, Edward Bond, Sarah Kane, Bernard-Marie Koltès oder Jean-Luc Lagarce auf dem Programm stand, überkam mich die Enttäuschung, ein weiteres Mal bei der Wiederaufnahme eines Klassikers dabei zu sein, der für mich nichts Neues war, während Hardy in Begeisterung ausbrach und ich mich bemühte, alles durch ihre Augen neu zu entdecken. Im Kino tat ich so, als sei ich überrascht, war es jedoch zunehmend tatsächlich. Hatte ich diesen Film wirklich schon einmal gesehen? Manchmal war ich mir nicht mehr sicher. Ach, die meisten Filme ähnelten sich doch, oder nicht? Auf eine Weise sagte mir dieser oder jener schon etwas, aber ... Hardy versicherte mir, dass jeder ab einem gewissen Alter so ein Gefühl des Déjà-vu habe, über das ich mich gelegentlich beklagte und dass dies an einer neuronalen Verknüpfung liege, die sie nicht näher beschreiben könne, die aber Thema einer spannenden Abhandlung sei.

Hardy liest viel.

Ich liebe es, ihr zuzusehen, wenn sie am Abend mit einem Bleistift zwischen den Lippen, gerunzelter Stirn und besorgter Miene beschäftigt ist; sie sortiert den Behördenkram, redet über ihren Tag in der Apotheke, ihre depressive Kollegin,

sie hört Nachrichten im Radio, über alles, was in der Welt passiert, über die wirtschaftliche und politische Krise, die kein Ende nehmen will, manchmal auch über Attentate. »Es steht schlecht um unser Land.« Ich höre nicht zu, bin zerstreut. Das Wetter ist schön, und ich genieße den flüchtigen Augenblick, den ich bereits kenne und der noch unzählige Male in der Zukunft kommen wird. Sieh mal, sie hat sich die Haare schneiden lassen. In solchen Abendstunden, wenn die Kinder im Bett sind, äußert Hardy bisweilen ihr Bedauern, sich zu früh festgelegt, sich in einem kleinen, ganz normalen Leben eingerichtet zu haben und nicht an dem teilzunehmen, was sie die »große Baustelle« (ihre Bezeichnung für die Welt) nennt. Ich verspreche ihr, sie mit nach Asien zu nehmen; sie lacht. »Dafür brauche ich dich nicht!
– Warum nicht?
– Weil ich mir einen Geliebten nehmen werde, der mich dorthin führt, genau wie in deinen Geschichten.« Ich weiß, dass sie keine Leidenschaft für mich empfindet, aber in einer Art Erschütterung meines ganzen Wesens kann es vorkommen, dass ich mich ihr gegenüber unvermittelt härter und schroffer verhalte, woraufhin sie wieder in diese Labilität abrutscht, diese Getriebenheit, diesen Wahnsinn, in den sie verfiel, als sie bereit war, ihren Ehemann für mich zu verlassen. Ich will sie nicht brüskieren, aber nicht selten werfe ich ihr einen Blick zu, der so viel heißt wie: Was haben wir gevögelt, du und ich, davon machst du dir kein Bild, ich hab's mit anderen getrieben, und du auch. Manchmal kommt es mir so vor, als spüre oder als wisse sie es. Sie hält meinem Blick stand, sie redet über die Arbeit, ihre mit Tranquilizern gedopte Kollegin, die Kinder, und reibt ihr Bein an meinem, kaum merklich. Nach so einem Abend begehre ich sie besonders.

Nach dem Liebesakt bekomme ich von diesen Bildern leider Migräne und bin benommen von dem lärmenden Chaos, das die Verschachtelung von sechs Leben in meinem Kopf veranstaltet. Ich brauche immer mehr Rückzugszeit, um alles, was mir in Schüben wieder einfällt, in die kleinen Moleskine-Hefte kritzeln zu können, die ich in einer alten, bei jedem Umzug mitgereisten Holztruhe aufbewahre, und eines Tages lasse ich sie versehentlich offen. Beim Aufräumen stößt Hardy auf die Hefte, liest ein paar Seiten darin und sagt mir noch am selben Abend beim Schlafengehen: »Du solltest sie aufschreiben.

– Was denn?
– All diese Geschichten.«

Mehr sagte sie nicht dazu. Hinter meiner beginnenden Laufbahn als Schriftsteller stand also keine andere Motivation als die, geistig gesund zu bleiben, einem erneuten Rückfall in eine akute Form des Wahnsinns oder der Perversion vorzubeugen und meine Frau zu beruhigen, indem ich meine vorigen Leben als Literatur tarnte. Ich wollte kein Schriftsteller werden, nie habe ich das gewollt: Ich habe weder die Berufung noch das Talent dazu. Doch glauben Sie mir, ich kann nicht anders. Ich besaß keinen eigenen Stil, nur begrenztes Interesse am Literarischen, und schon gar keinen Drang, ein Künstler zu werden; aber ich hatte Geschichten. Oh Mann, mein Gedächtnis war voll davon! Und es gab keine andere Möglichkeit, es zu erleichtern, als sie einfach aufzuschreiben.

Da mein Beruf nicht gerade spannend war, setzte ich mich nun häufig an meinen Schreibtisch aus hellem Kiefernholz im Zwischengeschoss unseres Backsteinhauses und verbrachte meine Wochenenden und freien Abende damit, alles, was mir wieder einfiel, auf einem Diktiergerät aufzunehmen; ich gab mir keine besondere Mühe, es drängte, es kam, es brach heraus, wie ungeheuer detaillierte Bilder, doch es waren zu viele, alle durcheinander, und sie bildeten keine richtigen Erzählungen, wie es sonst bei Romanen meistens der Fall ist. Dazu kam, dass ich nicht direkt sprechen konnte: Sonst hätte ich mich verraten, also musste ich ein Mittel finden, die Ereignisse zu verschlüsseln, eine lesbare Fiktion daraus zu machen, die mir Erleichterung verschaffte und zugleich für andere spannend war. Sonst wäre alles in meinem eigenen Geist eingeschlossen geblieben, und das Schreiben wäre umsonst gewesen.

Von meinem dreißigsten Geburtstag an schrieb ich also ein Buch für jedes Leben; ich steckte die großen Spiralhefte, mit denen ich arbeitete, in meinen alten Schulranzen, welchen ich ganz unten in der Holztruhe aufbewahrte (vielleicht aus Angst, er könne gestohlen werden), und so verwandelte ich nach und nach den Stoff meiner vorherigen Leben in Symbole. Ich, Fran oder Hardy und alle anderen bekamen über die Tastatur meines Computers andere Namen, andere Gesichter, andere Stimmen, und ich verbrachte endlos viel Zeit damit, sie zusammen- und wieder auseinanderzubauen, bis sie schließlich überzeugend klangen; ich veränderte die Charaktere, ich versetzte die Ereignisse, zog sie zusammen, kehrte sie um, glättete alles, wie bei einem weitläufigen Fresko, einem bestickten Wandteppich, den der fiktive, aus meinen Erinnerungen gesponnene Faden durchzog. Am Ende blieb trotzdem das Wichtigste der Realität übrig, das Wesentliche von dem, was ich ungelogen wirklich erlebt hatte, jedoch akribisch verschlüsselt. In rohem Zustand hätte sie keinen Wert gehabt, und um diesen auf dem Papier zu erkennen, musste sie bearbeitet, erst entstellt und dann wieder neu gestaltet werden. In Buchform ließ mich die Erinnerung in Frieden. Ich fühlte mich wohl. Sie hatte meinen Kopf verlassen, eine konkrete, sichtbare äußere Form angenommen, und ich konnte jemand wie Sie werden, denn alles Außerordentliche an mir war in die Literatur übergegangen.

Es kommt für mich nicht in Frage, Ihnen sämtliche Schlüssel der Interpretation zu geben: Das wäre gleichzeitig langweilig für Sie und gefährlich für mich. Ich weise Sie jedoch darauf hin, dass meine Romane nicht der Reihenfolge meiner Leben entsprechen. Der erste hieß *Hélicéenne*[3] und ließ auf sehr allegorische Weise ein paar Begebenheiten meiner zweiten Inkarnation anklingen. Wie viele Romandebüts bekam er Vorschusslorbeeren und wurde wohlwollend aufgenommen. Dennoch war mein sonderbares Œuvre von *Die permanente Revolution* weder ein Verkaufserfolg noch weckte es die Aufmerksamkeit der Kritik. Der Roman wurde von den Rechten wie ein linkes (idealistisches und naives) Buch und von den Linken wie ein rechtes (reaktionäres und defätistisches) Buch gelesen: Da es in der Mitte keine Reaktionen gab, versank er in der Vergessenheit. Was die folgenden angeht, lasse ich Sie die Entsprechungen zwischen dem geschriebenen Werk und der einen oder anderen meiner vielfältigen Biographien wie in einer abyssalen Miniatur selbst entdecken. Nachdem ich also in verschiedenen Texten mein politisches Leben, mein religiöses Leben, mein Leben als Ästhet und schließlich mein Leben als Künstler ausgeschöpft hatte, meinte ich, mich endlich von allen Erinnerungen an meine vergangenen Existenzen befreit, ihnen eine zufriedenstellende fiktionale Form gegeben zu haben, indem ich mir die subtilen Unterschiede zwischen Literatur und Wirklichkeit zunutze gemacht hatte, und damit das Prinzip meiner ganzen Arbeit sowie das Geheimnis meiner Existenz offengelegt zu haben. Jedem Kapitel entsprach ein Leben.

Deshalb blieb mir für *Das Siebte* nichts mehr zu erzählen übrig.

Natürlich versuchte ich, ein mögliches neues Leben zu erfinden und damit endlich einen wirklichen Roman zu schreiben; aber ich hatte überhaupt kein Talent, irgendetwas zu erfinden. Ich tat nie etwas anderes, als die Erfahrung einer vorigen Existenz nachzuahmen, wie alle anderen Künstler auch, davon war ich überzeugt.

Ich hatte wenige Leser. Ich wusste ganz genau, dass meine Bücher im Nichts verschwinden würden. Für die Nachwelt erhalten zu bleiben, spielte in meinem Fall keine Rolle, denn das Universum überlebte mich ohnehin nie. Meine Bücher, wie alles andere, waren dazu bestimmt, mit mir zu vergehen, oder besser gesagt: Sie würden vergehen, ich nicht.

Als ich bei einigen wenigen Interviews anlässlich des Erscheinens von *Die Existenz der Außerirdischen* zur Kohärenz meiner Arbeit befragt wurde, versicherte ich unangenehm berührt, alles, was mit Autofiktion und persönlicher Zurschaustellung zu tun habe, zu hassen und gab vor, das Ideal einer Erschaffung der Welt in der Literatur und in der Kunst im allgemeinen hochzuhalten; man entgegnete mir, meine Bücher hätten untereinander keine Berührungspunkte, seien weit entfernt davon, eine Welt zu erschaffen, und enthielten eher unvereinbare Bruchstücke des Universums; doch eigentlich lag die Kohärenz in meinem Werk auf der Hand, es war geradezu eine infernalische Kohärenz, nur der Rest war das eben nicht. Ein Werk ist ein Gegenstand vom Ausmaß der Welt, nur dass die Welt nicht auf der Höhe meines Werks war (sie stellte nicht einmal ein *Sechstel* davon dar). Leider konnte ich so eine Einstellung nicht vertreten, ohne für arrogant oder Schlimmeres gehalten zu werden. Als Künstler hatte ich eine

Vorliebe für Konstruktionen, und in den häufig auftretenden Phasen höchster Begeisterung, ja der Megalomanie kamen mir meine von außen betrachtet bescheidenen Veröffentlichungen von innen gesehen ungeheuerlich vor, ich genoss es, im Verlauf der Seiten Geheimgänge und Tunnel von einem Kapitel zum anderen, von einem Satz oder sogar einem Wort zum anderen zu graben, indem ich immer mehr unterirdische Passagen, aber auch Falltüren in das ineinander verschachtelte, vor Einzelheiten überbordende Erzählgebäude einbaute, von dem ich hoffte, dass ein anderer als ich, der Leser, es bewohnen und am Ende die unsichtbare Architektur der Welt entdecken könne. Vielleicht war das zu ehrgeizig oder nicht sichtbar genug. Jedenfalls schwankten die Artikel über mich zwischen einer gewissen Bewunderung, Unverständnis, Gleichgültigkeit und Ärger: Mir wurde vorgeworfen, unnötig kompliziert und realitätsfremd zu sein.

Wenn die wüssten! Alles war einfach, und alles war wirklich.

Ich fand mich mit meinem Ruf als obskurer Autor ab. Mir kam es vor, als könne ich allein in meinen Büchern ein unsterblicher Künstler sein, während ich draußen, in der Gesellschaft, den normalsten und sterblichsten aller Menschen abgab.

Zu unserem vierzigsten Geburtstag veranstalteten wir ein großes Fest, zu dem wir meine Eltern, Origène und alle unsere Freunde eingeladen hatten, während die alte Dame unsere Tochter hütete. Als Hardy uns einen Song vorspielte, musste sie weinen, und ich nahm sie in den Arm, wie der brave gute Ehemann, der ich immer gewesen war. Ich trocknete ihre Tränen, ich ermunterte sie, uns noch einmal das Lied zu singen, das sie damals am Ufer des Kanals im Pariser Norden gespielt hatte, als wir jung und voller Elan waren. Sie sang, und unsere ältesten Freunde stimmten beim Refrain im Chor ein. Beim Singen erhaschte ich von Zeit zu Zeit in einem beiläufigen Mienenspiel Hardys einen Zug der engagierten Kriegerin, das Aufscheinen des mystischen Kindes, einen beunruhigenden Schatten der leidenschaftlichen und verrückten Frau, einen Funken ihres Blicks als williges Opfer oder das Bild meiner treuen Ehefrau; ich erkannte sie flüchtig wie einen ausgebreiteten Fächer aller Möglichkeiten, die in ihr steckten.

Und als das Lied zu Ende war, dachte ich an den Krebs, der sie in ein paar Jahren erwarten würde, falls das Leben sich wiederholte. Alles hatte seinen Preis.

Außerdem wartete ich fast melancholisch darauf, dass der junge Verehrer auftauchte, der zu dem Verein gehörte, in dem sie manchmal ehrenamtlich half; er kam nie, Hardy hat sich keinen Geliebten zugelegt. Folglich gab es zwischen uns weiterhin heftige Auseinandersetzungen und stürmische Versöhnungen.

Aber dann bekam unsere Tochter ein Kind; plötzlich waren wir Großeltern, und das Leben nahm einen ruhigeren Lauf wie oft in seinem letzten Drittel. Je weiter die Zeit fortschritt, desto weniger erinnerte ich mich exakt an meine Handlungen und Gesten. Es konnte sogar vorkommen, dass ich improvisierte, anstatt mich zu wiederholen. Von meinem Enkel hatte ich zum Beispiel nicht die leiseste Spur im Archiv meines Gedächtnisses: Hatte ich ihn gekannt? Hatte ich mit ihm gespielt? Wo, wann, wie?

Heute vergnüge ich mich gerne mit ihm im Garten. Er ist noch ganz klein, mein Schatten hüllt ihn komplett ein; wenn es kühl genug ist, nehme ich ihn mit ans L'Hombre-Ufer, wir erschrecken die grünen Frösche im Lèrves-Tümpel, piesacken die Larven und plantschen mit den Füßen im Wasser. Er setzt sich einen Cowboyhut auf, und manchmal soll ich dazu den Indianerschmuck tragen. Wenn wir nach Hause kommen, duscht Hardy ihn im Bad ab, und ich gehe ins Zwischengeschoss, setze meine Brille auf und lese meine Nachrichten.

Von da an kann ich nichts mehr mit Sicherheit sagen. Meine Erinnerungsfähigkeit lässt nach, ich habe nicht auf den Zeitpunkt aufgepasst und bin nicht sicher, ob ich die Etappen, die auf den Zwischenfall hinführten, erklären kann.

Im Betreff der ersten Nachricht, die ich erhielt, stand: »*Eine Ihrer treusten Verehrerinnen*«. Erst war der Ton bewundernd und herzlich. Dann fing diese kluge Leserin an, mir lange Interpretationen zu schicken, regelrechte Entschlüsselungen aller sechs Romane. Ich hatte täglich mindestens zehn E-Mails von ihr in meinem Posteingang. Manchmal stellte sie mir Fragen, und von ihrer Wissbegierde geschmeichelt machte ich den Fehler, ihr die Bedeutung einiger Symbole zu liefern. Vor allem aber hätte ich ihr niemals meine Telefonnummer geben sollen.

Sie rief ein erstes Mal zu Hause an, und ich war erstaunt über den vornehmen Ton dieser älteren Dame, in dem sie zwar höflich, aber leicht überheblich mit mir sprach; sie klang nicht mehr sehr freundschaftlich. Ihre Stimme erinnerte mich an jemanden, den ich gut kannte: Es hätte Fran sein können, oder Frans Mutter (der ich nie begegnet bin), aber anstatt der kindlichen Begeisterung meines ehemaligen Freundes hallte es wie aus dem Leichenschauhaus.

»Ich bin bibliophil, Sammlerin, und ich setze mich seit Jahren für Ihr Werk ein. Ihren ersten Roman habe ich bei einem Antiquar aufgetrieben, ein gebrauchtes Exemplar zu einer Zeit, als sich schon keiner mehr für Sie interessierte. Seien Sie

gewarnt: Ich kann lesen. Ich bin nicht wie die anderen. Ich habe sofort verstanden, dass in dem Buch mehr steckt als in gewöhnlichen.
– Tatsächlich?
– Ja. Sie haben mich aus dem Schlaf gerissen.« In dem Augenblick begann ich zu ahnen, dass mich eine Art Albtraum einholte und dass es sich nicht einfach um eine spitzfindige Leserin handelte. Sie wählte ihre Worte mit Bedacht: »Ich glaube, alle Ihre Bücher sind eigentlich ein einziges Buch, das etwas Schreckliches erzählt.«

Ich musste sie enttäuschen: Ich war Romanautor, und deshalb war alles in meinen Büchern gefälscht.

»Wie traurig, sagte sie, Sie glauben nicht einmal mehr an die Wirklichkeit, die Sie erfunden haben.
– Welche?
– Die Wiederauferstehung. Sie sind der, der blutet. Ich erinnere mich an ...
– Nein.« Mein nervöses Gelächter unterbrach ihren wahnsinnigen Anlauf. »Ich bin es nicht. Alles ist erfunden.
– Machen Sie keine Scherze! Ich habe François gekannt, weit besser als Sie! Was ist aus ihm geworden? Was haben Sie ihm getan? Warum verwenden Sie ihn in Ihren Büchern, aber unter anderem Namen? Er war wie Sie, und ich war wie er. Ich erinnerte mich an nichts mehr, ich hatte vollendet, was ich zu tun hatte, ich schlief, und Ihre Bücher haben mir meine wohlverdiente Ruhe genommen. Sie sind verloren. Ich werde ihn wiederfinden. Ich werde es ihm sagen. Und ich werde ihn bitten, Sie zu erledigen, Sie erbärmlicher Narr ... «

Von der absonderlichen Wendung, die unser Gespräch nahm, in Panik versetzt, legte ich schnell auf. Warum hatte diese Verrückte Fran ins Spiel gebracht?

»Wer war dran?, fragte Hardy und streckte den Kopf zwischen die Stäbe des Treppengeländers.

– Keine Ahnung. Eine Frau, die nicht ganz richtig im Kopf ist.«

Hardy erinnerte sich an Fran, an den Mordversuch im Kastanienwald, und ihre Miene verdüsterte sich.

Dann bekam ich lange, wahnwitzige, manchmal sogar drohende Briefe per Post: » ... *Sie sind nicht der Einzige. Vor langer Zeit habe ich ein Buch gelesen, das Ihrem sehr ähnlich ist. Ich habe auch eines geschrieben. Mein ganzes Leben lang habe ich darauf gewartet, jemandem zu begegnen, der blutet. Er war es. Früher kannte ich François sehr gut, ich habe ihm alles gegeben. Entweder haben Sie mein Buch ebenfalls gelesen und sind ein Plagiator, ein gewöhnlicher Schwarzkünstler, oder Sie sind der, der nach ihm gekommen ist* ... «

Das Buch über den Glauben, wegen dem Fran alle Hoffnung in mich setzte. Ich hatte es total vergessen. Frans Jugendliebe hatte es veröffentlicht, nun erinnerte ich mich wieder. Und es stimmte, dass meine Romane das gleiche Grundgerüst wie dieser Band hatten. Zwar unterschied er sich in Einzelheiten und Namen davon, damals hatte ich diesen Text nicht ernst genommen, ihn lediglich für eine spannende Erzählung gehalten, doch nun wurde mir klar, dass er eine Geschichte vorwegnahm, die auf seltsam beunruhigende Weise meinem Leben glich. Oder dem anderer vor mir.

Zur Interpretation meines Werks und zum Plagiatsvorwurf hatte die Dame mehrere groteske Internetseiten eingerichtet, deren Existenz ich meiner Frau verheimlichte. Ich hätte ihre Analysen und Schmähartikel akribisch durchgehen müssen, um zu verstehen, was mich erwartete, aber wahrscheinlich war ich zu feige und terrorisiert, ich hing an meinem komfortablen und glücklichen Eheleben, das ich mir nun endlich gönnen konnte. Ich beschloss, meine Telefonnummer zu ändern und meinen Mail-Account zu schließen. Natürlich genügte das nicht, ich schlief schlecht und hatte Albträume: Etwas, das ich nicht kommen sehen wollte, nahm seinen Lauf. Es kam mir wie eine Verschwörung gegen mich vor.

Es dauerte eine Woche. Hätte ich es gewusst, hätte ich noch die kleinste Äußerung dieser Frau studiert, mir auf eBay ihr vergriffenes Buch besorgt, und es wäre vielleicht nicht passiert.

Aber ich tat lieber so, als sei nichts gewesen, und lebte weiter wie zuvor, suchte mir ein schattiges Plätzchen im Garten, wo ich mich unter dem großen, sorgfältig gestutzten Baum bei einem Glas Wein mit Hardy unterhielt. Um auf andere Ideen zu kommen, hatte ich ihr soeben erklärt, dass ich beim Projekt zum nächsten, dem siebten Roman in einer Art Zwickmühle steckte. Ich hatte keine Idee mehr, alle Munition verschossen, weder Traum noch Vision. Ich war vollkommen ausgetrocknet. Hardy setzte sich ins gelbliche Spätsommergras und versuchte zu helfen:

»Komm schon, angenommen, dieser Schuft (sie meinte Fran) hätte recht gehabt.« Sie seufzte. »Versuch dir vorzustellen, was du tun würdest, wenn du noch ein weiteres Leben hättest.

– Wann? Jetzt?

– Nach diesem hier.«

Ich schwieg. Mir fiel nichts ein.

»Nichts? Es gibt so viel zu tun, sagte sie.

– Ich weiß nicht.

– Ich habe eine Menge Ideen. Was täte ich nicht alles, wenn du mir ein weiteres Leben geben würdest.«

Ich lächelte: »Das sagt man immer ...
– Nicht spotten. Schlag was vor.
– Vielleicht würde ich ja genau das hier wieder von vorne anfangen.
– Was? Das gleiche Leben? Wie wir, in diesem Augenblick?
– Vielleicht.
– Nein, ich nicht. Mit Sicherheit nicht.«
Ich war gekränkt.
»Mach nicht so ein beleidigtes Gesicht, lachte Hardy, das heißt nicht, dass ich dich nicht liebe. Ich würde nur einfach etwas anderes ausprobieren. Hättest du das nicht versucht?
– Doch.
– Du kannst sowieso nicht ständig dieselbe Geschichte erzählen. Es braucht was anderes.
– Ich bin am Ende angekommen, ich kann nicht mehr.
– Na dann, lass alles fahren, erzähl, dass du sterblich geworden bist, auf einen Schlag.
– Wieso?
– Einfach so, ohne Grund. Und dann stirbst du. Das ist doch gut.
– Ich sterbe, und das war's?
– Das ist das einzig mögliche Ende, oder?
– Das wäre also mein letztes Buch: Ich sterbe, und das war's? Das ist doch merkwürdig.
– Ich weiß es nicht, ich schreibe ja nicht. Deine Bücher sind schon merkwürdig. Ist nur so eine Idee, mehr nicht.«
Schließlich gähnte sie. »Versprich mir, dass du aufpasst bei der verrückten E-Mail-Schreiberin, einverstanden?« Sie betrachtete die Sterne und suchte das Sternbild des Schwans, das meiner Meinung nach der Konstellation der Schönheitsflecken auf ihrem Schenkel glich.

»Ich weiß, dass du mehrmals gelebt hast. Du hast andere als mich kennengelernt, und ich weiß, welche von ihnen du am meisten geliebt hast. Ich weiß ganz genau, welche.
– Aber ich weiß es nicht.«

In der abendlichen Ruhe war noch das Summen der Mücken zu hören, wir dösten, ganz zufrieden miteinander, und ich bin nicht sicher, ob sie diese paar Sätze wirklich ausgesprochen hat. Vielleicht hatte ich geträumt. Ich habe sie nicht gefragt. Hardy hatte Schweinebraten mit Fenchel zubereitet und beim Weinhändler in Mornay eine gute Flasche gekauft, um mir eine Freude zu machen. Vielleicht wollte sie auch mit mir schlafen, aber sie war schon eingedöst. In ihrem Alter war das Muttermal rund und reif wie eine Beere im Herbst, und die Falten auf ihrer Stirn glichen den Rillen, die bei schönem Wetter das Licht auf der Wasseroberfläche des ruhigen Meers zum Schillern brachten. Als sie in einen angenehmen und tiefen Schlaf gefallen zu sein schien, wickelte ich sie in eine Decke mit kabylischen Mustern und trug sie ins Bett im Schlafzimmer, das auf den Garten hinausging. Ich selbst hielt die Augen im Dunkeln weit geöffnet, die Arme im Nacken verschränkt, und dachte an diese bourgeoise Frau mit dem überheblichen Ton. Woher wusste sie es? Hatte sie Fran alles erzählt? Oder er ihr? Gehörte sie zu dieser neuartigen Sekte, die Fran bei seiner Entlassung aus dem Gefängnis gegründet haben soll? Sie wollte, dass er mich umbringt, abermals. Dann, wie von einer leichten nächtlichen Brise getrieben, driftete meine Phantasie gemächlich ab, bis hin zu der Romanidee, die Hardy mir eingeflüstert hatte: Stellen wir uns einmal vor, ich wäre letztendlich sterblich. Was würde ich tun?

Ich hatte nie in Erwägung gezogen, dass ich am Ende sterben würde; es war absurd, ich hatte eine ausführliche Beweisführung genau dieser Unmöglichkeit geliefert. Ich fühlte meinen Atem langsamer gehen, neben Hardy liegend, die sich an meine schmerzende rechte Seite gekuschelt hatte, während ich dem einsetzenden Regen draußen im Garten und am Klappfenster lauschte und ernsthaft über den letztmöglichen Roman nachzudenken begann.

Am nächsten Morgen wachte ich mit einem Krampf auf, Hardy war schon fort, sie hatte Bereitschaftsdienst in der Apotheke. Es war Sonntag. Ich ging nach meinem Enkel sehen, der schon wach war und den wir diese Woche hüteten: ein netter blonder Junge, unbekümmert und unternehmungslustig, der mich »Opa« nannte. Während ich ihm das Frühstück servierte, klingelte es an der Haustür, und ich zog den Gürtel meines Opa-Morgenmantels fest, um zu öffnen.

Es war Fran.

Sein Gesicht war ganz schwarz, bedeckt von einer einzigen gleichförmigen Tätowierung; man hätte ihn für einen Maori-Krieger halten können, wären da nicht seine blauen Augen und seine schütteren weißblonden Haare gewesen, die ihm das Aussehen eines Dämons gaben. Ich hatte ihn seit fast dreißig Jahren nicht mehr gesehen. Er war alt, erregt und rachsüchtig.

»Erinnerst du dich an mich? Ich will mit dir reden.

– Nicht jetzt.

– Ich habe deine Bücher gelesen.«

Ich wusste nicht, was ich antworten sollte.

»Haben sie dir gefallen?

– Willst du mich verarschen? Jemand hat dir geschrieben.

– Diese Frau, die ständig anruft …

– Sie ist es … «

Seine Stimme war rau, von zu vielen Zigaretten.

»Wer ist sie?
– Wir kennen uns schon sehr, sehr lange, keuchte er.
– Du hast mir nie davon erzählt.
– Natürlich habe ich das. Ich habe sie sehr geliebt. Wie du mich geliebt hast.
– Bitte, lass mich in Ruhe.
– Diese Frau war für mich genauso wie ich für dich. Du kannst dir gar nicht vorstellen, was sie mir alles gegeben hat. Und nun will sie, dass ich es dir wieder nehme.
– Ich verstehe dich nicht. Du sprichst in Rätseln.
– Später wirst du es verstehen.«

Tief in mir drinnen war alles verschwommen, doch allmählich wurde etwas offensichtlich, das ich bisher nicht bedacht hatte. »Du warst einmal wie ich. Stimmt's? Und bist es nicht mehr.«

Er beantwortete meine Fragen nicht. In der Küche fing mein Enkel an, ungeduldig zu werden, er war aufgestanden, versuchte zu lauschen und rief nach mir. Für einen Augenblick schien Fran Mitleid mit mir zu haben.

»Nicht sofort, murmelte er. Ich werde heute Nachmittag wiederkommen. Ich lasse euch noch ein bisschen Zeit miteinander.«

Er war nervös. Auf der Außentreppe schlug Fran mit einem Fuß einen komplizierten Takt auf die Platten, es sah aus wie das Bein einer Riesenspinne. Unter der Tinte war sein Gesicht kaum erkennbar. Er schien traurig und enttäuscht, und eifersüchtig noch dazu.

»Du hast mich belogen. Das hier ist nicht dein erstes Leben. Warum hast du mich angelogen? War das Mädchen der Grund?«

Ich antwortete: »Ich wollte meine Ruhe haben.

– Du liebst sie. Du hast mir nicht die Wahrheit gesagt.
– Du hast mich auch belogen.
– Dein wievieltes ist es?«

Ich hielt ihm die Finger hin: sechs. Wie in einem Traum hatte dieses unwirkliche und absurde Gespräch, das ich mit ihm führte, einen bestimmten Sinn, der mir verborgen blieb.

Frans Hände zitterten, wie so oft, er kündigte an, dass er wiederkommen werde, dann gab er sich einen Ruck und lächelte meinem Enkel zu: Das arme Kind fürchtete sich vor ihm und versteckte sich in meinen Armen.

»Du tust gut dran, es zu genießen, Alter.«

Es war Sonntag. Nach dem Mittagessen rief ich, von dem wirren Austausch mit Fran panisch und wie gelähmt zugleich, in der Apotheke an, um mit Hardy darüber zu sprechen, doch ihre Kollegin ließ sie wegen eines Notfalls entschuldigen und versprach, sie werde mich später zurückrufen. Ich konnte keinen klaren Gedanken fassen, ich erinnerte mich nur an Bruchstücke, isolierte Elemente von all dem, was mir im Lauf der Jahre, in allen meinen Leben passiert war, und mein Geist erriet wohl die Form des Ganzen, ohne sie jedoch deutlich nachzeichnen zu können. Die Gesamtform gefiel mir nun aber ganz und gar nicht. Der Wind hatte sich gelegt; in dem quadratischen Garten war kein Geräusch zu hören, der Junge musste bald seinen Mittagsschlaf machen. Ich fragte mich, ob ich die Polizei anrufen sollte, aber das Kind wollte Cowboy und Indianer spielen, und obwohl ich mit den Gedanken woanders war, setzte ich den Federschmuck auf, mit dem ich wie ein alter Vogel aussah, damit er mich jagen konnte. Während er bis hundert zählte, kletterte ich auf einen Baum. Ich war fast fünfzig, und der stechende Schmerz unter den Rippen befiel mich wieder, sodass ich Mühe hatte, einen stabilen hohen Ast zu erreichen, auf den ich mich setzen und im Blätterwerk verbergen konnte.

»Ich komme!«, rief das Kind und begann, sich auf die Suche nach mir zu machen.

Rittlings als Indianer verkleidet auf dem dicken Ast sitzend, dachte ich nach und fühlte das Ende nahen. Etwas war im Gange, aber was? Verdammt, fluchte ich innerlich, konzentrier dich, versuch zu verstehen. Diese Frau hatte Fran vor sehr, sehr langer Zeit initiiert. Also hatte Fran schon zehn, hundert oder gar tausend Leben gelebt. Er hatte die Singularität gekannt, wie ich. Und dann hatte er sie verloren, weil ich inzwischen der Empfänger geworden war. Ich besaß den Beweis und die Herleitung. Wie war er sterblich geworden? Erinnere dich! Hatte er früher aus der Nase geblutet? Oder aus den Ohren, den Augen, den Zehen, was weiß ich. Weshalb hatte er nie etwas davon gesagt? Das war undurchsichtig und offensichtlich zugleich. Nun, wo ich diese Frau aufgeweckt hatte, wollte sie Fran damit beauftragen, mich umzubringen. Dabei nützte es nichts, mich zu töten, und ...

Plötzlich schrie mein Enkel: »Opa, da kommt jemand in den Garten.

– Was? Wer?«

Vor Überraschung verlor ich das Gleichgewicht und stürzte vom Apfelbaum. Verletzt und halb ohnmächtig lag ich seitlich auf dem kurzen, von der Nachmittagshitze gelblich gefärbten Gras und stöhnte.

»Hardy ... Hol sie, lauf, hol Oma.«

Vor den weit aufgerissenen Augen des Jungen zerrte mich der Mann am Fuß ein Stück weiter, dann drehte er mich um: Durch einen weißen, vom Schmerz milchigen Schleier hindurch erblickte ich die Bruchsteinmauer, die Thujahecke und atmete den Duft von Geißblatt ein, das an einer Seite des Geräteschuppens wuchs, dann setzte sich der Mann auf meinen Bauch, die Atmung war blockiert, und ich sah die beiden schwarzen Hände auf meinen Hals zukommen, die Finger drückten immer fester zu, ich strengte mich an, die wenige Luft, die mir noch blieb, zurückzuhalten, indem ich mit Händen und Füßen wie wild im Leeren ruderte, ich war keine zwanzig mehr, hoffte, noch ein- oder zweimal Atem holen zu können, aber es war vorbei, ich konnte es mir denken, es war nichts mehr übrig, die Hände hatten sich geschlossen und meinen Adamsapfel eingestoßen, meine Gurgel auf der Höhe der Halsschlagader zerquetscht, ich spürte den Sauerstoff in meinem schon unterversorgten Gehirn fehlen, meine Bewegungen erlahmen und schließlich den Tod nahen.

Am Ende ließ ich ihn machen. Sollte er mich eben töten. Ich würde wiedergeboren werden, ein weiteres Mal. Ich würde auf das Blut warten, das Blut würde kommen, alles würde neu beginnen, ich würde Hardy wiederfinden und mein kleines Leben. Ich würde meine sechs Bücher schreiben und das siebte dazu, aber ich würde nie wieder die Anrufe dieser bourgeoisen Dame mit der überheblichen Stimme beantworten, und ich würde Fran ins Gefängnis bringen. Ich konnte glücklich sein, jetzt konnte ich es. Es war nur eine Frage der Geduld. Wenige Sekunden nachdem ich aufgegeben hatte, war mein sechstes Leben beendet, ich war zuversichtlich und

Das Siebte

Und beim siebten Mal blutete ich, wie Sie wissen, nicht aus der Nase.

Alles hatte ganz normal angefangen.

Wie gewöhnlich war ich zur Welt gekommen, meine Mutter hatte mich gestillt, und sobald ich einen Fuß vor den anderen setzen konnte, war ich ausgebüxt, um in kurzen Hosen am Bachufer entlangzurennen, mit den Händen in der feuchten weichen Erde zu wühlen, ich ging davon aus, dass sich nichts geändert habe, dennoch nagte ein Zweifel an mir: Bei dem Gedanken an die Frau mit dem überheblichen Tonfall und an Fran mit dem vollkommen schwarzen Gesicht überlief mich ein Schauer. Während der Vorschulzeit spielte ich in einer Art Ferien- und Abschlussfeststimmung wieder die gleiche Rolle, wobei ich das merkwürdige Vorgefühl hatte, die ganze Zeremonie sei zu Ende und ich wisse es noch nicht. Wie ich Ihnen schon zu Anfang dieser langen Geschichte erzählt habe, fieberte ich ängstlich meinem siebten Geburtstag entgegen, doch es geschah nichts. Durch die Dachluke meines Zimmers auf dem Speicher unseres Hauses hörte ich bei Anbruch der Dämmerung wohl die Amsel trällern, aber meine Nase blieb trocken. Ich setzte mich in der Küche auf einen Stuhl, vor den ich die schwere Zinkwanne gezogen hatte, und wartete darauf, dass es losging. Nichts. Die Tage vergingen, ich sah zu, wie ein Kalenderblatt nach dem anderen abgerissen wurde, und beschloss schließlich abzuhauen, mir den Dodge des Doktors »auszuborgen«, um nach Paris zu fahren. Erinnern Sie sich? Ich habe es Ihnen schon gesagt (ich habe alles schon so oft gesagt): Ich war nur ein kleiner Junge, der auf sein fünfhundertstes Jahr zuging, am Steuer eines gestohlenen Autos, und als ich vor dem rückenwirbelförmigen Gebäude des Val-de-Grâce-Krankenhauses ankam, fand ich Fran, diesen Schuft, unschuldig mit hellrosa Haut ohne irgendwelche Tätowierungen wieder, der sich nicht daran erinnerte, mich getötet zu haben, und mich nicht mehr erwartete. Mit der Blut- und Unsterblichkeits-Geschichte konnte er nichts anfangen, er hielt mich für einen psychotischen Minderjährigen und übergab mich den Polizisten auf der Wache des V. Arrondissements, ich war eine Schande für meine Eltern, die aus unserer weit entfernten Grenzregion herfahren mussten, um mich abzuholen. Von da an war ich wegen kindlicher Verhaltensstörungen in Behandlung bei spezialisierten Psychologen, die mir eine ganze Menge Fragen stellten und mich Figuren zeichnen ließen, die für mein Alter wirklich erniedrigend waren. Das Schlimmste aber war, dass ich bestraft wurde, ich musste bei verriegeltem Fenster und abgeschlossener Tür schlafen, ich hatte pünktlich zu den Essenzeiten zu erscheinen und durfte nur noch den Mund aufmachen, wenn ich vorher um Erlaubnis bat, denn meinem Vater zufolge, der Origènes Ratschläge befolgte, »braucht der Junge Disziplin und elterliche Autorität«.

Das Ausbleiben des Bluts brachte mich auch ohne detaillierten hämatologischen Test schnell zu folgendem Schluss: Ich hatte die Singularität verloren, und somit war ich sterblich.

Ich wartete und hoffte. Wie oft hatte ich in meinem Kinderbett aus hellem Holz liegend gedacht, es käme doch noch. Mit zehn fand ich mich dann wohl oder übel damit ab. Wahrscheinlich war es zu spät: Unfähig, mich zu konzentrieren, nervös und auf das Ausbleiben des Bluts fixiert, bezeichnete man mich vorsichtig als »Problemjugendlichen«. Ich bereitete meinen Eltern große Sorgen. Laut Origène war ich ein »sauberes Früchtchen«, und ich gestehe, dass ich rein gar nichts tat, um mich zu bessern, denn ich glaubte felsenfest daran, dass ich nicht einfach durch ein umgekehrtes Wunder wieder sterblich geworden war; es musste eine logische Erklärung dafür geben, die Singularität konnte mir nicht durch ein Fingerschnippen abhandengekommen sein, an jenem Tag, an dem ich in meinem Garten vom Baum gestürzt war und Fran mich erwürgt hatte.

Im vorigen Leben hatte es eine Reihe von vorausweisenden Ereignissen gegeben, davon war ich überzeugt. Alles deutete darauf hin, dass diese unfreundliche Dame daran schuld war, die Fran in die Unsterblichkeit initiiert hatte, um sie ihm danach wieder zu entziehen – aus welchem Grund? Ich weiß es nicht. Fran hatte einen kleinen Jungen gefunden, dem er vermachen konnte, was er nicht mehr besaß, und dieser kleine Junge war ich. Nach welchem Kriterium hatte er mich ausgewählt? Ich hätte Fran gerne in einen Raum gesperrt, verprügelt und ihn direkt gefragt. Doch sehen Sie mich an: Ich war nur ein Kind, ein armes abhängiges Ding; ein erstes Mal hatte ich versucht, ihn in Paris zu treffen, und Fran hatte mich nicht einmal wiedererkannt. Er hatte es nicht absichtlich getan. Er erinnerte sich nicht mehr, und genauso wie seine damalige Initiatorin hatte er eine Rolle in einem Ganzen gespielt: Heute war er sterblich. Das Blut, die Wiedergeburt und der ganze

Unsinn, all dies betraf ihn nicht mehr. Das gehörte in den Bereich des Göttlichen. Ja, in meinem benebelten Geist hatte ich, bei jedem Wetter in meinem Zimmer abgeschirmt und eingesperrt, den Kopf in die Kissen vergraben, vor lauter Hadern und Sinnieren begonnen, mir wenigstens den Anschein einer rationalen Erklärung zusammenzureimen. Ich besaß jedoch weder den leisesten Beleg dafür noch die Zeit, einen zu finden. Nur hier und da winzige Hinweise in den vorigen Existenzen. Seither hatte es weitere gegeben: keine Spur eines verletzten Vogels mit silbrigem Gefieder am Fuße des knorrigen Baumes, zum Beispiel. Ich hatte nicht besonders darauf geachtet: Vielleicht war es aus Zerstreutheit, weil ich damit beschäftigt war, über die komplexen Implikationen der letzten Ereignisse nachzudenken, indem ich versuchte, mir die Ausbreitung der schwarzen Tätowierungen auf Frans Haut wieder präzise vor Augen zu führen, dass ich möglicherweise Tag und Uhrzeit dieser immer wiederkehrenden hübschen Anekdote mit dem Vogel und dem Hund verpasst hatte. Ehrlich gesagt erinnerte ich mich an nichts wirklich gut. Ich hatte nur noch das Gehirn eines nicht übermäßig schlauen Jungen, dem man seine einzige Chance, sich hervorzutun, genommen hatte und der nun zwischen Jahrhunderten von Erinnerungen hin- und herjonglieren musste, mithilfe von Intuition und für seine Verhältnisse zu spitzfindigen Denkoperationen. Es hat also Zeichen gegeben, wiederholte ich mir immer. Es gibt eine Logik. Welche Logik? Die Zeichen verschwinden, als ob etwas oder jemand sie von der großen schwarzen Tafel der Geschichte abgewischt hätte. Lassen wir die mal als unwesentliche Zeichen beiseite. Denn inzwischen war es schlimmer: Das Blut selbst war weg ... Und da Fran mich nicht mehr wiedererkannte, hatte ich den Einzigen verloren, der mich hätte initiieren können, und keinen Begleiter mehr, um mir beizustehen und zu helfen. Auf der ganzen Welt würde mich keiner ernst nehmen. Vielleicht konnte ich ja weiterhin versuchen, an meine vermeintliche Unsterblichkeit zu glauben, aber ohne Unterstützung von außen hatte ich nur wenig Hoffnung, den Glauben an diese Absurdität aufrechtzuerhalten. Ich besaß nicht mehr Aussichten auf Unsterblichkeit als jeder andere Trottel, der gerade auf der Straße herumläuft – oder wie Sie, vielleicht. Vorher gaben mir die Zeichen, das Blut und Fran zwar keine Sicherheit, aber dennoch eine Art Grundlage, und hoben mich von den Normalsterblichen ab, die sich getrost für ewig ausgeben können, wenn ihnen danach ist.

Vor meinen Kameraden, den gleichen Dorfjungen wie gewöhnlich – dem Sohn des Metzgers, dem des Tabakwarenhändlers, dem großen Rotschopf oder auch vor Maries Familie, alle nicht sehr klug (aktuell bildete ich da allerdings auch keine Ausnahme, das sei hinzugefügt) –, hätte ich von meiner undenkbar langen Erfahrung, meiner Weisheit oder meiner taktischen Klugheit, meiner auf ein halbes Jahrtausend ausgedehnten und auf sechs Leben und ein paar Jahre extra verteilten Existenz profitieren können, aber es gelang mir nicht mehr, einen entscheidenden Einfluss auf meine Mitmenschen auszuüben. In mir brodelte es. Warum? Allerart gegensätzliche Gedanken drängten sich in meinem Geist, der es nicht gewohnt war, wählen zu müssen. Ich fühlte mich wie ein verwöhnter Mensch, der nie zurückstecken musste und plötzlich komplett abgebrannt war. Mein Vermögen? Auf und davon. Ich musste mit dem bisschen Leben auskommen, das mir im letzten Eckchen der Hosentaschen geblieben war. Während ich noch mit dem schwarzen Hund den feuchten und erdig duftenden Pfaden der Gegend folgte und Steine auf den

Tümpeln hüpfen ließ, in der Hoffnung, Ruhe zu finden, hörte ich ein ständiges Brummen der sechs Leben in meinem Schädel, und ich wusste nicht mehr, auf welches ich hören sollte, um hier und jetzt zu handeln. Die Rechnung war schrecklich schwierig geworden. Ich hatte nicht mehr viel Zeit, es kam auf die richtige Entscheidung an. Im Endeffekt entschied ich überhaupt nichts.

In der Grundschule, und später im Collège, schaffte ich es nicht, mich anzustrengen, mein opulentes, geradezu überbordendes Wissen zu kanalisieren; ich war mittelmäßig. Ehedem Nobelpreisträger, gelang es mir nicht einmal mehr, eine banale Übung auf dem Niveau eines Achtklässlers in Physik oder Chemie zu lösen. Einige Jahre zuvor noch Schriftsteller, brachte ich mit Hängen und Würgen einen oder zwei Sätze aufs Papier, sobald es darum ging, in Französisch ein Gedicht von Baudelaire zu interpretieren, das ich schon fünfmal im Unterricht gehabt hatte. Unaufmerksamer Schüler.

Ich versichere Ihnen: Ich habe versucht, mich zu konzentrieren, aber ich fühlte mich immer in sechs oder sieben Teile zerrissen. Ich musste so schnell wie möglich eine Lösung finden und dem Ganzen wieder Sinn geben. Wo war die Unsterblichkeit hin, nachdem sie mir genommen worden war? Ich fühlte mich nackt, ich besaß nichts Eigenes mehr. Dadurch, dass ich dieses Leben hier vernachlässigte, rutschte ich merklich einen Abhang hinab, der zunehmend an Holprigkeit verlor, mich mitriss und geradewegs in den unteren Teil der Gesellschaft beförderte, mitten in die Haufen, die Knäuel, die unförmigen Ansammlungen gewöhnlicher Leute. Ich war weder besonders schön noch sehr schlau. Ich hatte mich für intelligent gehalten, doch sobald es darum ging, den Mund aufzumachen, bereiteten mir die Wörter große Schwierigkeiten. Körperliche Kraft hatte ich in Reserve, aber weil ich mich ungesund ernährte und an die anderen Leben dachte, anstatt zu trainieren, war ich kein Muskelprotz. Einer meiner Lehrer beschrieb mich ironisch zusammenfassend und blasiert als »eine Drei minus«. Die vor mir liegende Laufbahn war eingeschränkt und ziemlich uninteressant.

Ohne das Blut war ich extrem allein. Im Teenageralter zog ich wieder mit meinem einzigen Kumpel, dem mit dem Sprachfehler, herum und erhoffte mir ein bisschen Gesellschaft und menschliche Wärme. Im Winter war es sehr kalt. Am Samstagabend brauste ich mit ihm zusammen auf einem gebrauchten Roller über die Landstraßen in die nächste kleine Stadt, um Flipper und Billard zu spielen, ein paar Runden auszugeben und stark geschminkte Mädchen anzumachen. In betrunkenem Zustand grölte ich, dass ich einmal Gott war, der Herrscher der Welt und ein bekannter Wissenschaftler in Amerika! Und richtige Frauen hatte ich gekannt, ich hatte sie alle gevögelt, ich zählte ihre Namen auf: Schauspielerinnen, Top-Models, und Männer obendrein! »Hey, du Schwuchtel!« Ich brachte sie zum Lachen, die Stammgäste in der Kneipe. Auf dem Heimweg wärmte ich mir die glorreichen Bilder und schönen Phrasen auf. Einmal wurde mir der Roller geklaut, und ich lief stundenlang im Brennnesselgraben an der Fahrbahn entlang, die über die kleine römische Brücke zum Dorf führte. Schluchzend dachte ich an alle Leben davor. Tränen flossen mir übers Gesicht, doch ich machte mir nicht mal die Mühe, sie abzuwischen. Ich konnte nicht mehr. Wozu hatte man mir die Ewigkeit geschenkt, wenn man sie mir am Ende wieder wegnahm? Was war der Sinn der Sache? Ich hatte nicht die Welt verändert und würde genauso jämmerlich abkratzen wie alle anderen. Was blieb mir noch?

Da ich noch wusste, wie man die farblose, nach Ammoniak und verfaulten Blüten riechende Flüssigkeit mit dem Destillierkolben herstellt, der dem Alten am Ende der Grenzstraße gehörte, gewann ich das Mittel und füllte damit eine Phiole bis zum Rand, die ich nicht mehr brauchen würde: Wozu etwas kauterisieren, das nicht mehr blutet? Trotzdem entkorkte ich sie regelmäßig, um den Geruch einzuatmen, beißend und stechend wie Urin, um mich an die Unsterblichkeit zu erinnern. Nach einem ausgiebigen Sniff, mit geschlossenen Augen hustend auf meinem Bett oder im Schotter in der Nähe des Wildbachs liegend, sah ich in einem komatösen Nebel mit einem Lächeln auf den Lippen frei schwebende Hologramm-Bilder aufscheinen und ineinander verschwimmen: alle Hardys und alle Frans, ihre jeweiligen Gesichter je nach Lebensabschnitt, von der Kindheit bis ins Alter, die Reisen im Dodge und im Lada, die dichten grünen Kastanienwälder, Südkalifornien, Mornay, Saint-Erme und Le Plessis, die Galafeiern in Abendgarderobe unter großen orchideenförmigen Kristallleuchtern, das verschneite Paris während der Unruhen, den brennenden Wald, die Predigten der Sekte im freien Feld unter notdürftig aufgestellten Zelten in der Bretagne oder der Vendée, die Freude, einen schönen Regentag, die verlorene und die wiedergefundene Freude, die zarten Brüste einer glücklichen Frau, den Geschmack ihres schlafenden Geschlechts, die halb geöffneten Pobacken eines jungen Mannes, Hardys Grimasse, als ich sie in zwei Teile gebrochen am Grund des Brunnens wiedergefunden hatte, die Falte über ihrer Stirn, meine Tochter, meinen Sohn, den quadratischen Garten, den Alltag in der Präfektur, wenn ich bei Büroschluss um sechs das Licht ausknipste, den Donnerstagabend im Theater am Grand Cours, die sechs Bücher, die ich geschrieben hatte; und dann schlief ich ein. Oh Mann, was für ein Leben! Trotz allem, was für ein Leben!

Und als ich aufwachte, musste ich zurück ins Lycée, um mit unreifen Jungs zu diskutieren, für die es das höchste der Gefühle war, in ihr Bierglas zu pinkeln und Kleber zu schnüffeln. Hier gab es nichts anderes zu tun, als rumzulungern. Aber ich hatte kein Geld, und schlimmer noch – keinen Willen. Deshalb sah ich dem Datum auf dem Kalender eher furchtsam entgegen.

Ich glaube, dass ich nicht bereit war. Ich hatte kein einziges Talent mehr, und das Jahr, dann der Monat und schließlich die Woche rückten näher. Ich konnte nicht zurück.

Der große Tag? An jenem Morgen bin ich siebzehn, der Frühling ist da, und ich bin nicht ins Internat nach Paris gezogen. Ich habe schlechte Noten und steuere auf die Ausbildungsschiene in einem technischen Gymnasium der Nachbarstadt zu. Seit meiner Eskapade parkt Doktor Origène seine Karre im hinteren Teil der ehemaligen Kornscheune und schließt sie ab, vor dem jungen Pack, zu dem auch ich gehöre, hütet er sich nämlich.

Genervt von der ganzen Ungerechtigkeit, unfähig zu verstehen, wie mir geschieht, gleiche ich einem armen Kerl von der Sorte, wie viele herumlaufen, ich bin dabei, gewöhnlich zu werden. Ich glaube, der Einzige zu sein, doch wir sind viele.

Aber mir bleibt noch Hardy. Das ist alles, was ich habe.

Meine Mutter hat mir erlaubt, übers Wochenende in die Hauptstadt zu fahren, gegen den Willen meines Vaters, der befürchtet, dass so ein Nichtsnutz wie ich in der großen Stadt nur noch mehr Gelegenheiten finden wird, Dummheiten anzustellen. Er hat seine Vorbehalte gegenüber den »Pariser Verlockungen«, wie er sie nennt. Hätte er es mir verboten, hätte ich dennoch eine Möglichkeit gefunden, ihm zu entkommen, durchzubrennen, ich wäre zur Not barfuß gegangen oder auf allen vieren nach Paris gekrochen, ich konnte es mir nicht erlauben, dieses Rendezvous zu verpassen. Vielleicht hat meine Mutter, die sehr nett und besorgt um mich ist, es gespürt; sie nahm die restlichen Scheine aus dem kleinen Steinguttopf auf dem Kaminsims, wo sie ihre bescheidenen Ersparnisse versteckte, rollte sie zusammen, wickelte ein Haargummi darum und schob sie in meine Faust: »Hier, nimm das.« Maman streichelte mir über den Nacken und bat mich, gut aufzupassen.

Der Nachmittag ist schon weit fortgeschritten, und mein Eilzug musste auf offener Strecke anhalten. Schon seit Jahren gab es auf dieser Linie immer wieder Störungen und Verspätungen. »Die SNCF ist auch nicht mehr das, was sie mal war. Dieses Land ist krank«, wiederholte mein Vater oft. Ein Rabe sitzt auf einem Pfosten, mitten im graubraunen, vom Dunst eingehüllten Feld, das ich seit fast einer Stunde betrachte. »Aufgrund eines Problems auf den Gleisen«, erklärt der Schaffner, habe der Zug Verspätung. Wie viel? Er weiß es nicht. Ich sehe auf meine Armbanduhr. Daraufhin gehe ich, nun schon zum dritten Mal, zur Toilette, um mich vor dem Spiegel zu kämmen und mein frisch gewaschenes kariertes Hemd in die enge Jeans zu stecken, nachdem ich in die verstopfte Kloschüssel gepinkelt, an meinem Flachmann geschnüffelt und ein paar Schlückchen des schon halb verdunsteten Inhalts getrunken hatte. Mittlerweile ist er fast leer. Ich muss rechtzeitig dort sein! Um wie viel Uhr war es noch mal? Ich erinnere mich nicht. Schließlich werde ich wütend, ich beschimpfe den Schaffner, Scheißbeamter, und er behandelt mich von oben herab wie einen kleinen Hochstapler.

Weißt du eigentlich, wen du vor dir hast, du Arsch? Schreie, Beschwerden, Polizeigewahrsam bei der Ankunft des Zugs.

Ich habe zu viel getrunken, fühle mich von der Angst überwältigt, sie verändert anzutreffen oder sie überhaupt nicht zu treffen. Meine Beine wollen mir nicht gehorchen, und ich kann einfach nicht schneller gehen.

Als die Polizisten mich wieder freilassen, ist es schon längst dunkel geworden. Verdammt. Mit Schweißflecken unter den Achselhöhlen, fleckigem Hemd, verstört und zerzaust, erwische ich gerade noch die Linie 7 der Métro und renne in den Parc de la Villette, aber auf dem feuchten Gras ist keiner mehr, und das Flaschenklirren, das Stimmengewirr, das sanfte Gemurmel hat schon der Abend verschluckt. Im Dunkeln drehe ich mich im Kreis, suche auf dem Gras nach Spuren des improvisierten Konzerts. Zigarettenstummel, Getränkedosen, fettiges Papier. Wo sind die Jugendlichen hin, wo sind Hardys Freunde? Sie waren hier. Vor ein paar Stunden hatte sie diesen tollen Song aus den Achtzigern gespielt, sie hätte mich fragen müssen: »Bist du durchsichtig oder was?«, und wir hätten uns kennengelernt, wie immer. Verdammte Scheiße. Auf dem Parkweg gehend, rege ich mich auf, trete gegen einen Müllsack, der aufplatzt, und dann erblicke ich in der Dunkelheit am gegenüberliegenden Ufer des Ourcq-Kanals in Richtung der Tram eine Gestalt, die den Schein der Straßenlaternen durchbricht. Mit gesenktem Kopf geht sie auf die Métro-Station Corentin Cariou zu, wohin ich sie schon so oft begleitet hatte.

Ich gehe entschlossen die Treppe hinunter und erwische sie auf dem Bahnsteig, kurze Zeit vor dem Eintreffen der Ein-Uhr-Bahn.

»Hallo!«

Mon amour! Sie dreht sich um, die Gitarrentasche auf dem Rücken, biegsam, hochgewachsen, blond, lächelt, bevor ihre Züge sich verhärten.

»Pardon?«

Ist sie es wirklich? Ich bin mir nicht mehr so sicher, alle Lebensalter und Bilder haben die Tendenz, sich übereinanderzulegen. Außerdem scheint sie dünner zu sein, ihre Haare sind zu kurz und sie lacht nicht mehr wie sonst mit siebzehn. Aber ja doch, es ist Hardy. Bestimmt irre ich mich, es liegt nur am Aufruhr der Gefühle, ich muss mich wieder einkriegen. Hardy, bitte, hör mir zu, stammle ich, bevor ich bemerke, dass ich die Wörter noch gar nicht ausgesprochen habe.

»Wir kennen uns …

– Lassen Sie mich bitte in Ruhe.«

Mir bleiben noch sechs Minuten, bis die U-Bahn kommt. Was soll ich ihr bloß sagen? Dass ich sie geliebt habe und sie mich auch? Dass es vielleicht das letzte Mal sein wird? Das übliche Geschwafel. Aber alles durcheinander, zu viele Erinnerungen, und mir fehlen die Worte. Ich schaffe es nicht. Ich muss mich beherrschen. Die Zeit drängt. Ich fange mit den Breeders, den Pixies, Nirvana an, dann den Melodien, die sie im Radio hörte, ganz oben in dem Hochhaus in Aubervilliers, dem getaggten Treppenhaus, zusammen mit Fran an dem Tag, als es in Strömen goss, nein, darüber rede ich nicht, ich beschreibe ihr lieber ihre Träume, aber ich erinnere mich nicht daran, plötzlich, im Affekt, ist alles weg, ich müsste ihr die Namen ihrer Mutter und ihrer Tante nennen, um zu beweisen, dass ich sie schon lange kenne, ihr von Jesus erzählen, von einem Kastanienwald in einem fremden Land, von großen farbigen Heften, in denen sie mit dem Lineal wiederkehrende Ereignisse in der Geschichte unterstreicht, und vom Feminismus, oder dem Film im Multiplex an der Place d'Italie, entschuldige, er ist noch nicht angelaufen, wie hieß er noch mal?, du kannst mir vertrauen, sieh mal das Muttermal, genau am Übergang vom Lächeln zur Wange, ich kenne es, warte, geh nicht gleich fort, ich kann vorhersehen, was geschehen wird, wenn du mir nicht glaubst: Flecken auf den Hemden zum Beispiel, so was hasst du, ein Kind ist nicht genug, drei sind schon wieder zu viel, hab ich recht?, und die USA?, lass uns über die USA reden: Da möchtest du hin, oder nach Asien, du kannst dich nicht entscheiden, wegen der wunderbaren Geschichten all dieser Länder, aber du kennst sie noch nicht, stimmt ja, du bist noch keine vierzig. Viel zu lang, verflixt. Nur noch drei Minuten. Was ist los? Nicht nur, dass ich mich ausbreite und lauter Blödsinn von mir gebe, sondern ich scheine sie zu langweilen, sie zeigt nicht einmal Interesse an mir. Ich drücke mich nicht sehr klar aus, schon richtig. Gewöhnlich wecke ich eine Flamme in ihr, und sei sie auch noch so klein. Ein Lächeln? Mademoiselle ... Ich habe feuchte Hände, und sie versteckt ihre in den hohen Taschen ihrer grauen Matrosenjacke, damit ich sie nicht berühre. Wenn du wüsstest, wie oft ich dich schon angefasst habe! Könnte ich doch nur wenigstens einen ihrer Finger erwischen und ihr zeigen, dass ich noch die kleinsten Fältchen und Erhebungen eines jeden Fingerglieds kenne. Sie weicht einen Schritt zurück: »Fass mich nicht an.« Klar habe ich ein bisschen getrunken, das Terpentingemisch ist mir zu Kopf gestiegen, es war keine gute Idee, es zur Ermutigung auf ex zu trinken, und ich stottere. Wo ist das stillschweigende Einverständnis von früher geblieben, als wir uns beide über die Besoffenen in der Métro lustig machten? Mademoiselle! Ich erzähle ihr von den Zöpfen, diesen wundervollen Zöpfen, ihren langen blonden Haaren, aber auch den kurzen, und die Muttermale, die du auf dem rechten Oberschenkel hast, angeordnet wie im Sternbild des Schwans, kennst du das Sternbild des Schwans?, die Sterne, die man nachts in der Himmelsrichtung von ... Ich weiß nicht mehr, bitte, ich bitte dich, ich bin allein, ich möchte sie ganz fest umarmen, und ich verrate ihr, dass ihr Geschlecht nach Cidre und Keks schmeckt. Sie weiß es nicht: Kein Mann hat bisher daran geleckt, niemand hat ihr den Geschmack beschrieben. Sie wird doch nicht selbst den Finger hineingetunkt haben, also kann sie den Geschmack nicht kennen. Sie glaubt, dass alle Jungs, die ein bisschen zu viel getrunken haben, jungen Mädchen, die sie hübsch finden, solche sentimentalen Obszönitäten verzapfen. Noch eine Minute. Die Sache ist verloren, gestorben, vorbei. Ich kritzle meinen Namen und meine Adresse (die meiner Eltern) auf die Rückseite einer Zigarettenschachtel, ich bin siebzehn Jahre alt, ich möchte sie wiedersehen, ich bitte sie inständig, mich anzurufen. Ich versuche, ihr das abgerissene und zusammengefaltete Stück Papier in die Hand zu schieben, doch sie verhindert es stur und ballt die Hände in ihrer Jackentasche zu Fäusten. »Hör auf oder ich schreie!« Ist sie wirklich dieselbe, oder habe ich mich verändert? Ich vermisse ihre Schlagfertigkeit, ihr Geplapper und ihre kühnen Gesten. Einen Idioten wie mich hätte sie früher mit Humor auflaufen lassen, und wir hätten uns beide darüber amüsiert. Sie mochte Verrückte, Originale, Leute neben der Spur gern. Heute macht sie den Eindruck, einer höheren Rasse anzugehören, und ich verstehe, dass ich in ihren Augen nur eine Art Jammerlappen, ein Loser bin, wie viele andere um diese fortgeschrittene Uhrzeit in Paris. Das Ding war im Eimer. Ein besoffener Aufreißer am Samstagabend, der alles Mögliche erzählt, um sie in seine Arme schließen zu können. Ich beginne zu begreifen, dass sie mir überhaupt nicht zuhört. Egal, ob ich von ihrem Lieblingssong, von der Form ihrer Brüste oder von sonst was rede. Die Métro fährt ein. Hardy! Ich rufe immer lauter ihren Namen. Sie fehlt mir. Hardy, ich liebe dich! Aber ich jage ihr große Angst ein. Bitte. Küss mich. Mir scheint, dass ich sie bei den anderen Malen locker verführen konnte, einfach so. Aber nicht dieses Mal. Sie versteift sich, sieht mich kühl an und schreit: »Bleib, wo du bist!« Schon erheben sich zwei Fahrgäste im Abteil, sie sehen kräftig aus. Ich bleibe auf dem Bahnsteig, mir ist klar: Ich wirke wie ein Aggressor. Und die Métro fährt ab.

Mit dem Geld meiner Mutter treibe ich mich am Sonntagmorgen in der Stadt herum: vollgetaggte Wohnklötze, die Ringautobahn, Zuggleise unter Eisenbrücken, nichts hatte sich verändert. In der Tasche hatte ich das abgerissene Stück der Zigarettenschachtel mit meinem Namen und Adresse darauf, das Hardy nicht einmal annehmen wollte: was für ein Elend ... Ich rauche auf, was mir noch bleibt. Ich muss handeln.

Nach einigem Zögern beschließe ich, Fran im Val-de-Grâce-Krankenhaus zu besuchen. Der blasse und hochgewachsene Blonde, den man fälschlicherweise für einen Skandinavier hält, beendet seinen üblichen Bereitschaftsdienst gegen halb neun. Ich weiß es, in einem anderen Leben hat er es mir erklärt. Auf einer Bank sitzend beobachte ich das Kommen und Gehen des Personals und sehe ihn vom Parkplatz fahren und anschließend hundert Meter weiter in zweiter Reihe vor einem Café halten.

Zuerst erinnert er sich nicht an mich. Er kehrt mir den Rücken zu, als er aus dem Auto steigt: Es tue ihm leid, er habe keine Zeit. Er ist nicht mehr der Typ von früher. Da wir uns schon lange nicht mehr begegnet sind, hat er sich aus meinem Einflussbereich entfernt und ziemlich stark verändert: Er ist jetzt ein verantwortungsbewusster und ordnungsliebender Mensch; wenn seine Autotür aufgeht, riecht es nach Kiefernduft-Wunderbaum, und der sonstige Kram ist im Handschuhfach aufgeräumt. Wie es aussieht, hat er keine große Lust, sich mit mir zu unterhalten.

»Was willst du? Mich anmachen? Ich bin nicht schwul.
– Ich lad dich auf ein Glas ein.«
Er seufzt.

Also sitzen wir auf der Kunstlederbank einer Bar mit angeschlossenem Restaurant, und er bittet mich, damit aufzuhören, ihn anzustarren.

»Du sagst, du bist schon einmal zu mir gekommen? Ein kleiner Junge ... Ah ja, das sagt mir was. Wie geht es inzwischen? Bist du in Behandlung? In der Psychiatrie?
– Du wartest immer noch auf einen, der blutet. Ich bin es.
– Was soll der Quatsch?«

Ich rege mich auf, ich mache ihm heftige Vorwürfe: »Von wegen Quatsch! Du hast mich eigenhändig erwürgt. Aber warum? Aus Eifersucht? Mir alles zu nehmen, was du mir selbst gegeben hast. Du hattest es mir doch gegeben! Geschenkt!« Schnell rede ich mich in Rage, werde lauter. Ich stehe auf und mache ihm ein Zeichen, ebenfalls aufzustehen. »Zeig mir deine Tattoos, du Arsch. Wo sind sie hin?
– Du bist verrückt.
– Wo sind deine Tattoos?«, brülle ich.

Und ich fasse ihn am Kragen, zerreiße sein Hemd, lasse die Knöpfe abplatzen. Kein Schwarz, keine Tinte, keine Tattoos. Das kann nicht sein. Der Stuhl liegt am Boden. Der Wirt wirft mich hinaus: »Immer mit der Ruhe!«, die Kellner helfen ihm dabei, verspotten mich, ich solle meinen Scheiß woanders regeln, aber Fran geht mir nach.

Zuerst kriegt er meine Faust in die Fresse. Und wir fallen auf der Straße übereinander her. »Warum hast du das mit mir gemacht?« Ich bin jünger als er und denke nicht nach. Ich schimpfe in einem fort, schlage auf ihn ein. »Alles wegen dir!« Ich tue ihm wirklich weh. »Warum hast du mir nie was gesagt?« Ich haue zu. »Du hast mich belogen. Es war diese Hure, stimmt's?« Ich weiß nicht mehr, was ich alles rauslasse. Als es ausartet, kommen die Leute aus einem Café, die Frauen kreischen, die Männer zögern. »Sie hat dir befohlen, mich zu erledigen, und du gehorchst ihr einfach?« Wir werden auseinandergezerrt, Fran hustet, stößt auf, spuckt, er kann sich kaum mehr auf den Beinen halten. Ich habe ihm ordentlich zugesetzt. »Komm her und kämpf mit mir.« Ich brülle weiter, beschuldige ihn. Die Leute sehen mich entgeistert an. Bleich, der Ohnmacht nahe und an der Schläfe verletzt, legt Fran seine Hände auf die Knie wie zum Zeichen der Ergebung und kommt wieder zu Atem, während er verzweifelt den Kopf schüttelt: »Ich erinnere mich an nichts, Junge. Ich weiß nicht, wovon du redest.« Er will nicht weiter gegen mich kämpfen. »Du hast ein Problem.« Er beruhigt sich. Ich mich auch. Ich finde den guten alten Fran wieder. »Komm, ich helfe dir.«

Er hat mir etwas zu trinken ausgegeben und sich mit den Füßen im Rinnstein vor einer Bar-Tabac niedergelassen.

»Und jetzt sag mir alles.

– Hör auf, sonst dreh ich durch!, gebe ich zitternd zurück. Du tust doch nur so. Ich hab's kapiert, es ist ein Witz, stimmt's?« Auf dem Gehweg dieser ruhigen kleinen Straße bei Port Royal zusammengesunken, stecke ich die Hände zwischen die Oberschenkel und komme kleinlaut runter: »Ich hab Scheiß gebaut.« Ich bekomme Schluckauf. »Tut mir leid, ich wollte dich nicht töten.

– Du hast mich nicht getötet, mein Freund.« Der Mann hat Geduld mit Wahnsinnigen wie mir. »Schau her, du hast mich ein bisschen lädiert, aber das geht vorüber.

– Nein, nicht dieses Mal. Beim vorigen Mal, und noch früher. Ich hab dich getötet.

– Bei welchem Mal? Was sagst du da?

– Ich hab das nicht gewollt. Es ist alles wegen dieser Geschichte ... Das hat mich verrückt gemacht. Ich hab's nicht gewollt.

– Junge, so beruhig dich doch, du machst mich echt fertig. Erklär's mir.«

Ich heule: »Verdammte Scheiße, da gibt's nichts zu erklären.«

Er hält mir sein Taschentuch hin: »Das wird schon wieder.«

Er ist ein guter und sanfter Mensch. Er hört mir besonnen zu, während ich drastisch erzähle, wie ich erst ein gewöhnlicher Mensch war, dann Nobelpreisträger in Medizin, darauf *máximo líder* der neuen französischen Revolution, Heerführer, Hoffnung der Völker, Messias und lebendiger Gott, wie ich ihn getötet habe, wie ich reich war, wie ich in den schönsten Suiten von Paris übernachtet, in den angesehensten Restaurants gespeist habe, als »Monsieur« behandelt wurde, alle, die ich haben wollte, bekam und vögelte, wo immer ich Lust hatte, und warum ich die Bücher veröffentlicht habe, die genau das erzählen, richtige Bücher, Romane, die etwas wert sind, und schließlich, wie er mich getötet hat. Ich war unsterblich ...

Er lacht.

»Alter ... Daran haben wir alle mal geglaubt. Du wirst schon sehen.«

Ich weine wieder, er klopft mir auf die Schulter und tröstet mich: »Ist nicht so schlimm. Geh nach Hause.«

Der Mann zieht einen Zwanzig-Euro-Schein aus der Tasche, tupft sich das Blut an der Schläfe mit dem mittlerweile zerknüllten Taschentuch ab, bezahlt mein Bier, sagt mir für den Notfall seine Adresse, ich merke sie mir, und dann geht er.

Die Passanten, die die Rauferei mit angesehen haben, werfen mir sorgenvolle Blicke zu.

Was? Was ist denn? Arschlöcher.

Ich mache es nicht absichtlich, aber wenn man mich so abschätzend ansieht, mit diesem Dünkel, den ich so hasse, dann werde ich dieser Typ von Mensch, der leicht aufbraust, den man aus den Augenwinkeln beobachtet und vor dem die Frauen ihren Männern zuflüstern: »Schatz, reiz ihn nicht ...«

Ich höre einen, der in seinen Bart murmelt, solches Pack wie ich sei schuld, dass es so schlecht ums Land stehe.

Um zu Geld zu kommen, versuche ich trotz allem, mich an die Gewinnzahlen der staatlichen Lotterie zu erinnern, die ich im Kopf hatte, und kaufe mit den restlichen Ersparnissen meiner Mutter alle möglichen Wettscheine in der PMU-Bar. Ich setze auch bei Sportwetten, heute gibt es ein Spiel in der Champions League. Ich gebe alles aus, bis auf den letzten Cent. Am Abend, bei der Ziehung vor dem Bildschirm in der Bar, muss ich ungläubig feststellen, dass alle Nummern falsch sind. Genauso beim Ergebnis von Real und Ajax. Ich habe nicht einmal genug, um die Rechnung zu bezahlen. Der Wirt versetzt mir Fußtritte und wirft mich raus. Was ist los?

Kleinlaut mache ich mich auf den Heimweg, besteige den Zug ohne Fahrkarte. Ich werde erwischt, mein Vater verhängt

Hausarrest bis zum Ende des Jahres, und meine Mutter schweigt.

Die versprengten Teile meines Schicksals, die sich in meinem Kopf nicht richtig zusammenfügen wollen und eher das Bild eines armen Kerls ergeben, verfolgen mich weiterhin, ich finde einfach keine Erklärung dafür, und eines Tages gehe ich nach Schulschluss nicht nach Hause, sondern zum Bahnhof und fahre zu Hardys Familie nach Aubervilliers. Ich will nachprüfen, ob mir mein Gehirn nur Streiche spielt oder ob ich eine Spur der vorigen Leben wiederfinden kann, und sei sie auch noch so klein: zum Beispiel Hardys Kindheit. Mehrere Stunden lang irre ich herum, es gelingt mir nicht, ihr Hochhaus von den anderen Sozialwohnungsblöcken des Viertels zu unterscheiden: Alles sieht gleich aus. Schließlich kommt mir eine Eingangshalle mit Graffiti und Grünpflanze bekannt vor, und ich stoße auf zerbeulten Briefkastenblöcken neben der Tür des Hausmeisters auf ihren Familiennamen. Der Lift ist kaputt, ich nehme die Wendeltreppe aus Beton, die in einem Glaskäfig steil zu den oberen Etagen führt.

Als ich klingele, öffnet mir die Tante, eine kleine griesgrämige Frau, und ich frage, ob ihre Nichte da sei.

»Und wer sind Sie?

– Ein Freund aus Kindertagen.

– Das wäre mir neu. Abgesehen davon lebt Hardy sowieso nicht hier.«

Hinter ihrem Rücken steht die Mutter, schweigend. Bevor die Tante die Tür wieder zuzieht, die einen Spalt aufsteht, aber von einer Sicherheitskette blockiert wird, die mir den Eintritt verwehrt, murmelt die Mutter immerhin: »Meine Tochter wohnt schon lange nicht mehr bei uns.

– Warum?

– Seit sie bei den Nonnen ist. Viele Jahre schon.«

Bei den Nonnen? Hardy war nie im Kloster. Was soll der Blödsinn?

Die Tante endet mit der Erklärung: »Ich habe schon immer gesagt, dass das Kind zu sensibel ist.« Wegen ihrer labilen Gesundheit habe Hardy ihre Jugendjahre im Internat in Paris verbracht.

In keinem meiner bisherigen Leben war von der Option, Hardy auf eine katholische Privatschule zu schicken, die Rede gewesen. Weshalb hatte sich der Verlauf ihrer Kindheit gewandelt? Ich konnte nichts dafür. Außer eine beiläufige Handlung in meiner eigenen Existenz hätte eine leichte Verschiebung bewirkt, die bei ihr schrittweise Gesundheitsprobleme ausgelöst hätte.

»Was hat sie?«

Aus den zwei alten Schachteln war nicht mehr herauszubekommen. »Komm schon, Vogelscheuche, ich rede mit dir, was hat sie?« Aber da hörte ich schon den Hausmeister im Rücken: »Bitte, junger Herr, hören Sie auf, die Bewohnerinnen zu belästigen.« Ich gab es auf, gegen die Tür zu trommeln, schubste diesen Mistkerl und ging wieder hinunter.

Hardy krank? Ich denke an Krebs: in dem Alter doch noch nicht. Aber stimmt schon, dass sie komisch war. Etwas ich-weiß-nicht-was Verändertes, als ich sie in der Métro angesprochen hatte. Ich hatte es auf mich zurückgeführt, meine Art zu reden, meine aufdringlichen Gesten, meinen leichten Schwips und meine Ungeschicklichkeit, doch vielleicht war sie nicht mehr dieselbe; mein Gott, vielleicht war ich im Begriff, sie wirklich zu verlieren.

Es musste wohl eine geheime Folge von Ursache und Wirkung geben, die nie aufgehört hatte, ein Klackern wie bei einem Klick-Klack-Spielzeug, wodurch mein Leben noch für kurze Momente Hardys Leben berührte. Aber nicht mehr lange. Vielleicht sollte ich in Erwägung ziehen, mir gleich die Kugel zu geben, um mich nicht noch weiter in den Albtraum hineinzumanövrieren, mit schönen Erinnerungen abzudanken, solange sie noch nicht ganz verschwunden waren, und nie die für jedes fühlende Wesen unerträgliche Erfahrung durchmachen zu müssen, Stück für Stück und bei vollem Bewusstsein die Wirklichkeit der glücklichen Erinnerungen aus der Vergangenheit zu verlieren, die man zumindest bis zum Tod für sicher gehalten hatte. Mir wurde die Wirklichkeit dessen, was ich als das Schönste in meinem Gedächtnis bewahrte, entrissen: Hardy gekannt zu haben.

Ich frage mich, wo der Fehler lag. Welche stillschweigende Regel hatte ich überschritten? Hatten es die Götter verboten, zweimal dieselbe Rolle zu spielen? War das die einzig wirkliche Sünde des Menschen? Es stimmt ja, dass ich zu Beginn des sechsten Lebens das erste wiederholen wollte. Doch was soll daran schlecht sein? Nachdem ich mich tatsächlich böse entwickelt hatte, war nichts passiert, und als ich glücklich und zurückhaltend war, wurde mir genommen, was ich verdiente. Hätte ich vielleicht die Bücher nicht veröffentlichen sollen? War das ein Vergehen? Oder einfach das Ziel der ganzen kosmischen Mechanik, für dessen Erreichen ich so lange gebraucht hatte? Man musste einen Roman schreiben, und dadurch wurde man sterblich, es war das Ende, danach kam nichts mehr. Nein, trotz allem, das konnte doch nicht so wichtig sein, das war Literatur: aneinandergereihte Wörter. Was für eine konkrete Wirkung auf den Körper, die Zellen und das genetische Erbe sollte das haben? Ich erinnerte mich daran, dass Hardy mir geraten hatte, meine letzte Erzählung meinem eigenen Tod zu widmen. Möglicherweise lag es an ihr: Ich lebte im letzten meiner Romane, ich war dessen Hauptfigur und gleichzeitig der Autor, der den Helden auf Anraten seiner Frau hin sterblich gemacht hatte, um seine Geschichte zu einem Ende bringen zu können. Und dadurch hatte ich unwissentlich mein Urteil gesprochen, auf dem Papier.

Papperlapapp. Das konnte nicht im Ernst der Grund für das sein, was mir passierte.

Mit achtzehn konnte ich endlich von zu Hause ausziehen und machen, was ich wollte. Ich übernahm wieder die Kontrolle über mein Leben, hörte auf, mir solch verschwurbeltes Zeug zu erzählen, ich hatte das Gefühl, die verstreuten Puzzleteile zusammenzubauen, und es gelang mir, nach und nach die bis jetzt wahrscheinlichste Hypothese über das, was mir geschehen war, aufzustellen.

So stellte ich mir nun also die Dinge vor, wenn es mir gelang, sie lange genug festzuhalten, um Anfang und Ende in einem erkennen zu können: Diese Frau, die Fran initiiert hatte, war vor ihm unsterblich gewesen und hatte ihm die Unsterblichkeit übergeben. Er jedoch hatte sie in dem Augenblick verloren, als ich sie empfangen hatte. Es war einfach eine Art Kette. Es gab immer nur einen unsterblichen Menschen zur selben Zeit: Wenn jemand zu diesem Menschen wurde, dann hörte der vor ihm auf, es zu sein. Um meine Hypothese zu überprüfen, besuchte ich noch einmal Fran und erzählte ihm ganz ruhig davon, auch wenn es heikel war, weil ich nicht die richtigen Worte fand. Zu seiner Entlastung muss ich zugeben, dass er sich bemühte, alles bis zum Schluss anzuhören; er fand die Idee absonderlich, aber amüsant. Leider war er, soweit er sich erinnern konnte, nie in eine arrogante bourgeoise Dame verliebt gewesen, hatte keine große Jugendliebe erlebt, und nichts in seiner Biographie deutete darauf hin, dass er direkt oder indirekt bei irgendeiner Initiations-Kette mitgewirkt hatte.

Außerdem, gab er zu bedenken, wie hätte er, meiner Logik zufolge, mir eine Ewigkeit weitergeben können, die er selbst schon nicht mehr gehabt hätte? Ich selbst behaupte ja, sterblich geworden zu sein, und dennoch habe ich niemand anderen dafür unsterblich gemacht, ich sei keinem Mann oder keiner Frau begegnet, die blute, die ich hätte initiieren sollen. Er hatte Recht. Es war mir nicht einmal gelungen, meine verlorene Singularität an einen Erben weiterzugeben, und ich hatte die mir durch ein Wunder erteilte Ewigkeit ruiniert. Vielleicht war die große Kette gerissen, meinetwegen.

Oder hinter diesen Mutmaßungen steckte kein Sinn, und alles war durch Zufall zum Stillstand gekommen. Der Kreis hätte zehn, zwölf, hundert Mal beschrieben werden können. Aber am Ende des siebten Mals stellt sich heraus, dass die Anomalie einfach so, ohne Grund, aufgehört hat, spontan.

Ich bin also nicht viel weiter.

Unter dem Einfluss von Origène haben mir meine Eltern jegliche Unterstützung gestrichen, ich bin blank und muss meinen Lebensunterhalt verdienen. Fran hat mir ein paar Wochen ausgeholfen, denn ich brauche etwas zu essen und ein Dach über dem Kopf. Bis ich eine andere Lösung gefunden habe, nehme ich kleine Jobs an, prekäre Arbeitsverhältnisse und befristete Beschäftigungen. Ich arbeite als Kellner, aber ich bin zu nervös, ich mache den Leuten Angst, bekomme Probleme mit den Gästen, die mich herumkommandieren und nicht respektieren. Sie wissen nicht, mit wem sie es zu tun haben. Ich lande auf dem Rohbau, ich mache mir auf Baustellen den Rücken kaputt.

Die ersten Studentenunruhen liefen demnach ohne mich ab. Ich arbeitete und hatte nicht das Recht zu streiken. Doch in der leisen Hoffnung, Hardy dort anzutreffen, ließ ich mich feuern (wegen der Krise gab es keine Kündigungsfrist) und nahm an dem großen Tag des Januaraufstands teil. In dem Schneetreiben während der Ausschreitungen, bei denen Ordnungskräfte und Armee mit der Menschenmasse bei der Place de la République zusammenstießen, fand ich den genauen Standort des Schwarzen Blocks, der alles ausgelöst hatte, nicht wieder, weil ich allein war und keine Mitstreiter bei mir hatte, und weil ich nicht mehr wusste, auf welcher Höhe der Avenue wir schon so oft mit Hardy demonstriert hatten, in welchen Hauseingang wir uns geflüchtet hatten (hinter einen Berg von Müllsäcken, wenn meine Erinnerungen mich nicht täuschen). Als die Spitze des Demonstrationszugs begann, die vordersten Reihen der Einsatzkräfte, die offiziell Schießbefehl hatten, zu provozieren, war ich weit hinten, verloren in der Menschenmenge, die überhaupt nicht verstand, was los war. Doch ich konnte sowieso nicht das Risiko eingehen, wirklich zu sterben.

Es soll drei Todesopfer gegeben haben.

Und dann trat die Regierung zurück, die neuen Machthaber zögerten, die Protestbewegungen erlahmten im Laufe der Monate und Jahre. Es gab wohl noch ein paar Attentate und den Verfall der Autoritäten im ganzen Land, aber nichts weiter. Mein Leben wurde zur ständigen Wanderschaft: Gegen ein kleines Entgelt unter der Hand richtete ich alte Gebäude her, arbeitete mit wechselnden Kumpanen zusammen als Zimmerer, Dachdecker, Fliesenleger, Elektriker und Klempner. Es kam vor, dass ich unterwegs ehemaligen Kampfgenossen begegnete (doch der Weiler am Ende der Grenzstraße war mittlerweile verlassen) oder für Großgrundbesitzer im äußersten Westen arbeitete, für Bauern und Züchter, die mich vor sehr langer Zeit als eine Art Jesuskind angebetet hatten. Damals kauften sie Abbilder von mir in Form von schillernden Plastikfiguren und flehten mich an, ihre Bitten zu erhören. Keiner erkannte mich. Meine Mutter half mir so gut sie konnte. In den Augen des braven Doktors Origène und der restlichen Familie war ich ein Loser. Ich nahm Medikamente, hatte Schlafprobleme, viele unbegründete Panikattacken und zu allem Übel wahnsinnige Angst, die Straße zu überqueren: Die Vorstellung wie ein Idiot zu sterben, vom Auto überfahren, fand ich grauenhaft.

Generell fürchtete ich zu krepieren, dabei war ich kaum über zwanzig. Ich hatte Ticks, ich war *borderline*.

Als ich versuchte, wieder zu schreiben, um meine Memoiren zu verfassen und meinesgleichen die Wahrheit zu enthüllen, hatte ich keine brillanten Einfälle: Meine Sätze waren kurz und sachlich, ich machte Rechtschreib- und Satzbaufehler, ich hatte nicht mehr die Geduld, das Ganze zu erzählen oder wenigstens in eine Form zu bringen. Manchmal kamen mir vulgäre Ausdrücke auf die Zunge, die sich an meiner wohlerzogenen Sprache stießen. Es kam auch vor, dass ich mich nicht mehr an ein unerhebliches Detail des ersten oder zweiten Lebens erinnerte, es war schon viel zu lange her. Zum Beispiel: Was trieb ich noch mal genau in Kalifornien? Während ich mir eine x-te Zigarette drehte, fragte ich mich manchmal: Habe ich das wirklich erlebt? Es klingt alles nach nachträglich erfundenen Erinnerungen, wie in manchen Science-Fiction-Filmen. Bin ich nicht mit einem Haufen Lügen im Kopf auf die Welt gekommen?

Je mehr ich darüber nachdachte, desto offensichtlicher erschien es mir. Sicherlich war das hier mein erstes Leben, aber es war nichts wert, also hatte ich mir spannendere ausgedacht. Ich hatte mir einen ganzen Roman konstruiert, in der alleinigen Absicht, eine mehr als durchschnittliche Existenz zu ertragen. Und ich war mir dessen bewusst.

Wenn ich zu sehr zitterte, musste es raus, ich traf mich mit Frauen. Nur die Prostituierten hörten mir zu. Sie urteilten nie über mich. Den anderen fehlte die nötige Geduld. Manchmal überkam mich wieder die unbändige Lust, diese reine und fieberhafte Lust des fünften Lebens, meistens jedoch dachte ich an etwas anderes, bevor ich kam, weil eine vorhergehende Erfahrung an die Stelle der jetzigen trat. Alles überlagerte sich, und ständig stieg in mir unvermittelt wieder ein vager Eindruck von einer anderen Zeit und einem anderen Ort auf. Ich konnte den Augenblick nicht genießen. Hier ... jetzt ..., das bedeutete nichts für ein schemenhaftes Überbleibsel der Ewigkeit wie mich. Alle Dinge verliefen schließlich irgendwie simultan, und das lähmte mich.

Eines Tages sagte eine Nutte, die es gut mit mir meinte: »Beweg deinen Arsch! Vielleicht ist das dein letztes Leben, also leb es aus!« Und sie fügte hinzu: »Hör auf zu jammern. Wir sitzen alle im selben Boot.«

Doch ich mochte es nicht, wenn man meine Singularität in Frage stellte, und empörte mich: »Du hattest bei deiner Geburt ein ganzes Leben vor dir. Aber ich nicht. Bei mir war es nur ein verdammtes wertloses Siebtel Leben. Also behalt deine Ratschläge für dich.« Und dann ging ich nicht mehr zu den Prostituierten, weil ich zu aufbrausend wurde und ihnen Angst machte. Ich konnte gefährlich böse werden; im Übrigen war ich das ja auch schon einmal gewesen, vor sehr langer Zeit.

Was Hardy betrifft, so war mir, seit sie mich wegen Belästigung verklagt hatte, weil ich ihr ein paar Jahre zuvor ein paarmal abends bis zu ihrem Haus gefolgt war, jegliche Annäherung gerichtlich untersagt worden, und ich hatte ihre Spur verloren. Ich weiß, dass sie immer noch in Paris wohnt, nicht weit weg von hier, ich verfolge selbst die geringste ihrer Aktivitäten im Internet, wenn sie sich auf Websites anmeldet, um ehemalige Freunde zu finden, aber sie ist nicht bei Facebook oder sonstigen sozialen oder beruflichen Netzwerken, sie steht im Ärzteverzeichnis, im Branchenbuch findet man ihren Namen und ihre Adresse in der Avenue de Flandres im Nordteil des XIX. Arrondissements und ganz unten auf der Petition eines Vereins für die Legalisierung der »Sans-Papiers«-Kinder im Viertel ihre Unterschrift, sonst nichts.

Ich bin wieder ruhiger geworden. Ich weiß, dass ich ihr eines Abends im Schatten eines Hauseingangs neben ihrer Praxis mit Chloroform oder einem ähnlichen, in Apotheken erhältlichen Stoff auflauern könnte, der in alten Gangsterfilmen verwendet wird, und sie entführen könnte, um sie zu zwingen, mich stunden-, ja tagelang anzuhören. Sie mit Gewalt überzeugen. Aber wie? Wieso sollte sie mir glauben? Sie erinnert sich nicht, und ich erinnere mich immer weniger. Mir ist noch das Gerüst im Kopf, aber die Einzelheiten haben sich verflüchtigt. Ich habe weder Beweise noch Zeugen. Wenn ich es morgen mache, wird sie mich noch mehr hassen: Entweder sie zeigt mich an, und ich verbringe die wenigen guten Jahre, die mir noch zum Leben bleiben, hinter Gitter, oder mein reizbares Temperament, das ich in diesem Scheißleben entwickelt habe, geht mit mir durch und bringt mich dazu, sie zu töten, weil ich es nicht aushalte, dass sie mich nicht wiedererkennt. Schon der Gedanke an ihren hartherzigen kalten Blick ... Sie würde mich für das halten, was ich heute bin: ein Nichtsnutz, und nicht für das, was ich einst war, als ich zu Hochform aufgelaufen war. Glauben Sie mir, der Gedanke macht mich rasend. Aber wenn ich sie töte, dann verliere ich sie für immer, weil ich nie mehr auferstehen werde. Sie auch nicht, sie wird keine zweite Chance bekommen, denn der Kreis wird sich geschlossen haben. Nach mir wird sie im Nichts verschwinden, wie alle anderen. Ich liebe sie genug seit all diesen Jahren und all diesen Leben, um ihr nicht diese Art von Sturz ins Nichts zu wünschen, und hoffe, dass sie diese letztmögliche Existenz genießt, mit mir oder ohne mich, darauf kommt es nicht an.

Tja, ich habe fast nichts mehr hinzuzufügen. So sind die Dinge nun mal, würde dieser alte Schuft von Origène es ausdrücken. Schon habe ich das dreißigste Lebensjahr überschritten, und was habe ich gemacht?

Ein wenig von allem, viel von nichts. Ich weiß, dass ich nie wieder bluten werde: Das habe ich akzeptiert. Also versuche ich, mich an den Tod zu gewöhnen. Wenn ich mich hinlege, denke ich an meine sechs vorigen Sterbensarten, eines natürlichen Todes, durch Krankheit, Suizid oder Mord, ich versuche, die Empfindungen der letzten Momente exakt zu rekonstruieren, um den Tod nicht zu fürchten. Es waren Momente wie alle anderen auch: Lebensstunden, Lebensminuten, Lebenssekunden. In dem, was mir von meinem Gedächtnis bleibt, verknüpfen sich diese letzten Bilder unmittelbar mit den ersten Bildern der Geburt, dem Blut meiner Mutter zwischen den Beinen, ich habe nämlich keine zwischenzeitliche Erinnerung an das intrauterine Leben, alles fing immer wieder an, wenn ich meinen ersten Atemzug tat, in der Klinik, bevor ich meinem Vater in die Arme gelegt wurde, der die Nabelschnur durchtrennte. So sehen meine Empfindungen von Anfang und

Ende aus, ich weiß nicht mehr recht. Daraufhin versuche ich, die Eindrücke des Abschieds von denen der Ankunft zu trennen, hoffend, dadurch den reinen Tod nachvollziehen zu können: den letzten Pulsschlag in den Arterien, den Lufthauch vor dem Ersticken, das Ende der Durchblutung des Großhirns. War es schmerzhaft? Manchmal ja, manchmal nein. Das Leiden ist nicht an den Tod gebunden. Die Angst hingegen bestimmt. Aber bei den vorigen Malen, mit Ausnahme des ersten, bei dem ich Zweifel hatte, fühlte ich nie Angst, ich verschied voller Vertrauen. Heute ist das nicht mehr der Fall, ich bin ein endliches Wesen. Ich schaffe es nicht, mir den Tod und das Nichts vorzustellen, wie es alle normalsterblichen Menschen wie Sie (davon gehe ich jedenfalls aus) tun. Verstehen Sie mich richtig: sterben lernen, warum nicht. Aber es geht nicht: Man stirbt nur einmal, während man die Lektion lernt, ist man schon nichts mehr. Es heißt, dass die Kunst, die Religion, die Philosophie den Menschen Trost spenden, aber dabei handelt es sich um solche, die nie ewig waren; ich jedoch war es. Ich war Gott. Ich werde enden. Sehen Sie, so weit ist es mit mir gekommen. Ich trage in mir die Ewigkeit, und wenn mein Herz und mein Gehirn aufhören, werden sieben Welten mit mir ein Ende finden. Was wird davon übrig bleiben? Nichts. Ich war der einzige Zeuge von alldem. Es wird ein letztes Schlagen, einen letzten Atemzug, einen letzten Gedanken, ein letztes Gefühl geben. Danach wird alles, was ich noch im Schädel habe, verschwinden. Und ich glaube weder an die Fähigkeit der Kunst noch der Religion noch der Philosophie zu retten, was mir noch davon bleibt.

So ist es. Manchmal sind alle Hardys eine einzige Person und alle Frans ebenfalls. Die lebendige Welt, die voller Farben, Gerüche, Ideen schwingende Welt … Ich versuche, sie zu fixieren, es verblasst. Ehrlich gesagt färbt sich alles in meinem Geist gelblich, wie die Blätter im Herbst.

Nach einer langen, undankbaren, ungehorsamen und unversöhnlichen Jugend ist selbst die Ewigkeit wie eine Laune an mir vorübergezogen, und ich habe meine Bedingung als Mensch akzeptiert. Im Lauf der Jahre hatte ich die Einzelheiten meiner einwandfreien Beweisführung vergessen; es konnte auch vorkommen, dass ich vor mich hin brummte, mir ein paar Anekdoten von früher erzählte und mich selbst aufs Korn nahm. Nobelpreis! Was sonst noch, du Esel. Ich spotte über mich, Ehrgeiz und Furcht haben mich gleichermaßen verlassen, ich fühle mich leicht. Als ich mich an meine Sterblichkeit gewöhnt hatte (man gewöhnt sich an alles), lebte ich wieder auf. Ich bin nicht unglücklich; ich bin ein Mensch, nichts mehr und nichts weniger.

Im Beton- und Transportbereich auf Baustellen bin ich viel unterwegs und in ganz Frankreich herumgekommen, von den Ardennen bis ins Roussillon. Ich wohne in Arbeiterunterkünften. Aus mir ist ein guter Kerl geworden, den die meisten als aufrichtig und ehrlich, ab und zu auch als wortkarg, scheu und cholerisch bezeichnen würden. Ich bin lebhaft und träumerisch. Das Leben ist nicht spurlos an mir vorübergegangen, dennoch habe ich immer noch Bruchstücke der Ewigkeit im Kopf.

Ich zahle eine bescheidene Miete für eine kleine Vorort-Wohnung im Norden von Paris, die auf die Bahngleise hinausgeht. Die Vorhänge riechen nach abgestandenem Rauch, fast überall an den Wänden hängen Bilder von ihm, ihr und mir. Ein paar heimliche Fotos von Hardy, die ich unten auf der Straße vor ihrem Haus geschossen hatte, was mir eine Verurteilung wegen Belästigung einbrachte, und ein paar nach dem Gedächtnis angefertigte Zeichnungen auf ausgerissenen Notizbuchseiten. Das Esszimmer riecht bestimmt muffig: Als Single bemerke ich so etwas nicht. Wenn ich die Wäsche auf dem Balkon aufgehängt habe, rauche ich für gewöhnlich und betrachte die Hochhäuser, es macht mir Freude, ich denke an meine Mutter, und dann gehe ich hinunter ins *Café des Kabyles* und sehe mit ein paar Stammgästen ein Fußballspiel der unteren Liga an oder spiele eine Runde Karten mit den Alten. Manchmal trinke ich ein Glas Rotwein mit Fran. Er hat mir viel geholfen. Ich bin alles andere als dumm und besitze Relikte aus allen möglichen Gebieten: Es kommt vor, dass mir eine Formel einfällt, die ich an der Elitehochschule gelernt hatte, mit der ich die Dozenten der beruflichen Fortbildung übertrumpfe, die es kaum glauben können. Als Gewerkschafter habe ich einen erfolgreichen Kampf gegen die Übernahme der kleinen Firma, der ich angehörte, durch einen ausländischen Bauinvestor geführt. Das ist nicht verwunderlich, ich habe ja im Krieg gekämpft und eine gewisse strategische Begabung. Ich bin clever, handwerklich geschickt: Der Großteil meiner Intelligenz ist in meine Fingerspitzen gewandert, und meine Hände sind Gold wert, wie es so schön heißt. Nur bin ich nicht aus gutem Elternhaus und hatte eine rebellische Jugend: So ein Pech! Die Mädchen stehen auf mich, ich habe den Ruf, ein Herzensbrecher und ein guter Liebhaber zu sein. Ich habe mehr als eine verheiratete Frau gekannt. Ich hatte Abenteuer mit Schönheiten, die ich ehrlich geliebt habe. Aber keine ist mir geblieben, auch wenn einige es vorgeschlagen hatten. Vielleicht bin ich zu schweigsam oder mein Herz ist voll: Es will nunmehr weder besitzen noch besessen werden.

Ehrlich gesagt mag ich die Einsamkeit, meine freie Zeit damit zu verbringen, mich an die besten Momente der Vergangenheit zu erinnern. Es gibt so viele davon: Auf alles, was ich erlebt habe, zurückzublicken, wird mich wohl bis ans Ende beschäftigen. Es ist ein Glück, das nicht jeder hat. Ein Lächeln liegt auf meinem Gesicht, wenn ich uns drei wieder an jenem frühen Morgen in dieser Lichtung von Espen und Ahorn liegen sehe. Das war vor dem Krieg, Hardy sang.

In meiner Freizeit habe ich reichlich spät Folk-Gitarre spielen gelernt. Das ist eine Möglichkeit von vielen, an sie zu denken und sie noch ein wenig in den Fingerspitzen zu fühlen, obwohl ich nicht gut spiele und nur eine Handvoll Anfängerakkorde kenne.

↤

So ging das Leben weiter, über Monate, über Jahre hin, bis heute.

Und dann, an diesem ruhigen Nachmittag im Frühling, während ich am Ufer des Kanals ungeschickt auf der Gitarre übe, wie ich es mir angewöhnt habe, wenn ich nicht weit weg von Paris auf Baustellen arbeite, schiebt sich ein zögerlicher Schatten zwischen mich und die Sonne, hüllt mich in seine unerwartete Kühle ein und wartet auf meine Reaktion. Was macht Hardy hier? Sie ist es. Hardy ist etwas über dreißig, genau wie ich, sie ist groß, dünn und schön und steht auf dem Rasen im Parc de la Villette, wo die Menge das schöne Wetter und die Sonne genießt, die auf die Dächer der von aktuellen wirtschaftlichen und politischen Turbulenzen gebeutelten Stadt scheint, die ich schon lange nicht mehr richtig mitbekomme. Aus dem Halbkreis hinter meinem Rücken höre ich noch Flaschenklirren und Stimmengewirr, Rufe, Gelächter und flammende Redesalven. Auf der gepflasterten Allee nahe am Wasser betrachte ich sonst immer das Glitzern des Schmucks und das Funkeln der Augen der Leute; aber heute versperrt ihre Silhouette das Bild, und ich sehe nur sie. Ihre Hände sind in den Taschen einer viel zu warmen Matrosenjacke vergraben, sonst trägt sie nur leichte Schnallenschuhe, eine weite Hose und kurze Haare. Ich war ihre körperliche Nähe nicht mehr gewöhnt und bin ein bisschen sauer, dass sie so unvermittelt wieder auftaucht, mich aus meinen Träumereien einer vergangenen Zeit reißt.

»Hallo. Erinnerst du dich an mich?«

Juristisch gesehen darf ich seit ihrer Klage wegen Belästigung und meiner Verurteilung vor Gericht nicht mehr mit ihr reden. Ich beschränke mich darauf zu nicken. Ich weiß nicht, was sie von mir will.

»Kann ich mit dir reden?

– Ja.

– Was hattest du für ein Problem, damals?

– Das ist eine alte Geschichte.

– Was wolltest du von mir?

– Ich? Nichts.«

Ich lächle, bevor ich antworte.

»Sie hatten mich an jemanden erinnert, erkläre ich, wobei ich weder lüge noch ganz die Wahrheit sage. Und ich fand Sie hübsch. Entschuldigen Sie.

– Ich müsste mich entschuldigen.

– Wieso?

– Es ist nicht deine Schuld. Vielleicht bist du sogar ein guter Kerl. Ich hatte mich belästigt gefühlt, aber ich will nicht, dass du es persönlich nimmst.«

Etwas in ihrer Stimme, ihrem Verhalten, ihrer Art, meine Nähe zu suchen, scheint nicht in Ordnung zu sein. Normalerweise bin ich in ihren Augen lediglich ein Unbekannter, eine leicht gestörte Randexistenz, die vor ein paar Jahren versucht hat, mit ihr in Kontakt zu treten und deswegen verurteilt wurde. Dennoch kommt sie zu mir. Sie sucht mich. Ob sie sich erinnert? Nein, ich will mir keine falschen Hoffnungen machen. Sie weiß nichts. Warum also? Ich hoffe, dass sie nicht gekommen ist, um meinem letzten Leben ein gewaltsames Ende zu machen. Versteckt sie eine Waffe in den hoch geschnittenen Taschen ihrer Jacke, in denen sie immer noch die Hände vergräbt? Man könnte sie für eine Verrückte halten. Ihr Blick ist fieberhaft, sie macht einen ängstlichen, erschöpften, verstörten Eindruck, den ich nicht an ihr kenne. Also lehne ich die Gitarre gegen meine Knie, zünde eine Zigarette an und schlage ihr vor, daran zu ziehen, um sich aufzurappeln. Sie schüttelt ablehnend den Kopf. »Ein guter Kerl!« Ich lache leise, um sie nicht zu ängstigen oder zu provozieren.

»Es tut mir leid, dass ich Sie damals erschreckt habe. Ich war jung und nicht ganz normal ...
– Ich bin nicht normal.
– So was dürfen Sie nicht sagen. Sie sind eine hübsche junge Frau, das Leben liegt vor Ihnen.
– Ich bin ein Monster.«
Ihr Gesicht ist bleich, blutleer. Sie sieht übernächtigt aus. Aber rein äußerlich kann ich nichts Beunruhigendes entdecken, weder eine Verletzung noch eine Narbe. Selbst als ich sie damals in der Psychiatrie besuchte, war ihr bleiches Gesicht nicht so kreideweiß wie jetzt und ihr verlorener Ausdruck nicht so verzweifelt. Sie beginnt zu schluchzen: Sie braucht jemanden zum Reden, irgendjemanden, und dieser irgendjemand bin ich. Aber ich zähle nicht. Das ist es, was ich begreifen muss: Nie habe ich gezählt. Alles hängt von ihr ab, und nur

von ihr. Hardys Spaziergang im Park war Zufall, sie hat mich gesehen, hat mich nach all den Jahren wiedererkannt und angesprochen.

»Ich kann nicht mehr.
– Was ist mit Ihnen?
– Versprichst du mir, es keinem zu sagen?
– Ja.
– Ich versteh nicht, was mit mir los ist. Ich weiß nicht mehr, was ich machen soll. Es ist schon, seit ich klein bin.
– Was?
– Ich weiß nicht mal, wie ich's sagen soll.
– Vielleicht kann ich Ihnen helfen.
– Niemand kann das.
– Aber sicher. Bestimmt.
– Nein.« Wie sie so mit den Nerven am Ende ist, im Begriff zu taumeln, zu stürzen, um nie mehr aufzustehen, scheint sie plötzlich noch zerbrechlicher und verwirrter als ein aus dem Nest gefallener Vogel. Hardy nimmt die Hände aus den Taschen ihrer grauen Matrosenjacke und schreit: »Sieh dir das an!« Ihre Handflächen sind mit einem dicken Verband umwickelt, die Finger abgespreizt; es sieht aus, als hätte sie sich verletzt. Ungeheuer verschüchtert, so als zöge sie sich in der Öffentlichkeit vor einem Unbekannten nackt aus, löst sie die durchbrochene Mullbinde, rollt sie mehrmals ums Handgelenk ab, wobei sie sich viel Zeit lässt, weil sie große Angst hat – wovor eigentlich? Ich weiß es nicht – bis sich die weiße Watte beim Erreichen der Haut erst leicht, dann immer stärker, hochrot, fast purpurrot färbt.

Plötzlich verstehe ich alles, von Anfang bis Ende. Wieso hatte ich nicht schon früher daran gedacht?

Weinend kniet sie sich vor mich hin und streckt mir flehentlich ihre fest aneinandergepressten Unterarme entgegen, als solle ich sie ihr ausreißen. Behutsam öffne ich ihre Fäuste, streiche sanft mit dem Finger über die Mulde ihrer brennenden Handteller, wo aus unsichtbaren Wunden eine dicke Flüssigkeit entlang der Lebenslinie austritt, die Wölbungen von Mittelhand und Handwurzel ausspart und schließlich diesen Knochen, dessen Name mir nicht mehr einfällt, hinunterrinnt, an ihrem Ellbogen abtropft und ins feuchte, weiche Gras des Parks fällt.

    Hardy blutet aus den Händen!

Anmerkungen

1| »Mornay« ist eine erfundene Kleinstadt in der französischen Provinz. Als typischen Ausdruck eines kleinbürgerlichen Lebens mitsamt seinen Träumen und Enttäuschungen hat der Autor »Mornay« auch schon in *Faber. Der Zerstörer* (Wagenbach 2017), im Original *Faber. Le destructeur* (Éditions Gallimard 2013) verwendet. Dabei lässt er neben »morne« (trübselig, trist) vor allem »mort-né(e)« (tot geboren) anklingen. [Anmerkung der Übersetzerin]

2| Seit dem Ende des 20. Jahrhunderts ist ein Teil der französischen Bevölkerung fernab der großen Ballungszentren verarmt, und einige dieser abgehängten Einwohner hegen deshalb einen von rassistischen Ideologien beförderten Groll gegen bestimmte, vor allem muslimische Einwanderergruppen. Als Reaktion darauf halten sie ihre christliche Identität hoch, ohne jedoch zum Glauben zurückzufinden oder in die Kirche zu gehen. Es handelt sich dabei eher um eine politische Identität. Diese Leute sind es, die sich im vorliegenden Antizipationsroman von den religiösen Praktiken des Erzählers angezogen fühlen. [Anmerkung des Autors]

3| Die hier genannten Romantitel *Hélicéenne* (inspiriert von griechisch »ηλικίες« im Sinne von »Die Lebensalter«), *La Révolution permante* (Die permanente Revolution) und *L'Existence des extraterrestres* (Die Existenz der Außerirdischen) beziehen sich auf die französische Originalausgabe *7 romans* (Éditions Gallimard 2015). *La septième* (Das Siebte) findet sich darin an letzter Stelle. Zwischen den »7 Romanen« gibt es inhaltliche Querverbindungen und wiederkehrende Orte. Tristan Garcia betont jedoch ausdrücklich, dass die Romane einzeln als »Module« gelesen werden können. [Anmerkung der Übersetzerin]

Der Autor hat die vorliegende, separate Übersetzung des Romans *Das Siebte* autorisiert.

Allen Freunden
Aus all den Jahren

Benoît Anceaume, Bérenger Lodi, Fabrice Dupré, Antoine Pradeau, Juliette Wolf, Julie Rainard, Roxane Arnold, Élodie Fuchs, Mathieu Bonzom, Arnaud Despax, Julien Gouarde, Flore Boudet, Vivien Bessières, Ivan Trabuc, Martin Dumont, Élise Dardill, Martine Robert, Lou Rannou, Martin Fortier, Xavier Thiry, Sylvia Hanschneckenbühl, Mickaël Dior, Pierre Arnoux, Benoît Caudoux, Florence Lelièvre, Jean-Baptiste Del Amo, Christophe Charrier, Justin Taurand, Richard Gaitet, Donatien Grau, Mehdi Belhaj Kacem, Juliette Sol, Benoît Sabatier, Léo Haddad, Matthieu Rémy, Sébastien Grandgambe, Laurent Dubreuil, Laurent Ferri, Alexandre Guirkinger, Julien Sirjacq, Vincent Normand, Perrine Bailleux …

Dank an Étienne Menu, Guillaume Heuguet und die Zeitschrift *Audimat*.

Die in »7« vorkommende Einrichtung »Saint-Erme« ist frei an Saint-Erme-Outre-et-Ramecourt und die Gebäude des *PAF (Performing Arts Forum)* angelehnt. Mein Dank gilt Jan, Perrine und allen anderen, die diesen Ort mit Leben erfüllen, für die freundliche Aufnahme und alle Begegnungen.

Ich danke Agnès, meinem Vater und meiner Mutter für ihre stets geduldige begleitende Lektüre.

Französische Literatur bei Wagenbach

Saphia Azzeddine   Bilqiss

Die junge Witwe Bilqiss soll gesteinigt werden, weil sie anstelle des (betrunkenen) Muezzin zum Morgengebet gerufen hat und zudem (bewiesenermaßen) Make-up, Stöckelschuhe und sogar einen Lyrikband besitzt.
Aus dem Französischen von Birgit Leib
WAT 781. 176 Seiten

Boris Vian   Die Gischt der Tage

Chloé liebt Colin, Colin liebt Chloé. Und doch überleben die beiden ihr eigenes Glück nicht. Ein Klassiker von phantastischer Poesie, eine Geschichte über Liebe und Tod, ein Buch, das selbst längst unsterblich ist und sich in dieser wunderbaren Neuübersetzung liest wie ganz neu erfunden.
Aus dem Französischen von Frank Heibert
Oktav*heft*^{8}. Elegante Klappenbroschur. 232 Seiten

Anne Wiazemsky   Paris, Mai '68   Erinnerungsroman

Für die junge Schauspielerin ist alles neu: ihre plötzliche Berühmtheit und die Ehe mit Jean-Luc Godard, die Welt ihres Mannes und die Themen, die Studenten, Arbeiter und Intellektuelle auf die Barrikaden treiben.
Aus dem Französischen von Jan Rhein
S*V*LTO. Rotes Leinen. Fadengeheftet. 168 Seiten

Ryad Assani-Razaki   Iman

Ein aufwühlender Roman über drei Straßenkinder in Afrika. Ein Buch über Freundschaft und Liebe, Hass und Verrat. Assani-Razaki zeigt, was Menschen dazu bewegen kann, alles hinter sich zu lassen und ihr Leben einem Boot zu überantworten, mit Kurs auf Europa.
Aus dem Französischen von Sonja Finck
WAT 750. 320 Seiten

Tristan Garcia
Faber. Der Zerstörer
Aus dem Französischen von Birgit Leib
Quart*buch*
Gebunden mit Schutzumschlag
432 Seiten
Auch als E-Book erhältlich

Faber verschwand eines Tages so, wie er damals aufgetaucht war: plötzlich und geräuschlos. Mehr als zehn Jahre später erreicht seine beiden Jugendfreunde Madeleine und Basile ein Hilferuf – und nicht nur in ihren Köpfen beginnt die ganze Geschichte von vorn …

»*Tristan Garcia hat einen eigen- und widerständigen Roman geschrieben, dessen Figuren sich ins Gedächtnis eingraben.*«
Rainer Moritz, Neue Zürcher Zeitung

»*Man liest* **Faber. Der Zerstörer** *mit angehaltenem Atem. Die Geschichte hat einen doppelten Boden, das wird irgendwann deutlich. Ein großartiger Roman.*«
Jochen Kürten, Deutsche Welle

Französische Literatur bei Wagenbach

Émilie de Turckheim   Popcorn Melody   Roman
Ein Roman über einen dichtenden Ladenbesitzer in der amerikanischen Wüste. So explosiv wie erhitzter Mais, federleicht und warm wie gepopptes Corn. Gut gelaunt, nachdenklich und poetisch.
Aus dem Französischen von Brigitte Große
Quart*buch*. Klappenbroschur. 208 Seiten

Tanguy Viel   Unverdächtig   Roman
Tanguy Viel erzählt virtuos von einer bodenlosen Gemeinheit. Er hypnotisiert seine Leser und legt sie dabei in aller Ruhe aufs Kreuz. Ein großes Talent aus Frankreich!
Aus dem Französischen von Hinrich Schmidt-Henkel
Quart*buch*. Gebunden mit Schutzumschlag. 128 Seiten

Vincent Almendros   Ins Schwarze   Ein Sommerkrimi
Der Abend ist schwül, die Straße leer. Es dunkelt. Die Strecke zieht sich. Widerwillig fährt Laurent zur Hochzeit einer Cousine in sein Heimatdorf. Begleitet von Claire, die er als Constance vorstellen wird. Er wird sie alle wiedersehen. Oder vielmehr alle, die noch übrig sind.
Aus dem Französischen von Till Bardoux
SVLTO. Rotes Leinen. Fadengeheftet. 120 Seiten

Madeleine Bourdouxhe
Auf der Suche nach Marie   Roman
Marie ist auf der Suche nach Marie. Ihre Ehe mit Jean wirkt zwar makellos, doch glücklich ist sie längst nicht mehr. Es muss etwas geschehen, und es geschieht! Ein aufregender Roman, der das Begehren feiert.
Aus dem Französischen von Monika Schlitzer
WAT 793. 192 Seiten

Junge Autoren bei Wagenbach

Katharina Mevissen   Ich kann dich hören
Osman spielt. Er soll es regnen lassen, doch seine Musik lässt sich nicht erweichen. Und daran ist sein Vater nicht allein schuld. Sehr vieles gerät erst in Bewegung, als er hört, was nicht für seine Ohren bestimmt war.
Quart*buch*. Gebunden mit Schutzumschlag. 168 Seiten

Fernanda Melchor   Saison der Wirbelstürme
Die Hexe ist tot, ermordet – aber hat sie's nicht genau so gewollt? Sprachgewaltig, schmutzig und mit der Sogkraft eines Wirbelsturms schreibt Fernanda Melchor, eine der wichtigsten jungen Stimmen Lateinamerikas, über die viel zu alltägliche Gewalt gegen Frauen.
Aus dem mexikanischen Spanisch von Angelica Ammar
Quart*buch*. Klappenbroschur. 240 Seiten

Omar Robert Hamilton   Stadt der Rebellion
Sie sind jung, und sie begehren auf gegen die Übermacht des Regimes. Auf die Euphorie des Arabischen Frühlings folgen niederschmetternde Rückschläge. Der Protest wird lebensgefährlich. Aber die Hoffnung auf eine neue Zukunft bleibt.
Aus dem Englischen von Brigitte Walitzek
Quart*buch*. Gebunden mit Schutzumschlag. 320 Seiten

Arif Anwar   Kreise ziehen
Ein Sturm zieht auf. Die Naturgewalten brechen sich Bahn. Danach ist nichts mehr, wie es war. Aber nicht nur die äußeren Katastrophen, auch die eigenen, oft kleinen Entscheidungen bestimmen manchmal über ein ganzes Leben. Und das der folgenden Generationen.
Aus dem kanadischen Englisch von Nina Frey
Quart*buch*. Gebunden mit Schutzumschlag. 336 Seiten

Lesen Sie weiter

Francesca Melandri   Alle, außer mir

Der große Roman der römischen Autorin Francesca Melandri: eine Familiengeschichte, ein Porträt Italiens im 20. Jahrhundert, eine Geschichte des Kolonialismus und seiner langen Schatten, die bis in die Gegenwart reichen.

Aus dem Italienischen von Esther Hansen
Quart*buch*. Gebunden mit Schutzumschlag. 608 Seiten

Helen Weinzweig   Schwarzes Kleid mit Perlen

Shirley Kaszenbowski, geborene Silverberg, eine bürgerliche Frau mittleren Alters, trägt ein schwarzes Kleid und dazu eine Perlenkette. In dieser Ausstattung verlässt sie ihren Mann, um ihrem Geliebten Coenraad hinterher zu reisen. Eine kuriose Odyssee beginnt.

Aus dem kanadischen Englisch von Brigitte Jakobeit
Quart*buch*. Klappenbroschur. 192 Seiten

Josepha Mendels   Du wusstest es doch

Josepha Mendels führte ein für damalige Verhältnisse beispiellos unabhängiges Leben und setzte mit der Figur der Henriëtte allen frei denkenden, fühlenden und handelnden, ebenso verrückten wie lebensklugen Frauen ein Denkmal.

Aus dem Niederländischen von Marlene Müller-Haas
Quart*buch*. Gebunden mit Schutzumschlag. 192 Seiten

Kathy Page   All unsere Jahre

Aus einem langen, gemeinsam verbrachten Leben erzählt dieser Roman das Außergewöhnliche im Gewöhnlichen: die ungleiche Liebe zweier ungleicher Menschen.

Aus dem Englischen von Beatrice Faßbender
Quart*buch*. Gebunden mit Schutzumschlag. 304 Seiten

Unsere Oktav*hefte*[8]

José María Arguedas
Der Fuchs von oben und der Fuchs von unten

Am Ende ist der Autor tot. Das letzte Buch von José María Arguedas ist ein einzigartiger, existenzieller Roman des Abschieds: von einer Landschaft, von einer Kultur – und vom Leben selbst.

Aus dem peruanischen Spanisch von Matthias Strobel
320 Seiten. Elegante Klappenbroschur

Roberto Arlt   Die sieben Irren

Grell und grotesk wie ein Gemälde von George Grosz und wuchtig wie ein Kinnhaken: Roberto Arlts eindrucksvolles Porträt revolutionärer Gewalt und des politischen Wahns der zwanziger Jahre – in einer sorgfältig neu bearbeiteten Übersetzung.

Aus dem argentinischen Spanisch von Bruno Keller
320 Seiten. Elegante Klappenbroschur

Moische Kulbak
Der Messias vom Stamme Efraim

Moische Kulbak erweckt in seinem 1924 erstmals erschienenen Kurzroman die alte litauisch-jüdische Welt zu neuem Leben.

Aus dem Jiddischen und mit einem Nachwort von Andrej Jendrusch
144 Seiten. Elegante Klappenbroschur

Sara Gallardo   Eisejuaz

Ein Meisterwerk der argentinischen Literatur – in kongenialer Übersetzung: Eisejuaz, der Sohn des Kaziken, ist bärenstark, kann Lahme versorgen und mit Eidechsen sprechen. Doch hinter der Magie verbirgt sich die Frage, was der Glaube bewirken kann.

Aus dem argentinischen Spanisch Peter Kultzen
176 Seiten. Elegante Klappenbroschur

Die französische Originalausgabe erschien 2015 unter dem Titel *La Septième* im Band 7. *Romans* bei Gallimard in Paris.

Dieses Buch erscheint im Rahmen des Förderprogramms des französischen Außenministeriums, vertreten durch die Kulturabteilung der französischen Botschaft in Berlin.

© 2015 Editions Gallimard, Paris
© 2019 für die deutsche Ausgabe: Verlag Klaus Wagenbach
Emser Straße 40/41, 10719 Berlin   www.wagenbach.de
Umschlaggestaltung von Julie August unter Verwendung einer Fotografie © John Smith. Gesetzt aus der Arno Pro.
Vorsatzmaterial von peyer graphic, Leonberg. Gedruckt auf Schleipen und gebunden bei Pustet, Regensburg.
Printed in Germany. Alle Rechte vorbehalten.

ISBN   978 3 8031 3315 1
Auch als E-Book erhältlich